マサダの声

デヴィッド・コソフ 著
持田鋼一郎 訳

ミルトス

マサダの声／目次

二部

登場人物

《マサダのユダヤ人》

ルツ　物語の主人公。熱心党員、エルサレムで戦う

サラ　生き残りのもう一人の婦人。孫はセツ、共に熱心党員

エレアザル　マサダのユダヤ人指導者。ルツの従兄弟。ヤイールの息子。弟は**シモン**、**ユダ**

〈生き残りの孤児五人〉

ユディト、**ディブ**（デボラ）と**ドブ**（ダヴィッド）は双子、**シモン**、**サミ**

《ローマの軍人》

シルヴァ　マサダ攻略のローマ軍司令官

ルキウス　ルツらの付添役の工兵将校

アントニー　マサダを描く従軍画家

クラウディア　アントニーの妻

ヴェスパシアヌス　ユダヤ戦争制圧の総司令官。後に皇帝となる

ティトス　ヴェスパシアヌスの息子。エルサレム攻略の総司令官

《マサダで働く囚人》

ルーベン　シルヴァ将軍の家令。ルツに情報を提供

ベニヤミン　カイサリア出身で、ルツに情報を提供

《エルサレムのユダヤ人主戦派》

メナヘム　エレアザルの伯父で、マサダから武器をエルサレムに運ぶ

《エルサレムのルツの弟の同居人》

サウル　ルツの弟。祭司を目指した。戦後生き残る

シメオン　老祭司。サウルの師

シム　孤児、老祭司シメオンが面倒を見た少女

ラヘルと**レア**　同居する老婦人

アベル　老婦人ラヘルの孫

ヨヘベッド　同居していないが、宮廷の元裁縫師

《ローマ人となったユダヤ人》

ヨセフス　本名はヨセフ・ベン・マタティヤフ。ユダヤ軍司令官からローマ軍に降り、歴史家となる

エッサイ　ヨセフスの副官だったが、戦後、エルサレムでローマ軍の相談役となる。ルツの弟サウルの家に出入りする

関連する歴史人物

《ヘロデ王の一族》

ヘロデ大王（在位・前三七～前四年）
アルケラオス（前四～六年）
アンティパス（前四～三七年）と妻**ヘロディア**
フィリポ（前四～三四年）
アグリッパ（三七～四四年）
アグリッパ二世（四八～七〇年）と妹**ベルニケ**

《ローマのユダヤ総督》

コポニウス（在位六～一〇年）
グラトゥス（一五～二六年）
ポンティオ・ピラト（二六～三六年）
マルケロス（三六～三八年）
ティベリウス・アレクサンドロス（四六～四八年）
クマヌス（四八～五二年）
フェリクス（五二～五九年）
フェストゥス（五九～六一年）
アルビヌス（六一～六四年）
フロルス（六四～七〇年）
バッスス（七二～七五年）

《ローマのシリア総督》

ペトロニウス（三九～四二年）
ケスティウス（六三～六七年）

《ローマ皇帝》

アウグストゥス（前二七～後一四年）
ティベリウス（一四～三七年）
ガイウス・カリグラ（三七～四一年）
クラウディウス（四一～五四年）
ネロ（五四～六八年）
ガルバ、オットー、ヴィッテリウス（六八～六九年）
ヴェスパシアヌス（六九～七九年）
ティトス（七九～八一年）

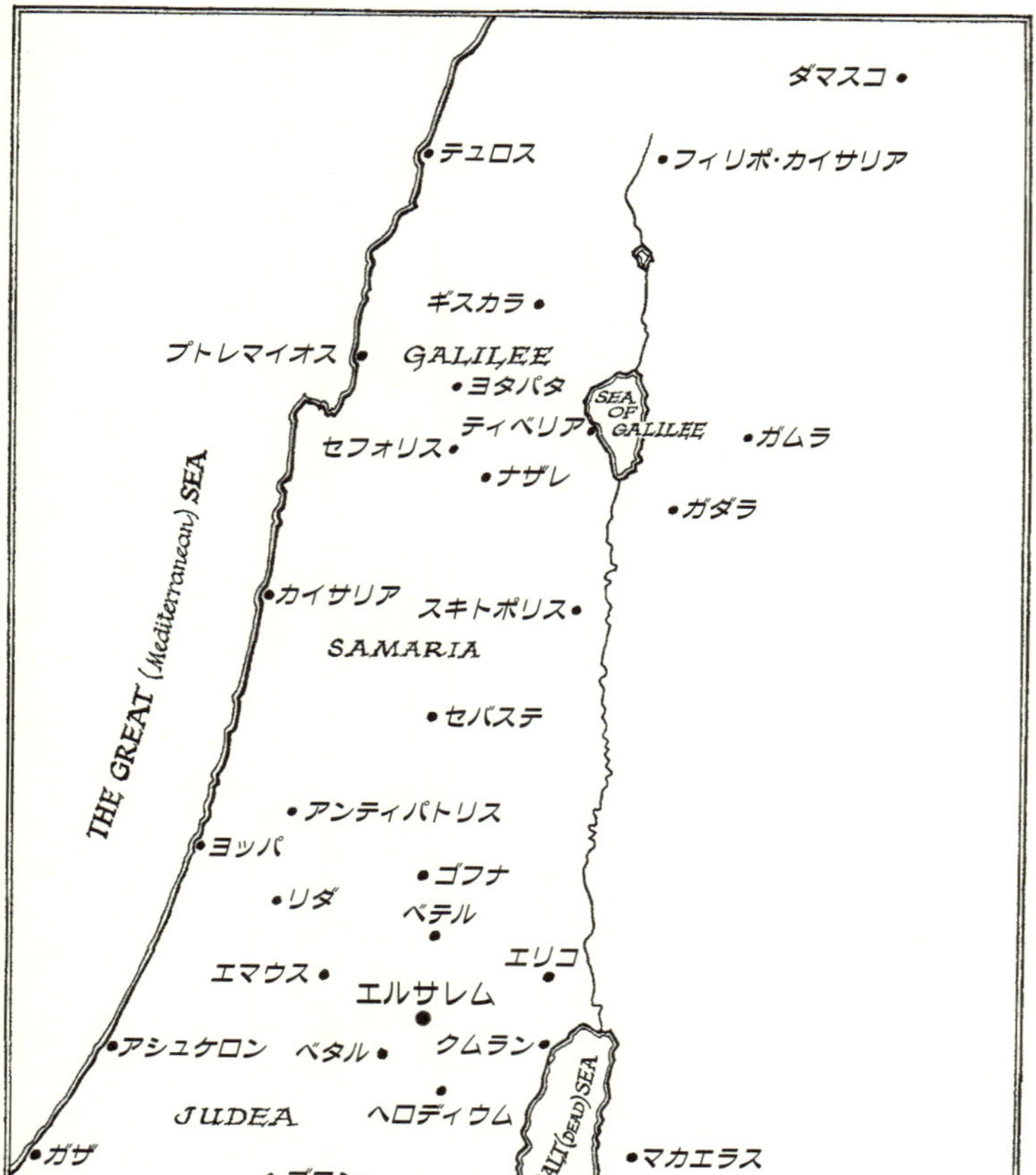

ダマスコ
テュロス
フィリポ・カイサリア
ギスカラ
プトレマイオス
GALILEE
ヨタパタ
SEA OF GALILEE
ティベリア
セフォリス
ガムラ
ナザレ
ガダラ
THE GREAT (Mediterranean) SEA
カイサリア
スキトポリス
SAMARIA
セバステ
アンティパトリス
ヨッパ
ゴフナ
リダ
ベテル
エリコ
エマウス
エルサレム
アシュケロン
ベタル
クムラン
JUDEA
ヘロディウム
SALT (DEAD) SEA
ガザ
マカエラス
ヘブロン
エンゲディ
ISRAEL
1st CENTURY A.D.
マサダ
ベエルシェバ
IDUMEA
Miles
0 10 20 30
Km.
0 10 20 30 40 50

はじめに

作者の心の中で成長してゆく物語が、しばしばその物語にふさわしいタイトルを獲得する方法は何とも不思議である。「マサダの声」は、筆を執るずっと前から私の心の中でささやき続けていた。声は低く、叫びになることはなく、執拗に急《せ》かせるということもなかった。はじめは違った。はじめから声があったわけではない。

声は少しずつ大きくなっていった。読者に、もしこの頭の中の声、ジャンヌ・ダルクの啓示が思い浮かばないならば、電話を聞くときのメモ帳を思って欲しい。声が呼び掛け、人がメモを取る。もし呼び声が同じことを繰り返し呼び掛けるならば、メモは一つの形、一つの型をなすことになる。ずっと後になっても、メモはその声を呼び起こすことになるだろう――さらに、声は再び心の中で聴かれることになる。こうして、ともかくマサダの声の言っていることが分かってくる。しかし、電話もメモもなかった。あっちでもこっちでも声が聞こえた。私にその話をさせて欲しい。

一九六三年にイガエル・ヤディン教授——イスラエルの指導的考古学者の一人は、マサダと呼ばれる死海西岸の小さな山の上の台地を発掘するという年来の願いを実現したいと表明した。

イギリスの日曜新聞「オブザーバー」紙は、発掘の計画を支持していたが、教授の計画とともにマサダの山の短い歴史を報じ、西暦七三年にマサダの山上で、ほぼ一千人のユダヤの自由を求めて闘う戦士たちが、十倍にも達するローマ軍にどうやって包囲され、攻撃されたかを告げた。その記事は、神に対するひたむきな信仰のゆえに熱心党《ゼロータイ》と呼ばれたユダヤ人たちが、すべてを失ったとき、ローマの奴隷に甘んじるよりも自分たちの命を貫くためにどのような選択を行なったかを語った。オブザーバー紙の記事は、また、その戦いが数年後にフラヴィウス・ヨセフスという歴史家によって記録されていたことを報じた。

マサダの戦いは、ほかの誰にも記録されなかった。ローマ人によっては記録されなかったことは間違いない。ローマ人にとって、マサダの戦いは面子《めんつ》を守るために多大の犠牲を払った戦いだった。ローマ・ユダヤ戦争の終結はわずか三年前にローマで祝われたばかりだった。戦争の終結は、エルサレムの壊滅と重要な神殿の破壊を伴った。マサダ包囲は戦争を仕上げる作戦だった。マサダは処分され、ローマ軍は去った。ユダヤ人の歴史家、フラヴィウス・ヨセフスの外に、マサダ包囲戦の歴史を書いた者はいない。

フラヴィウス・ヨセフスはユダヤの祭司一家に生まれ、ヨセフ・ベン・マタティヤフと名乗ったが、裏切り者、逆賊になり、ローマ人になった。マサダの戦いは、ごくありふれた潤色を施され、「伝聞」をもとにヨセフスによって記録された。しかし、ヨセフスの記述の大部分は、その値打ちを下げる自己粉飾の筆致が珍しいほど目につかない。マサダの戦いについてはほんの少ししか記されておらず、『ユダヤ戦記』全四巻のうちの二ページにも満たない。長い年月の間、唯一の翻訳だったウイストンの仰々しい翻訳においてさえ、マサダの戦いは珠玉の光を放っている。

しかし、誰が読むのか？とあなたは問うだろう。私も同じ疑問を抱く。読者はごく少数である。しかし、不思議なことに、マサダの戦いは広く知られているように思える。いわく、「歴史に名高い最後の抵抗」、「敵を欺くための集団自決」、「ある種の勇敢な行為」「勇敢な行為。約千九百年前のことだ。あまり信用できない歴史家によってほんの少し記録され、難解な翻訳でしか読めない。

だが、「オブザーバー」紙に記事が載り、自費でイスラエルまで行き、無報酬で働き、住むには最悪な砂漠のテントの下で生活し、発掘の手助けをするボランティアを募ったとき、驚くほどの数の応募があった。世界中からボランティアが千九百年前の勇敢な行為を知るためにやって来て、マサダ発掘の一員になることを望んだ。ボランティアとして発掘に参加した人々は、焼けつく太陽の下でこつこつ働き、夜は氷のような寒さの中で寝た。ボランティアたちは、シャベル、小刀、長柄のブラシ、それに小さな絵筆を使った。数百トンの土砂を動かし、オンス単位で測る破片を分類した。ヤディン教授——発掘者全員にとっての禿《は》げの小父さん—

—は、両手で奇跡を目の当たりにし、どんな細かいことも洩らさず、すばらしい記録を残した。

発掘は成功だった。電話用のメモ用紙はほとんど埋め尽くされた。ヨセフスはいまや再び、ウイリアムスンのすばらしい新訳によって読むことができた。もう一つの声が語った。同じ死海西岸のマサダから北に三十マイルのところで見つかった「死海写本」は、かくもローマ人をひどい目にあわせたマサダの戦士たちと同じ熱心な信仰を持った人々であるようだった。

私の探索は形を取り始めた。聖書の興味深い時期に入り込み、地図と写真を手にした。私たちの九度目のイスラエル行き（というのも、私たちは、あの小さな不屈の国、あの熱心党の国を愛していたからだ）は、しばらく延期された。私には準備が出来ていなかった。物語は、エルサレムで始められることになった。

探索はその出演者たちと同じような信じがたいドラマを一段階前進させた。マサダは熱心党の最後の抵抗があったおよそ百年前に、ヘロデ大王によって要塞として造られた頂上が平らな山だった。しかし、荒野に聳《そび》え立つ荒々しい要塞ではなかった。要塞と宮殿を兼ね備えていた。安楽を好む暴君は、そこで居心地良く過ごすことが出来た。ヤディン教授はマサダのすべてを白日の下にさらした。立派な食糧貯蔵庫、蒸し風呂、水泳用のプール、別荘、驚嘆すべき用水貯蔵のシステムがあった。すべてが荒涼たる砂漠の中に存在したのだった。

事実の収集には時間がかかった。しかしついに七月の夜明けにマサダの地に立ったとき、すっかりおなじみの世界があった。ただ規模だけが違っていた。いまや、本で読み、地図や写真で見ていたものが、等身大で姿を表し、現実になった。マサダの要塞の上に立った瞬間、空が輝いた。千九百年前に見下ろされた空と同じ空だった。私が聴いていたあの声が大きくなり、いつまでも響き続けた。

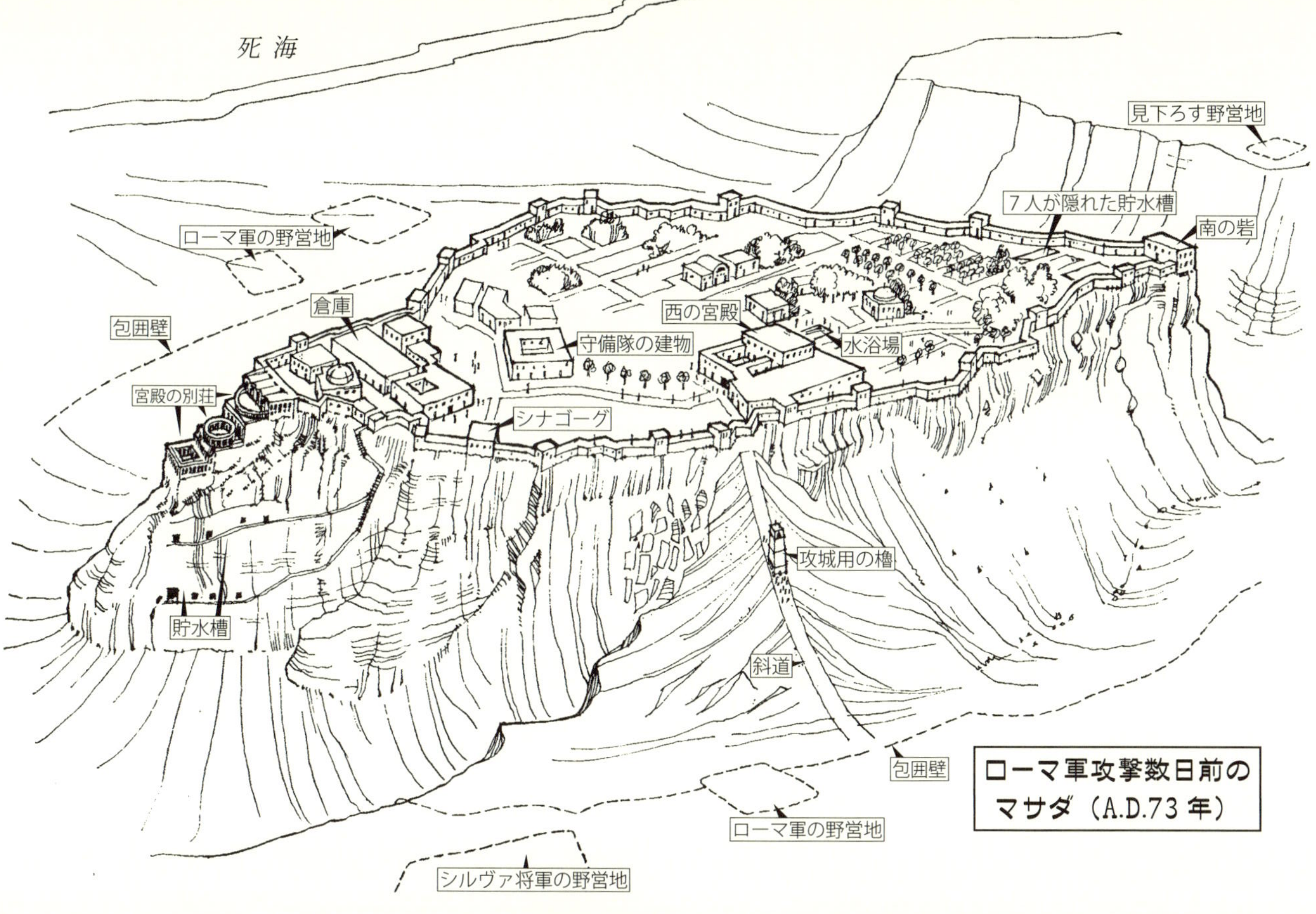

ローマ軍攻撃数日前のマサダ（A.D.73 年）

マサダの声

「……マサダで生き残ったのはわずか七人だった。エレアザルの親類で思慮と教育の点ではほかのどの女性よりも優れていた女性一人と年老いた婦人一人と、五人の子供」

――ヨセフス、『ユダヤ戦記』

一部

1章　約束

もう、過ぎたことです。エレアザルがそう呼び慣わしていた「大空の宮殿」は地に墜《お》ちました。たしかに、宮殿はときどき、地上にあるというよりも大空にあるように思えました。宮殿は大きな山によって支えられているのと同じように、血のように燃え、喜びに満ちた熱心党の人々の勇気によって支えられていたのです。

過ぎたことです。マサダは終わったのです。再び、国全体がローマ人どもの足に踏みにじられたのです。エルサレム、わが愛《いと》しいエルサレムがローマ人どもの足に踏みにじられ塵となってから三年も経っていませんでした。言葉では言いつくせないほど麗しいエルサレムが、同胞の血を吸った荒れ地と化したのです。千年建ち続けるはずの大いなる神殿が、粉々にされ、籾《もみ》殻《がら》のように散ってしまったのです。

マサダは終わったのです。残りの人生において——私は一つの物語を描く必要があるので、

所有者の名を記した
貯蔵壷

長生きしなければなりません――私があの沈黙を忘れることはありません。マサダは私にとてもたくさんの思い出、喜び、歌、叫び、それに物音を残してくれました。しかし、あの日の朝、沈黙とともにローマ人を迎えました。読者のみなさん、ユダヤ人たちは、とても整然と横たわっていました。血だけが、とても多くの血だけが、ユダヤ人たちが、あれほど必要としていた眠りを得ているのではなく、死の床に横たわっていることを語っていました。整然と、慈しみ合うように、お互いが抱きあい、横たわっていたのです。最後に死んだ十人、いや、最後に死んだ一人さえもが肉親のすぐそばにくずおれ、横たわっていたのです。どうしてエレアザルは私たちのことをあんなによく知っていたのでしょう。どうやって自分たちが思っていた以上のことを何度も私たちに行なわせたのでしょうか。どのような方法でエレアザルその人が備えていたのと同じ勇気、威厳、それに強さを私たちに教えたのでしょうか。こうした資質は私たちの中で育まれ、やがて私たち自身のものになりました。そして破局が訪れたのです。

何という、ユダヤ人たちの不屈の精神！　活気に溢れ、鼓舞された精神！　血の最後の一滴まで戦う心がまえ！　私たちユダヤ人は強靭でした。包囲戦で餓死しなかったなら、恐怖の洞窟の住人であったとは言えません。私たちは宮殿で生活し、王様たちのように闘いました。私たちは生きるために戦うこと、勝利することを知っていました。その上、エレアザルは正しかったのです。「身につけているものだけを焼き払え」と彼は言いました。「だが、食糧・水・油・ワインは残しておけ。菜園や果樹は残せ。我々が自由人として、自由のまま生きるに十分な余裕のある間に死んだということをローマ人どもに見せてやろうではないか」と言いました。

生命力と強さを奮い立たせながら、私たちはエレアザルの言葉に耳を傾けました。はじめのうちは不本意ながらほとんど不信の念を抱きながら聞いていましたが、それから恐怖に襲われ、エレアザルが話しているうちに確信と信頼を得ました。

やがてガチャガチャと武器の音を鳴らし、叫び声をあげながらやって来たローマ軍は、朝の静寂に出合いました。炎の小さく爆《は》ぜる音、宮殿から現れ、ローマ軍に向かって歩む私たち七人の足音以外、音を立てるもののない静寂があたりを支配していました。七人を残すということでも、エレアザルの判断は正しく、私たち残された者よりずっと事態をよく見通していました。

「お前は残れ、わが従妹よ」とエレアザルは言いました。「お前は残る、ルツ。老女も残る。私たちには老女の皮膚を刺し貫く剣はないのだ。老女はいつまでも生きるだろう。それから五人の孤児を残す。孤児たちにはチャンスが与えられなければならない。老女とお前が、孤児たちがチャンスをつかむのを見届けなさい。さらに、ルツよ、お前は、マサダのユダヤ人たちのことを書き記すだろう。マサダばかりではなく、カイサリア、ヨタパタ、ガムラ、ゲラサ、それに我らが愛しのエルサレムについても書き記すだろう。お前は自分自身で多くのことを目にした。お前が見つけ出す目撃者が目にし、お前が目にしなかったことも書き記すことになる。お前の父である私の伯父は、お前に教育と学問を身につけさせるように神によって導かれ、また、そのことに選ばれるにふさわしい娘を得るように神に導かれた」

エレアザルは快活に笑いましたが、私はとても一緒に笑えるような状態ではありませんでした。ほとんど泣きそうになり、心が乱れました。なぜなら、私はエレアザルが正しいこと、マサダが滅ぶ時には自分も生きながらえるつもりはないということを知っていたからです。マサダが滅ぶとき、エレアザルも死ぬからです。

「ローマ軍がお前たちを傷つけることはあり得ない」とエレアザルは続けました。「ショックが大きすぎるからだ。ローマ人はわれわれが実行した解決法と勇気を知れば、驚嘆するだろう。そして、恐ろしい時間を与えたことで、ローマ人の怒りは消えるだろう。七人が姿を現す瞬間を注意深く選びなさい。指揮官だけに、できることならシルヴァに話をするのだ」エレアザルは微笑みました。「征服者のシルヴァは、眼下に広がるエメラルド・グリーンの死海を目にすると同時に、気品に満ち、ローマ人の好む彫像と同じ姿をした美しく威厳のある女性に出会うとは思ってもみないだろう。何カ国語も言葉を話せ、温かく印象的な声を聞こうとは、あるいは、ソロモンのような心の持ち主と出会うとは予期していないだろう。その言葉を口にする顔同様の寛大で落ち着き美しい心の持ち主と……」

エレアザルは話しました。

事態はすべてエレアザルが予見したとおりになりました。生き残った七人がひどい目に遭うことは全くありませんでした。ローマ軍の兵士たち全員は親切で、ユーモアにあふれ、子供たちをやさしく扱いました。私の愛する老女、サラは、ローマの戦士たちの中でいつもくつろぎ、彼らを手なづけ、人気者になりました。正真正銘の街のおばさんのユーモアをふりまき、ざっくばらんでせっかちでした。サラは命令しました。「おもちゃを作りなさい」と、よく司令官に言いました。「戦争は終わったのです。幸福でなきゃならない子供たちがいます。ローマ軍の剣はよく切れます。おもちゃを作りなさい。人形を彫りなさい。子供が悲しむことは恐ろしいことです。急いで、立派な斧でおもちゃを作りなさい」。そうすると兵士たちは笑い、急いでおもちゃを作りました。

山の上からはとても小さく見えましたが、実際にはとても大きなシルヴァの野営地での最初の数日間、サラがいなければ何をしたらよいか私には分かりませんでした。私は涙もろい女ではなく、涙に救いを見いだす女たちを羨ましく思っていました。私は六人の中で最年長でしたが、母が死んだとき、一番下の兄弟はやっと四歳になったばかりでした。私たち全員の中でもっとも美しいダビデは、生まれたときから母の健やかさとたくましさのすべてを受け継いでいました。母の死は、永い間予期されていた終焉でした。書物は静かに閉じられ、幕がゆっくり下りました。

父と私は向き合って座っていました。父の眼は私の眼と同じように静かで乾いていました。私は十三になろうとしていました。「お前と私は泣いてはいけない」と父は言いました。「私たちは思案し、事態を検討し、それから実行に移すのだ。私がお前を誇りに思う以上に最初に生まれた子を誇りに思う親はいないだろう。娘よ、お前ほど心を分かち合える子は息子たちの中にはいない。お前と一緒にいるときのように寛げる相手は他にいない。お前は私の中にある最上のものと、お母さんの中にあった最上のものすべてを純化して出来た娘だ。平和の中でお母さんの心は安らぐだろう。四年近く、お前は何の不平を洩らすこともなく兄弟姉妹の面倒を見てきた。お前は大好きな読書も我慢し、子供らしい時間もほとんどないままに過ごしてきた。私はお前に子供時代を取り戻してやることはできない。しかし、お前がもっとも愛する書物は、きっとたくさん読めるようになる」

私は静かに、返事をせずに座っていました。父の表情はほんの少し変わりました。多少の同情と困惑の表情が浮かんだのです。「私たち、お前と私は泣いてはいけない。だが涙は流れる。涙は弱さの表れではない。女にだけ許されるものでもない。ダビデ王も、モーセも泣いた。ヤコブもアブラハムも泣いた。神ご自身がお泣きになり、いまだに私たちのために泣かれている」。父は腕を広げ、私は父の膝に座り、父の方に顔を寄せ、いつものように愛する父の匂いを嗅ぎました。「思い切り泣くがよい、ルツ。誰にも分からないから。口では言えないことがある。多分、お前が泣けば私も泣くだろう。神の思《おぼ》し召しがお前にあるなら、おそらく私にもあるだろう」

私は泣けませんでしたが、涙は溢れました。誰もやって来ませんでした。それでいつもどおり時が過ぎました。何時間も私はマサダを見上げながら、ローマ軍の野営地で過ごしましたが、いまやマサダは再びただの山になっていました。生命の気配は消えていました。実際に山頂に生命は存在しませんでした。ユダヤ人の生命は消えたのです。私にはなじみ深い一人ひとりの屍が横たわる墓場でした。たしかに涙が出てもおかしくありませんでした。しかし、誰もやって来ませんでした。

私は一人残されました。兵士や将校たちは好奇心を抱いていましたが、離れていました。打ち砕かれ血に染まった祖国のいたるところでローマ軍による残虐行為が行なわれたことを知り過ぎるほど知っていましたが、私は怖がっていませんでした。しかし同時に、私は十年間兵士たちの中で暮らしたので、軍隊が尋常ならざる状況と圧力の下で暮らす普通の男たちで構成されているということを知っていました。ここでは、残虐行為や獣じみた行為をする必要がありませんでした。二人の女と五人の子供が生き残っただけです。戦争は終わりました。マサダは征服され、埋葬の必要な一千体の屍、列になり、グループや家族でまとまった屍がありました。

私とサラは暴力を恐れませんでした。サラはいつでもどんなことも恐れません。ともかく、たいていの男と対等に渡り合いました。私は、ある種の冷静さ、平常心を身に着けていたので、こけ脅《おど》かしをみじんに打ち砕き、蛮行をおとなしくさせます。

これも父から教えられたことですが、私は熱心党になるための本を取っておきました。「お前の美しさはある種の威厳を備えている。ルツよ、知性をほんのわずか示しなさい。それが男たちに自分を思うようにさせないことになる。それというのも、たいてい男というものは、女の頭の良さに驚くものなのだ。敵の中では過去の失敗した出会いに照らしてみても、驚きは暴力や復讐に変わる」

「そのとき、私はどうすべきですか?」

「静かにしていなさい。正面を凝視しなさい。静かなまなざしで男を見極めなさい。男を吟味し、男の言葉に耳を澄まし、感情に左右されずに答えなさい。質疑応答のあいだに間を置きなさい。恐怖を悟らせてはいけない。ただ、穏当で月並みな興味を示しなさい。目立つことなく、しかし品よくふるまって同類を探しなさい」

父は、私に技巧を教えたのではありません。父は、習慣によって私が身につけられることを教えたのです。実際に、自分が一度も結婚しなかったことは、私には不思議なことではありません。そんな冷静な観察者と、そんな無感動な試験官と誰が一緒に暮らせるでしょう。

それで、私はローマ人の中で無事でした。ローマ人の作法を身に付けたイタリア風の美男の、女に飢えた将校たちは礼儀正しく、思慮深くなりました。私のために、筆記具を見つけ、テーブルと椅子を見つけてくれました。私に日除けを作ってくれ、丁寧に接し、自分たちの家族について話すようになりました。

2章　シルヴァ

山の上ですべてが終わり、誰も彼も死に絶え、ローマ軍が壁の割れ目を通ってやって来たとき、私たち残された七人は、エレアザルが言ったとおり待機していました。私たちは待ち、身を潜め、目で見る以上に多くのことを耳で聞きました。実のところ、ほかのどんな場所とも異なるマサダの夜明けの直後は、あたりが暗過ぎ、視界が利きませんでした。

他のすべてのことを聴くのと同じように、私たちは紛れもないローマ軍の音を聞きました。私はいつも遥か下にあるローマの包囲軍の野営地のたてる音をどうして聴くことが出来るのか、不思議でなりませんでした。ありとあらゆる音が聞こえてきました。攻撃の準備、特別の掘削、指令といったローマ軍の動静に通暁する上でとても役に立ちました。見事な攻撃用の斜道が半分出来あがり、私たちの宮殿のある山と同じように堅固で強靭に見えたとき、フラヴィウス・シルヴァ将軍は、その斜面の上に立って、われわれユダヤ人に呼びかけましたが、大声

‘ユダヤは征服した’の銘のローマ貨幣（70年）

を出す必要はありませんでした。シルヴァの一言、一言が聞きとれました。シルヴァは正攻法で、われわれに降伏するように、あらゆる抵抗を諦めるように呼びかけました。いまやわれわれが完全に孤立し、全国が制圧され、われわれには打ちのめされ、破壊される選択肢しかないということを告げました。シルヴァの声は、力強く、感情を抑え、力のこもった、ローマ人の声でした。音ではなく、声であり、私たちはその一語一語を聴き取りました。エレアザルが落ち着いた声で命令を下しました。投石係の一人が、石油を染み込ませたぼろきれで岩の玉を包み、それに火をつけ、投げました。火の玉は大地めがけて大空を弧を描いて飛び、シルヴァの足元で火花が飛び散りました。私たちは炎の爆ぜる音を聞き、挑戦的なドスンという音を聞きました。

あの四月中旬の静かな朝、すべてが終わったとき、私たちはまたありとあらゆる音を耳にしました。ローマ軍の兵士たちは、攻撃用の巨大な塔とマサダの砦の破壊された壁の間に梯子と平らな板を架け渡し、斜道を駆け上がってきました。私たちはいたるところに立ち昇った炎、煙、火の手について仲間に呼び掛けるローマ軍の兵士たちの叫び声を聞きました。兵士の数はどんどん増えました。それから炎の唸《うな》り声以外は静寂があたりを支配しました。まるで命令するかのように、戦いを強いる大きな叫び声が響きました。叫び声は消えていき、敵の叫び声に反応しない状態を際立たせるかのように、一瞬、炎の唸りが静まりました。謎めいた一瞬でした。

それから、ローマ軍の兵士たちが私たちの宮殿の床を踏む音を初めて耳にしました。あちこちを伺い後方に合図を送る、よく訓練された素早い足音でした。足音は増し、隊形を形作りました。一インチずつ確かめて進む足音ではありませんでした。ローマ軍は気がついていたようでした。シルヴァは後になって、死の静寂、あるいは無の静寂は、待ち伏せや潜伏の静寂とは違うということを話しました。

「兵士は本能を総動員する。五感を研ぎ澄ます。どんな感触にも空気のそよぎにも敏感になる。何がそこにあるか、何がなくなっているかを悟る。恐怖には勝利と同様に匂いがある。聞こえるものと聞こえないものが重要なのだ。野営地では言葉ではなく、物音に耳を澄ますことを私は教えられた」

「あなたの本能はマサダであなたが見つけたものを教えましたか?」

「違う。火がヒントになって命令を下した。わが軍はマサダの修理された木の壁で火が燃えていることに気がつき、風がその火を煽りたてていることを知った。翌朝、事態が終わりを告げるだろうと悟り、撤退した。マサダのユダヤ人たちが、朝までにもう一つ別にあのような壁を作れるとは思えなかったからだ」

「どうして火がヒントになったのですか?」

「火はあまりにも長く燃え続けた。それから火は南側に移るように見えた。山の下からは南側には壁ではなく宮殿があることを知る術《すべ》がなかった。あなたの同胞は見事な火葬炉を選んだ」

シルヴァその人を見事に語る見解でした。死を慫慂《しょうよう》として受け入れたマサダの宮殿の住人に関して下されたきっぱりとした見解でした。

「あの朝、あなたに話したとおり、私は兵士たちと一緒に山に登らなかった。最初、私は現場に立ち会っていなかった。部下の将官たちは経験を積んだ思慮深い男たちだった。しかし、彼らが目撃した場面を処理する規則は存在しなかった。そこで私に連絡してきたのだ」

「あなたは用意があったのですか？」

「前もって、部下が派遣した使者から警告されていた。しかし、用意はなかった。あなたが現れたとき、何の準備も出来ていなかった」

エレアザルは何とも賢明でした。愛する友よ、ローマ人には心の準備が出来ていなかったのです。おっと、私は先を急ぎ過ぎました。シルヴァとこの話をしたのは、もっと後のことで、平地に下り、夕飯を摂り、ルーベン老人に私が会う前のことでした。

先を急がないようにしましょう。あの静かな四月中旬の朝の間、事態は急展開したわけではありません。事態は死者と共に進み、死者はゆっくり歩みます。

私とサラは物音に耳を澄ませながら待ちました。走って行く足音、炎の爆ぜる音、わけのわからない叫び声などに耳を澄ませました。私たちは「シルヴァ将軍が到着した」という声が耳に入るまで待ちました。「シルヴァを呼べ、将軍を待て」という声を聞きました。私たちは待ち、出て行く時が来たと確信したとき、子供たちの手を取り、朝の光の中へと歩を進めました。

一番小さな子供が泣き始め、サラがしっかりした足取りでその子をたくましい腕に抱えました。宮殿は端から端まで陽に輝いていました。私たちが身を潜めていた巨大な水槽は南端から二百ヤードのところにありました。宮殿は胸が痛む光景でした。私たちは歩み続けました。半分ほど歩いた小さな宮殿の近くで私たちの姿はローマ軍の目に入りました。若いというより幼いと言ってもいい兵士が私たちを目にし、私たちに背を向けて炎を見守っていた将官の一団に声をかけました。

私たちが歩き続け近づくにつれ、兵士たちは邪魔にならないように二手に分かれ、その間を通る私たちを黙って見守っていました。それから将官たちが小道をつくり、私たちはシルヴァの前に立っていました。シルヴァは私が口を開くまで待ち、自分が満足するまで耳を傾けました。やがてシルヴァが司令官たちを叱りつけると、よく鍛えられた男たちは行動を起こしました。彼らは土と砂と水をかけて壁や扉を壊し、間もなく火はおさまりました。

シルヴァは部下たちに命令を下した後は再び私に話しかけることはなく、すこし離れたところに独り立ち、物思いに耽っていましたが、すぐに戻って来ました。

「老女に子供たちの世話をさせろ」とシルヴァは言いました。「あなたは私と一緒に来なさい。あなたが本当のことを話せば、悪いようにはしない。もし嘘をついたら……」シルヴァは黙りました。シルヴァは嘘のつきようがないことを知っていました。信じるとか信じないとかいうことの埒外《らちがい》のことでした。しかしシルヴァは、五感に従って、嘘のつきようがないことを知っていました。

シルヴァと私は王冠の間のテラスからさほど離れていない、小さな浴槽の近くに立っていました。シルヴァと私は宮殿の東の面に沿って歩き、正面に回り、アーチ門に達しました。右手には黒焦げになった城壁があり、その後ろにほぼ百フィートの高さの武器を備えた物見の櫓《やぐら》がありました。櫓の基盤は巨大な斜道に位置していましたが、私たちの視界には入りませんでした。私はしばらく休み、シルヴァも歩みを止めました。シルヴァは青ざめていましたが、それは一種の怒りによるものでした。

「無駄だ」とシルヴァは私を見てから言いました。「無駄だった。努力も無駄だったし、人命に関しても無駄だった。ローマにとってだけではない。ユダヤ人にとっても無駄なことだった。その支配だけをあなたたちの受け入れる神が、すべての人間を創ったとあなたたちは信じている。一見したところ、もしすべての人間がユダヤ人であるとしたら、神はまた神への献身という名目でユダヤ人を狂人にした。ローマ人は正義と良識において世界を支配する。神々以上の良識によってだ。神々は支配について何も知らない。しかし、あなたたち狂った人間にとっては、自分たちの神だけが支配しなければならない。そうしてわれわれはもう一つ大仰な身振りを目撃する。もう一つの英雄的な最後の抵抗だ。砂漠の山の頂上での抵抗だ。われわれだけがそれを知っている。そして忘れられる。何にもならない。もうすぐここは以前のとおり、ローマ軍の兵営になる。そしてあなたたちの同胞は忘却の彼方に消える」

将軍、マサダのユダヤ人たちは忘れられません。忘れられることはありません。

私とシルヴァはアーチをくぐって、宮廷の中に入りました。シルヴァが先に立って歩きましたが、消防士の一人がシルヴァを止め、左側を、軍と将校団がいる建物を指さしました。

それは大きな中庭を取り囲んで、空に向かって、建てられていました。同胞が集団自殺した場所でした。

同胞はお互いに腕を組んで、とてもきちんと、忠誠を尽くした果てに、横たわっていました。空を見上げ、火に焦げたり害われたりすることなく。シルヴァ、火葬炉ではありません。死体安置所でもありません。エレアザルは自分がしたことをよく分かっていました。薪の束ではありませんでした。同胞のためにしつらえられた枠組み、舞台装置でした。そこでは、珠玉の勇気が、大空に向かって、太陽のようにきらめいていました。

シルヴァは黙って立ち止まりました。そのすぐ近くに将官たちも立ち止まりました。やがてその数が増えました。それから消火活動で顔を真っ黒にした兵士たちが集まって来ました。足元にはさまざまな残骸がありました。あたり一面、炎の爆ぜる音や屋根の材木が落ちる音がしていました。人の話し声は聞こえませんでした。頭に何も被っていないシルヴァがヘルメットを被っている背の高い将校を見回すと、将校は顎紐《あごひも》を緩め、ヘルメットを脱ぎました。全員シルヴァの姿に倣《なら》い、ヘルメットを脱ぎました。全員が涙を流さないように、表情を引き締めました。普通ではない状況に立ち会った、普通の人たちでした。だが、彼らの目の前にある光景はごくありふれた人々の姿でした。好みの玩具をたくさん手にした子供たち、若い母親たち、なかには胸に乳飲み子を抱えた母親もいました。もう少し生きていれば成人したであろう、裸足で痩せた少年少女たち。

シルヴァが最初に動きました。シルヴァは私に目をやり、多分、私の頬が濡れていないことを見て取りました。それから、すべてが注意深く取り扱われるという意味の動作をし、さらに私がシルヴァとともにこの場を去るべきだという意味の動作をしました。シルヴァと私は子供たちとサラのところに戻りました。シルヴァが私たちから去り、まもなく将校がやって来て、私たちが梯子を渡り、巨大な攻撃用の斜道に移る手助けをしました。私たちは後を振り返ることなく、平地に下りました。

3章　野営地

斜道のふもとで、攻撃用の壁になると分かっていたところを私たちは横切ることになりました。私たちは、それが形になって行くのを驚異の念を抱いて見守っていました。というのも、それはマサダを完全に円く取り囲み、ごく短時間で建設されると思われたからです。それはシルヴァによって行なわれた包囲作戦の第一章であり、マサダをどんな犠牲を払ってでも攻略するという暗示でした。千人単位で男たちが斜道を建設するために連れて来られているようでした。「奴隷労働者たちだ」とエレアザルは私たちに告げました。「戦争で捕虜になったイスラエルの人々、ユダヤ人だ。エルサレム、ティベリア、カイサリア、ガリラヤのユダヤ人たちだ。ユダヤ人の奴隷たちが我々の攻撃に対する盾に使われている」

上から見ると、建設に働く人間たちは蝿のように見え、壁は二、三センチで一跨ぎ出来る代物のように見えました。しかし平地で見ると壁は大きく、驚くほどでした。人間の背の高さの

ナバテアの深鉢

二倍はあり、少なくとも六フィート（一・八メートル）の厚さがありました。サラは私の傍らを毅然として歩み、まだ小さな子供を私と反対側の腕に抱えていました。

騎兵は壁に沿って小さな道へと私たちを導き、それから通路を通って、壁に付設した捕虜収容所へと私たちを連れて行きました。そこは、小ざっぱりとした軍の野営施設でした。天幕で造られた屋根と粗い石で建てられた小さな家のように見える建物が並んでいました。内部はかたく固められた土でした。テントの屋根は支柱を用いて高さと傾斜を保っていました。それぞれの住居は、三方に寝るためのベッドや座るためのベンチが置いてあり、八人から十人の人間が生活するのに十分な大きさがありました。住居のそれぞれの列に隣接して調理用の場所があり、あちこちで男たちが働いていました。男たちは通り過ぎる私たちと同じように好奇心を抱いて私たちを眺めました。

私たちが野営地の中心、行進用のグランドに到着すると、騎兵たちは私たちを階級が上の年かさの男に引き渡しました。男と他に二人の将校が黙って私たちの前に立ちました。敵意はありませんでした。男が私たちのことを知っているのだと気がつきました。

男は一言二言同僚につぶやきました。それから私は街のギリシア語で男に話しかけました。男は急いで振り向きました。

「私たちは疲れています」と私は言いました。「子供たちはそれにお腹をすかせています。もしあなたが急いで対応してくれるなら、一切の心配は御無用ですと約束します。私は同じことを友人にも話します。友人は私よりずっと戦闘的です」

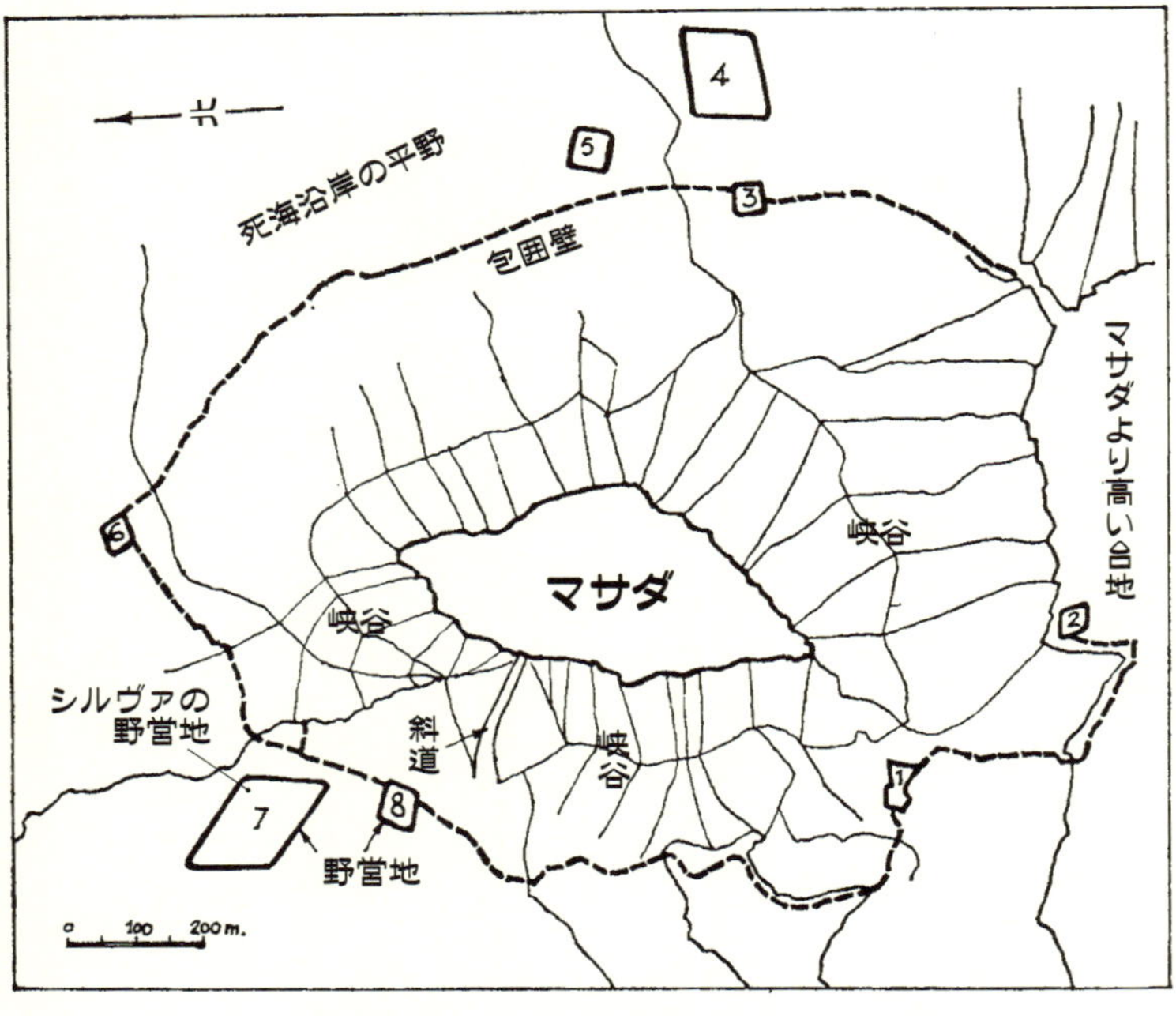

8つのローマ軍野営地と包囲壁

年かさの将校は笑いました。「ごめんなさい」と彼は言いました。「私の任務は遅滞なくあなたたちを将軍の野営地に連れて行くことです。およそあと半マイルです。そこであなたたちは屋根の下で、食事をし、飲み物を得ることが出来ます」

将校は、七歳になるデボラの手を取り、ごく自然にふるまい、一緒に歩きました。私は親しみを感じました。私の疲労と沈黙を感じ取り、応答を期待することなく、気安く話しました。将校は自分が工兵として多くの前線で任務に就いたことを語りました。将校はルキウスという名前で、シルヴァに一目も二目も置いていました。

「シルヴァだけが斜道を作った」と彼は言いました。「包囲用の機械、弩弓《どきゅう》、投石機、破城槌《つい》、それにその上で立ったり、動いたりする土の山の設計と建設を、軍の工兵学校を卒業して以来私の仕事にして来た。しかし、斜道は土の塚でも小さな丘でもない。たしかに斜道は数万トンの巨大な土の塊である。しかし、斜道は建築物だ。それを作るために木材、石、それに多くの死者が出たから血、が必要とされた。シルヴァは山を生け捕りにするために丘が必要だった。シルヴァはどこに、そしていつまでにそれを作るべきか私たちに話した。シルヴァはまた、八つの野営地と山をとりまく壁を作れと命じた。もしそう言ってよろしければマダム、あなたとあなたたちの同胞はとてつもなく多くの人々に大変な量の重労働を強いた」

私は沈黙を守りました。一歩あとからサラが口にしました。「無駄ではありませんでした。私たち丘が山を攻略しました」

私たちは野営地の壁にある出入口を潜り抜け、開けた空き地を横切って歩きました。私たちの右手には包囲戦用の壁がありました。私たちの前方、およそ二百ヤード離れたところに、出てきたばかりの野営地よりも大きいもう一つの野営地がありました。私たちが近づくと、歩哨が挨拶をし、私たちは歩哨の間を通り抜けました。上から見るととても小さく見えた壁や出入口の規模の大きさに改めて驚きました。

「シルヴァの野営地です」とルキウスが言いました。「一番大きい、本当の総司令官の野営地だ」。太陽が今や高く上り、私は暑さに汗ばんでいました。工兵将校の快活な何気なさが不愉快になり始めました。しかし、私の苛立《いらだ》ちは一瞬にして過ぎました。男は鈍感ではありませんでした。何気なく快活にふるまうことがこういう場合の決まりだったのです。最善の方法、無力な敗北者を扱うに最もふさわしい方法だったのです。勝利に慣れた征服者にとっての疑いようのない決められた礼儀だったのです。そしてルキウスはこの方法を遺憾なく実行したわけです。

私はサラに目を向けました。サラは眉をつり上げて厳しい笑みを私に送りました。以前からしばしばあったことなので、サラは私の考えを知り、自分自身が同じように考えてきたこと、同じ結論であることを一目で私に知らせました。

「星や鳥の羽ばたきで前兆を知る……」とルキウスは隆起した演台を指さしていました。彼は指示している指を少し動かしました。私は彼の配慮に応えるべく、注意を向けました。

「あそこに、祈りを捧げ、生贄《いけにえ》の行進を行なう祭壇がある。あの後ろでは兵士たちが俸給を受け取っており、左手のもっと向こうには市場があり、そこで兵士たちが金を使う」

私たちは歩き、先に通ったもっと小さな野営地で見たのと同じように、ずっと広い道路から続き、片側に曲がるいく棟もの天幕を屋根にした小屋を目にしました。広い道路はまっすぐに伸び、一つの壁にある門から別の壁にある門まで野営地をまっすぐ横切っていました。道路は、東西南北に通じていました。道路が交差する中央には、広い空き地がありました。

「行進用の広場だ」とルキウスは言いました。

私たちが広場を横切って歩いていると、ルキウスは前方を指さしましたが、そこにより大きくて重要な建物がありました。「将校の居住する建物、総司令部、司令塔、兵器庫がある」とルキウスは言いました。私たちが隆起した演台を通り過ぎると、「記念行進用の演台だ。何か言わなければならないとき、将軍はあそこに立つ。あまり使われない。将軍は雄弁家ではないのだ」。私たちは司令塔の外に立ち止まり、サラと子供たちはさらに近づいて行きました。ルキウスは私をまっすぐ見つめて微笑みました。私は女としては背が高いのです。「マダム、目的地に着きました。恐れることはない。ローマ人は女や子供とは戦わない」

サラの顔は石のように硬く、眼は氷のように冷たくなりました。サラは手を差し出し、デボラが無言でルキウスからサラに手渡されました。「工兵将校はそうかも知れません」サラは街のギリシア語ではっきり言いました。その眼つきにふさわしい声の調子でした。「多分、あなたの職務は他人が相手を殺す手段を提供するだけです。多くの子供や女が死んだことを私はあなたに言いたい」。サラは自分の顎で両側にいた子をそれとなく示すような動作をしました。「この子供たちの母親や兄弟姉妹は女や子供と戦わないはずのローマ人に殺されました」

ルキウスは言いました。「非常にたくさんのローマ人もマサダで殺された。マダム、どうぞ私について来てください」

ルキウスは前に向き直り、建物に入って行きました。

建物の内部はひんやりし、ガランとして能率一点張りの感じがしました。私たちは長いベンチに腰をおろすように促され、礼を言って腰を下ろしました。六歳に近く、人生の半分をマサダの山頂で過ごしてきたシモンは、黒い巻き毛の頭を私に委ねてベンチに横になりました。戦争中にエルサレムで生まれたシモンは、父か母譲りの広い額をしていました。私たちはシモンの両親のどちらも知りませんでした。連絡係として私たちが使っていた裁縫師のうちの一人のところでシモンは見いだされました。汚れた三歳の幼児はまったく恐れを知りませんでした。シモンは自分の名前とどこで生まれたかを知っていました。シモンが見つかった場所には何もありませんでした。炎と煙が昇っていました。シモンはマサダに、そこに煙と炎が立ち昇る今朝まで、たくさんの父親や母親がいました。シモンは横になったまま、私を見つめました。

「僕たちは捕虜になるの？　ルツ」

「そうよ」

「処刑されるの？」

「どうして」

「僕たちの秘密のせいで」

「あなたは何か知っているの？」

「ううん」シモンは悲しそうに言いました。それから、「ローマ人は僕たちにご飯をたべさせてくれるの？」

「くれるでしょう」

「僕たちは逃げだすの？」

「逃げ出さないわ」

「何か起こるまで待っているの？」

「それが賢いことでしょ」

「うん」

私の片方には、ユディトがおり、ユディトの母親が私の友人でした。ユディトは十四になろうとしており、母親そっくりの美しさとやさしさを備えていましたが、すべてがいま終わるところでした。これからも続くはずだった人生のすべて、あらゆる希望、あらゆる願いが終わるのでした。マサダは終わりました。最後の抵抗、最後の反乱が終わったのです。それにヨセフ。ユディトはヨセフと、胸の高鳴り、すべての秘密、すべての自由な時間をともに分かち合って来ました。マサダにいたせいで、二人とも歳より大人びていました。しかし、お互いに一緒に過ごし、同い年でした。私の従兄のエレアザルは多分、二人のことでは間違っていました。多分、家族たちのこのときの感情が大きすぎたのです。「全家族が自決し、例外はない」。これは明確で、誤解の余地なく、懐疑的な人間も、臆病者さえ受け入れました。というのも、絶望にはそれ自身の論理があったからです。「孤児たちは生き、自らのチャンスをつかむべきである」

とエレアザルは言いました。可哀そうなユディトはヨセフの家族に加わるチャンスだけ、ヨセフの家族と一緒に死ぬことだけを願っていました。しかし、ユディトは孤児にはチャンスが与えられるべきということで生き、ヨセフは家族があるという幸運のために死に、自らのチャンスを失いました。ユディトが立ち直るには時間がかかるでしょう。というのも、ヨセフと暮らすことがユディトの生活でした。ユディトは山の上で死ぬことを願っていました。ユディトが立ち直るには時間がかかります。

ユディトは私のすぐそばに座り、私に寄り添ったその肩の重みがユディトの悲しみの深さを語っていました。ユディトはシモンの巻き毛を見下ろしました。私はヨセフの髪の毛がシモンの髪の毛よりも軽く、真っすぐだったことに安堵しました。ユディトは指でシモンの巻き毛に軽く触れました。

シモンが訊《き》きました。「ご飯はどのくらいしたら食べられるの？」

「もうすぐよ」

「それから僕たちがどうなるか分かるの？」

「そう」

「まずい？」

「ご飯が？」

「違う。これから起こることが」

「それを検討するの」

「ご飯はユダヤ料理？」

「多分、そうよ」

私はまだ腕に小さい子を抱えているサラをベンチに目にしました。私の視線を待っていたサラは、飢えた熱心党の少年、シモンのお茶目なセリフに耳を傾けていました。私たちの間にはまた、私を見つめている双子のデボラとダヴィッド、愛称でディブとドブがいました。二人の十歳になる喜劇役者は、そのお茶目ぶりで、マサダでの最後の日々に、千人の熱心党の人々に飲食よりずっと大きな喜びを与えていました。また、彼らはエルサレムの第二の城壁の崩壊の際に孤児になっていました。市場の、路地裏の子供たちでした。実際、双子は、平たいというより大きな顔で、黒く輝く瞳と獅子鼻の持ち主でした。飾り気がなく、力強く、敏捷でした。しかし、いまはじっと神妙な目つきで私を見つめていました。

私は生き残った仲間たちと私の関係に微妙な変化が生まれていることに気がついていました。私は、好むと好まざるとにかかわらず、歴史家になるばかりか、指導者にされていたのです。おそらくサラの茶目っ気は、ある程度こうなることを知っていたからでしょう。サラと子供たちは私が命じられたことを引き受けることを待っていました。たとえまた、ほんの一瞬察したのだとしても、幼子のサミは、サラの肩から顔をあげ、視線を他の子供たちに向けました。

「私たちは言われたとおり行動します」と私は言った。「食事をしろと言われたらします。そして全員一緒にいることを主張します。私は工兵将校が恐れることはないと言ったことは本当と思います。私たちは過ぎ去ったことではなく、これから起こることだけを考えるようにしなければなりません」。ユディトの肩は悲しみのあまり、私の肩にまだぴったり寄り添っていました。「ユディトは家族の頭です。みな従わなければなりません」。ユディトは肩に力が入り、真っすぐに座りなおし、振り向き、耳をすませました。

みなをまとめていく話をもっとしようと努めましたが、その必要はなくなりました。というのは、ルキウスが戻ってきて相変わらずの優れたユーモアを振りまいたからです。間違いなく規則でした。教則本どおりでした。

「幾人かは絶えず移動させなければならなかった」とルキウスは言いました。「あなたたち七人全員だけが、用意しておいた捕虜収容所にいることは不自然なことだ。多くのユダヤ人が収容されてはいるが、労働収容所に入れることはよくない(教則本どおりだ)。あなたたちは、将軍の野営地でしばらく生活する。兵隊用の小屋だ。小屋はあなたたち全員を収容するに十分の大きさがある。私たちはこれからそこに行く」

「小屋」は同じ造りの家が何棟も並ぶ家並みの末端にある、天幕で屋根を葺《ふ》いた家の一つでした。家には誰も住んでいませんでした。三方にめぐらされたベンチは、寝台としても使われるのですが、その上に軍隊用の毛布の三つの束がありました。毛布は清潔で、十分足りました。子供たちは毛布にもぐりこみました。

サラが言いました。「毛布はよく振って、長く伸ばし、ベッドの上に敷きなさい」。毛布に皺《しわ》はありませんでした。みな働きました。ユディトが世話をしました。ルツと私だけが例外です。

外にいたルキウスが言いました。「野営地のこの地域には、ほかと比べて年を取った人が多い。老人の兵隊たちだ。あちら側には上級将校がいる。あなたたちの食事は連中と同じものになる。調理は特別になるだろう。数品の料理がいまから運ばれて来るだろう。主な料理は夕飯になる。自分が食べているものとこの野営地の食事が同じかどうか私には分からない。しかし、子供たちはきっと満足するだろう。ここは騒がしい場所だ。もうじきもっと騒がしくなる。というのもこの地域での私たちの仕事はもう終わり、引っ越しがあり、変化があるからだ。あなたたちはどこに行ってもよい。ただし、壁の中だけだ」

ルキウスは去って行きました。「この地域で私たちの仕事はもう終わった」というルキウスの言葉が耳に残りました。

サラは私たちの天幕小屋を点検しました。「すぐに慣れるでしょう」とサラは言いました。「もっとひどい所に住んでいたから。地上での生活に慣れなければならない」。サラはカーテンの下に頭を突っ込み、力強く、奇妙に音楽的な声で熱心党の歌の一つを歌い始めました。一瞬のうちに子供たちの声がそれに加わりました。サラは目を拭きながら戻って来ました。天幕小屋の中の歌声は、澄み通り、心をゆすりました。

こうして私たちは移住し、考えていたよりもずっと早く、平地に下りての新しい生活に馴染み始めました。戦闘は終結し、包囲攻撃は成功し、マサダは征服され、野営地は駐屯地、兵舎、平和な兵役生活の場といった感じになりました。すべての仕事のための訓練やきちんとした方法は印象的でした。私たちはラッパの音で起床し、料理中の食事の匂いを嗅ぎました。ローマ軍の兵士たちはよく訓練された兵士で、料理人は起床ラッパが鳴る前に起きていました。私たちが監禁されたり、無理強いされたりすることはありませんでした。

私たちが野営地に下りた最初の夜から目覚めたとき（私たちはどれだけ眠ったことか、どれだけ疲れ果てていたことか、全員が一緒にいて、幼い子供たちが毛布にくるまって身を寄せ合い、暖かく安全に過ごしたことをどれだけ喜んだことでしょう）、サラは子供たちと一緒に、注意深く、壁で囲まれた天幕小屋のすぐ近くの道路の探検に出かけました。私は後に残り、マサダの山を見上げて座りました。ここは山ではないという感覚になじめませんでした。まるで私が見てきたものすべてが想像の中だけのものであるような気がしました。その感覚が私を悩ましました。サラが戻ってきたときにそのことを告げました。サラは山を見上げ、それから私を見下ろしました。

「ここからあなたは平らな頂上の山を見ている。あまりに高く、あまりに離れているので、細かいところまで見分けられない。山はよそよそしい。あなたは三年近く山の上で暮らした。しかし下から見上げたのはたった一度、エルサレムからやって来た時だけだ。そして今、あなたは別の側から山を見ている。この下からあなたがはっきり目にすることが出来る見慣れた唯一のものは、斜道とあの呪わしい塔だ。さらに、連中はローマ人で、ユダヤ人ではない。こっちに来てよく見なさい。子供たちが最初の朝に遭遇した不思議なことをすべてあなたに話させなさい」

「はい。こっちに連れて来て。ここは居心地がいいわ」

「だめ。あなたが子供たちのところに行きなさい。そこで私たちは山とは違うやり方で顔を合わせます」

ユディトを頭にした一家は、外でおしゃべりをしてから生き生きとして、ひんやりした小屋の中に戻って来ました。新しく未亡人になったように昨夜は泣いていたユディトさえ、目を輝かせ、一番小さなサミを膝に乗せていました。

私は座り、ごくわずかの衣服を身につけ、大きな声で野次りながら朝食後の毎日の決まった作業に精を出し、目に茶目っ気を湛《たた》えた年長の女が管理する若く魅力的な観客を突然発見した、兵隊たちについての話を聞きました。

「兵隊のうちの何人かはとても困惑していたわよ」とサラは言いました。

ディブとドブは二人にベルトをくれると約束した武器係について話しました。シモンは小屋に入ったすぐのところにある籠の中に小さな緑の鳥を見つけたことを話しました。シモンと幼児のサミは、天幕小屋の中に入ってすぐに目を丸くし、小鳥の所有者の灰色のひげを蓄えた巨漢の騎兵が、重い体を揺すって部屋に入ってくる姿を見てびっくり仰天しました。巨漢の騎兵は、太陽の光で目がくらんだと思いました。小屋からとどろく人に話す声がさらなる驚きでした。三人以上の子供を連れた背の低い、頑丈な年かさの婦人でした。騎兵も兵隊も幸運でした。武器をもっていないサラに驚かされたのですから。ローマ軍の仲間の多くは何年もの間、そのような幸運に恵まれませんでした。小さなナイフを思わせるわが淑女、男たちの指導者！

子供たちは自分たちでおしゃべりを邪魔し合い、自分のおしゃべりを繰り返していました。サラは無言で座り、どちらの立場に立つこともなく、詳細を確かめ、耳を澄ましていました。疲れを知らない鉄の女のサラも疲れたようでした。私は時々、それぞれの子供の、言われていることとは無関係な表情の変化、小さなしかめっ面、目に現れた内省の様子を目にしながら、サラを見守っていました。私がそうしていることをサラは気がついていないと思っていましたが、もう一度見ると、サラの目は待ちかねていました。厳しい、断固たる様子でした。私の心は過去に戻って行きました。

4章　サラ

フロアー・モザイク

サラは初めて会ったときと同じように、両手を膝に置き、体を寛《くつろ》がせていましたが、落ち込んではいませんでした。女としては肩幅が広くがっちりしており、背筋をぴんと伸ばし、頭を昂然《こうぜん》と上げ、内面と外見が分かち難く一体となっていました。膝にじっと置かれた手は、角張り、職人や職工といった人々の手と同じようにずんぐりし、茶色で、がっしりし、男の手のようでした。短く切った太い灰色の髪や眉毛と同様、角ばった頑丈な顎もまた男まさりでした。サンダルをつっかけた両足は、両手同様、幅が広く、力強く、女性離れしていました。

だが間違いなく女でした。妻であり、母であり、頼りがいのある人物であり、いざというときの避難場所であり、心の支えでした。男さながらの悪態をつき、男並みに戦い働きました。必要とあらば、男のように装い、考え、計画を練りました。そしてほかの男たちの筋書きや計画に比べ先見の明がありました。だが、戦いが終わり、熱心党に食事が与えられ、傷の手当てがされ、緊張が次の騒動まで止むと、厳しい顎の線は緩み、眼は動き回り、丈夫な白い歯そのものが太陽の温もりであるかのような笑みを見せました。サラは光り輝きました。そして戦いの余韻醒めやらぬ筋骨たくましい兵士たちは、美しい女性が誰だったのか訝《いぶか》り、がみがみ言う女はどこへ消えたのか不思議に思いました。

しかしいま、サラは、八年前にエルサレムのサンダル市場の通りにあるシメオンの家で初めて会った時と同じように座っていました。気のいい靴屋のシメオンのところには、ありとあらゆる人々が、サンダル用の紐《ひも》、継ぎあてなどの修繕の必要があって、靴屋のただの客としてやって来ていました。客たちはしかしまた、ローマ軍の情報、ほかの場所にいる抵抗グループの伝言をもたらしました。指令はシメオンの店のカウンターを通過し、計画は実行され、たくらみは実現されました。シメオンの店には、情報を欲する人々と同じように情報をもつ人々がやって来ました。行方不明の人を探す人々は「シメオンに靴を持って行き」、行方不明になった人々は自分の家族を探しに行きました。

戦士たちもやって来て、二階の部屋に上りました。包帯を巻かれ、隠れ、報告をし、休息するためにやって来たのです。八年前のあのときは、フロルスが総督の時代でした。アルビヌスを継いだゲシウス・フロルスは、血まみれの手をした前任者を天使のように思わせました。アルビヌスがその苛烈な弾圧によって反乱の火口を乾燥させたとすれば、フロルスはその火口に火を点けました。そしてフロルスは血が流されたとき、笑みを浮かべました。笑いながら略奪し、処刑し、殺戮しました。皇帝ネロがフロルスを任命しました。狂人ネロは、まもなく炎の中で狂気の叫びをあげて死にました。フロルス、ユダヤ人にとってのネロは、あらゆる種類の残酷さと堕落においてネロを凌《しの》ぎました。

シメオンの店では日を追うごとに、戦士がますます必要になりました。というのも、戦争は避けがたく、軛《くびき》はあまりにも重く、重荷はあまりにも大きかったからです。

週に二回、私は「シメオンの店に靴を持って行った」。その時の私の仕事が情報員だったからです。シメオンや彼のような街の人々から、熱心党は情報を集めました。さらに私は、明確な見取り図と計画を作る熟練工でした。サラが現れる二年前に、私は初めてシメオンの店に決心して出かけましたが、指示されたとおり、私の手に一足の家庭用サンダルを持って行きました。

シメオンは言いました。「素晴らしい職人芸だ。よく手入れがしてある。さもなければここまで履きつぶされることはない」

「そのとおりです。余暇にはスリッパをほとんど履きませんでした。余暇に使うスリッパではないのです」

「まったくそのとおりだ」間がありました。

指示されたとおり、スリッパをぴったり向かい合わせてカウンターに置きました。指示されたとおりの言葉を口にしました。

「もし私が結婚していれば、私の姑《しゅうとめ》の名前はナオミだったでしょう」

「それじゃあなたはルツに違いない」

「ヨエルの娘です」

「あなたは期待されています。店を出て背後に回り、二つの扉のある門を入って下さい。すべて部屋はつながっています。市場のこの地域は、住宅の密集地です」

この後さらに多くのことがあり、まもなく私は、明確に規定された義務と考え抜かれた教理をもつ熱心党の党員になりました。

そうです。一週間に二度、私は靴を持って出かけ、最初のときと同様、二軒の家の背後に回り、上の部屋に行きました。そこには他の人々がいました。以前は二階の部屋で慎重に質問されましたが、今度は私が他の人に質問しました。私は仕事に精を出しました。父は私の公平で控えめな性質をよく見ていました。そしてシメオンの家に集う人々は誠実の絆で結ばれるようになりました。誠実は熱心党員の選抜の基準の中でももっとも基本的なものでした。

私がサラに会ったのは安息日の前日の午後でした。フロルスはほぼ十三カ月のあいだ恐怖の総督でしたが、連日、何らかの新たな恐怖の的や非道な行為を見つけました。フロルスは犯罪王そのものであり、搾取と暴力の網の目の中央に陣取る強欲な蜘蛛《くも》でした。あらゆる種類の不道徳と罪悪が、フロルスに代価が支払われる限り、公然と許されました。新しく非人道的な税が発明され、収賄と堕落が国中に疫病のように広がりました。

サラが話題にしたのはフロルスではなく、十五年前のイスラエルの総督だったクマヌスのことでした。ユダヤ人の血を一部引いている愚かなティベリウス・アレクサンドロスの後継者であったクマヌスが、このような禍をもたらしたのです。

二階の部屋で、サラは膝に手を置き、鋭い目つきをして座っていました。

「私は市場にいます」とサラは言いました。「アントニア要塞と第二の城壁の間の果物市場にいます。私は何年間も、同じ場所で売店をやっていました。たくさんの知り合いがいます。名前はサラです。階下の靴屋もまた私を知っています。私たちはほぼ同い年ですが、シメオンが少し年上です。私は五十五歳です」

サラは造作の目に着く顔立ちをしていましたが、小柄でした。顔色は良く健康的でした。声と姿勢には生気が漲《みなぎ》っていました。

「私たちはシメオンからあなたのことは聞いています」と私は言いました。

「それは良かった。シメオンは私があなた方の戦争党に参加したがっていることを伝えたでしょう」

サラはちらっと笑みを浮かべました。「私は歌のセリフにあるように、熱心党になりたいのです。孫も同じです」

「お孫さんですか？　私たちはお孫さんについては聞いていません」

サラは少し前かがみになりました。「えっ、聞いていない！　あなたたちは何を聞いたのです。どんなことを？　わたしは驚かないわ。年よりのサラはおしゃべりじゃありません。人々はそれぞれの問題を抱えているわ。私の問題について知る必要はありません」

「多少は知る必要があるようです」

「なぜ？」ぶっきらぼうで、鋭い問いでした。

「ここであなたが戦いたいとおっしゃっているからです。戦闘集団に加わりたいと。武器を使うには訓練が必要です。五十五歳のおばあさんとしてはちょっと異常です。そうじゃありませんか？」

サラは頭をのけぞらして大笑いしました。そして目を拭いました。

「私はあなたが気に入ったわ、お嬢さん。名前を教えて」

「ルツです」

「あなた、おいくつ？」

「二十八歳です」

「私の孫には老け過ぎているわ、残念ね」

「どうして私が結婚していないとお分かりですの？」

「私はそういうことについては商売の果物についてより、よく知っているのよ、お嬢ちゃん。あなたは結婚していない。一匹狼で学者でもある。そうじゃない？」

「続けて」

「本が顔に現れているわ。分かる？　お酒を飲んだときのように。すべて顔に出るのよ。あなたの美しい顔でもね、お嬢ちゃん。本は顔に出るし、加えるべきか加えないべきかも顔に出るのよ。少しの間、仲間に席をはずしてもらえないかしら。どう？」

サラの子供のような素直さには抗《あらが》えませんでした。

「もちろん私は結婚していません……。だけど、あなたに質問することになっているんです」

またサラは大笑いしました。「続けて、可愛い子ちゃん。そうすれば、あなたに迷惑をかけないわ。話をするだけ。そんなに長い話じゃないわ。たいして変わった話じゃないわ。エルサレムは私のような人で一杯よ。何らかの問題で家族のだれかを失っているのよ。ああ主よ、ローマ人たちが多くの禍を生むの」

「あなたは家族の誰を失くしたの？」

「同じ日に夫と息子と義理の娘を亡くしたわ」サラの顔から笑みは消えていました。私の目をじっと見つめていました。少し間をおいて、輝きが戻って来ました。

「昨日のことじゃない。十五年前のこと。あの過越しの祭りの神殿暴動のとき。私はそこにいなかった。赤ん坊の面倒を見ていたの。私の初孫。暴動が起きて後、私のたった一人の身内、夫は過越しの祭りの午後の犠牲の儀式を見に、息子と嫁を連れて出かけた。その後、彼らを見ることは二度となかった。嫁は北イスラエルからやって来て、結婚後、ヨッパの真南の海岸に二人で家を建てたの。素晴らしい嫁だった。息子とほぼ同い年だったの。十九歳で結婚し、二十二歳で死んだ。総督のクマヌスが逆上し、自分の乱心を馬鹿にした群衆を制圧するために歩兵を連れて来た。パニックが発生し、群衆が門に殺到し、踏みにじられ、死者が出た。数百人が殺されたわ。若者のうちの何人かは戦い始めたけれど、ローマ軍によって斬り殺された。私はそんなことが起きているなんて知らなかった。過越しの祭りの夕飯の支度を終えたばかりのところだった。夕飯は見事に出来ていた。赤ん坊はまるで黄金のようにすばらしかった。知らせを聞いたとき、信じられなかった。あなたには、どんなに私の気持ちが動転したか分かるでしょう。混乱が収まり、気の狂った女のように列に加わり家族を確認するために現場に駆け付けたとき、私が最初に考えたことは、あの夕飯は誰が食べるのだろうということだった。私がそれほど家族の帰宅を確信していたということよ。

夫は殺されたとき四十一歳だった。とても陽気な人で、自営の建具職人だった。息子も同業者だった。人々は親切だったけれど、ぶらぶらしてはいられなかった。分かるでしょう。何とかやっていくしかなかった。赤ん坊は助かった。私は楽天的だった。赤ん坊がいる、と。あわてなかった。いいアイデアが浮かんだ。手押し車の製造者に夫の道具類を売って、手押し車を買い、いくばくかの金を支払った。余った金で果物を買い、手押し車に一杯積んで商売をした。戸外の生活は素晴らしかった。赤ん坊は戸外が気に入った。赤ん坊は私のかけがいのない孫、太陽だった。セツという名前だった。私たちは言葉巧みにローマ人の目を誤魔化し、取り分を多くした。国は間もなく爆発しようとしており、誰もそれを止められなかった。もううんざりしていた。このフロルスのやつは不満に火をつけるだろう。市場はそう言っていた。市場は決して間違わないわ。何か質問がある？」

ユーモアを交えるためにおどけた顔をして鋭い問いかけを発しました。

「それで、セツは今いくつ？」

「十七。年の割には老けていて、馬力があるわ。馬並みよ。一日中荷車を引っ張っているわ。いたるところに荷車を曳《ひ》いていって果物を売り、私は売店で売る」サラは再びおどけた顔をしました。「私たちは自給自足でニュースを集め、配信するのよ」目つきが再び厳しくなりました。

私たちは話し続けました。サラにもっと話をさせるために私の話は省略し、サラに時間を割きました。十二の時に母を失ったことは、たやすく話せませんでした。私はあらゆる意味で母とサラとが違う理由を知ったことをありありと思い出しました。母もサラも生まれながらにして違っていたのではなかったのです。当たり前すぎる話です。サラと共に私は大笑いしました。心から愛した父とさえ出来ない大笑いでした。私はユーモアのセンスに欠けていたわけではありませんが、ただの笑い上戸でした。遠慮がちで、生真面目で、閉鎖的でした。激しい風のようなサラには、いつもの私のやり方は通用しませんでした。私を信頼するこの激しい風は、暴力的で鈍感な台風ではありませんでした。事実、最初の出会いから数週間後、私がサラとセツとはじめて夕食を共にしたとき、初めての経験でしたが、私は何の気兼ねもなく大笑いしました。サラは気持ちよさそうに「その調子、その調子」とはやしました。

セツは背が高く、肩幅の広い、筋骨隆々たる青年でした。祖母よりやや色黒でしたが、うんざりするほどサラに似ていました。濃い眉毛の下に深くくぼんだ目がありました。顎の線はサラとは違っていましたが、同じように決断力に富むことを示していました。サラより静かな性格でしたが、温かみがあり、ユーモアに富んでいました。サラが言ったとおり、ある意味では年より老けていました。一方では、行く末が分からない、父親のいない、十七歳の青年だったのです。

その時、私は「父がいない」という言葉で多くのことを考えさせられました。風の吹く道を知ることは市場で果物を売るためには必要ありません。私の父は、生涯を通じて歴史の主流と反主流を観察して来ました。私が十六歳で熱心党に加入したとき、唯一、父の判断を仰ぎました。父は私の決定に反対しませんでしたが、注意深く加入の理由を聴きました。私の言葉以上のものを見て取って、父は頷《うなず》きました。

平和を愛する父は、私の熱心党への加入によって、反乱へと高まる熱気がますます現実味を帯びてきたことを知り、ますます悲しみを味わいました。

サラが出現してから約半年後に、感情を抑制するために「格式ばった」口調で私に話しました。父と私は庭の木陰に座っていました。

「ルツ、お前は二十八になる」と父は語り始めました。「お前の賢さはお前の美しさにふさわしい。ともかく、私はお前のやさしい思慮深さに対して、長い間考えてきた悲しい提案をざっくばらんにしよう」

私は黙っていました。「お前の姉のリベカは結婚して久しくキレネ(北アフリカの町)にいる。やさしい私の息子のサウルは神殿の書記になり、二十三歳にしてはなかなかの者になった。シャロンはまもなく十九になると同時に結婚する。そしてキプロスへ行く。シャロンの夫の利口なところだ。それにローズだ。弟のダビデの世話に専念する。ダビデもローズの世話を必要としている」。これは大きな悲しみの種でした。その子を生むと同時に母が死んだ当の子供がダビデでした。可愛いダビデは子供のままの状態で成長しました。十七歳になっても子供のままでした。

「よく考えなさい、ルツ。この悲しい国が、本を読むだけが取り柄の戦争嫌いの男やもめと、一人がもう一人の面倒を見ている一番小さな子供たちにとって最上の場所であるかどうか」

「最上の場所なんかじゃないわ。お父様たちはどこへ行くの？」

父たちは、父の従兄弟のいるアルメニアに行きました。いとこが大きな家を持っていたからです。それは最善の分別ある選択でした。しかし、父たちが去った後、それまでずっと私はほとんど父たちを必要とせず、独立して暮らしてきましたけれど、取り乱しました。

サラはもっともサラらしいやり方で私をだましました。「手押し車を買いなさい」とサラは言いました。「あなたには結局のところ、あんなに大きな家は必要ない。何年も寝るとき以外ほとんど使っていないでしょう。私たちのところに引っ越しなさい。神殿でもあるまいし、空いた部屋を歩き回ることはないわ。私の家に引っ越しなさい。本だけ持って。直にあの家が必要となるわよ。戦士たちが負傷するからね」

実際そのとおりなのですが、それはもっと後のことでした。

5章　シルヴァとの晩餐

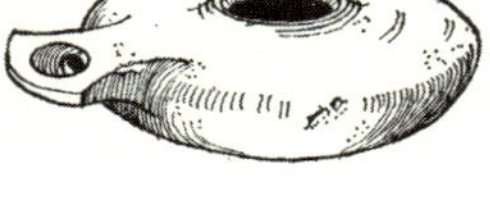

ランプ

私たちは平地に下り、シルヴァの野営地で暮らして来ました。ほぼ三週間前、私はエレアザルとの約束を守り、マサダの物語を書き下ろすことを決心したとサラに話していました。私が執筆を躊躇《ちゅうちょ》する理由などまったくありませんでした。エレアザルの依頼の実行に逡巡することはなかったのです。どうあろうともそれは死をま近に控えた勇者の依頼でした。大したことがない男でもそうした状況では引き受けざるを得なかったでしょう。私は仕事の規模の大きさに脅えていたのかもしれません。どうやって、どこで執筆を始めるかということでした。しかし、サラに話をする時がやって来ました。以前の多くの場合と同じように、サラに悩みや問題を話すことは、悩みを一掃し、問題を解決に導くことになりました。

　サラは怠惰な人物ではありませんでした。サラと子供たちは野営地中に知れ渡っており、気晴らし、歓迎すべき訪問客の一団、戦争捕虜の独特の目立つ一群でした。ひとりの兵隊、半分酔っぱらった十人隊の隊長だけは気にいらなかったようです。その兵隊はユディトの手を握ろうとしましたが、そのとき、目にもとまらぬ早業で兵隊の喉の急所をサラの手刀が一撃しました。兵隊の同僚たちは大声を上げて喜び、その噂は野営地中を風のように席捲《せっけん》しました。後で、サラは冷静に、目をいたずらっぽく光らせて言いました。「ルツ、本当のところを言うと、結局私たちは子供を連れた無防備な女よ」。翌日、サラは兵隊を尋ね、一緒に酒を飲み談笑し、そのあげくに兵隊はサラの言うことを何でも聞くようになりました。サラは兵隊をうまくだまして仕事を与えました。「あの男はもういざこざは起こさない。子供たちが面白がることの手助けを進んでするようになる」

「子供たちが面白がることをやり続ける」ことがサラの唯一の活動でした。サラの理屈は単純でした。子供たちは今日を愉しむべきであり、明日に向かって目を開くべきであり、「一瞬たりとも」、昨日のこと、山の上のことを考えるべきではなかったのです。

サラは疲れを知りませんでした。野営地にいて、子供たちにとって何らかの興味をそそる仕事や義務を行なっている人は全員、自分が細かいことを講義し、立証し、説明すること、ときには教えることすら期待されていることに気がつきました。サラの名声は高まりました。熱心党のサラはどこでも有名でした。サラの機転と無愛想なユーモアには誰もが抗し難かったのです。

私はサラや子供たちといつも行動を共にしたわけではありませんでした。山から下りて来て一日か二日後、大きな反動が私を襲い、疲労を払い除けることが出来ませんでした。病気ではありませんでしたが、疲れ、眠く、足を上げるのがやっとでした。サラは理解してくれましたが、本人は生気溌剌《はつらつ》として我慢をしていました。

「いいじゃない。見えないところにいなさいよ。あなたの深刻な顔つきと悲しげな大きな目はあまりにも人目に立つから、軍の野営地を歩き回るには少々不都合ね。一緒に来なくていいわよ。私は大丈夫。市場にいる不細工な小母《おば》さんだから！　あなたが留守番していれば、子供たちは帰って来たとき誰かにあれこれ報告出来ていいじゃない。素晴らしいわ」

ときどきユディトはおとなしくて感じやすい同類項の私と一緒に留まりました。そこで私はユディトと話をし、そのことで死んだ恋人のヨセフは生き返り、死んだ英雄的な兵士ではなく、元気ですらっとした少年になりました。

そして日々が過ぎて行きました。けた外れの居候であったサラは、椅子、皿、フォーク、頭を載せる枕、タオル、石鹸、鏡にするためのガラスの破片を集めました。サンダルは修繕され、ブラシや櫛が届きました。

私がエレアザルとの約束をサラに話す決心をした日、サラ自身、私に告げるニュースがありましたが、サラはまず私の話に耳を傾けました。私はサラが「静かな時間」と呼んでいた子供たちが寝静まった後の夜の時間にサラに話しました。私たちは暗く、涼しい戸外の夜気の中で、二人の間に小さなランプを灯して座っていました。サラは注意深く話を聞いて、一呼吸おいて、穏やかに応えました。

「あなたが覚えていない夜に『約束』について私に話したわ」サラは答えを待たずに話を続

けました。「約束は守られるべきよ。手伝うわ。私はあなたより人間関係をうまくやっていける。サラにはだれでも話をするわ。私はいい人をあなたのために見つける。記憶力のよい、誠実な人を。そうすればあなたは、熱心党の加入審査係だったときと同じように、冷静にそうした人々に質問することが出来る」。サラは仄《ほの》暗い闇のなかでそっと笑ってから、しばらく深刻な様子をしました。「そうよ。熱心党については書かれるべきだわ。山の出来事、マサダのことは忘れられてはいけないわ。マサダの千人の死者にとっては、何万年の後も、戦争が終わったずっと後もあの山は存在するわ。誰が気に留めるの、誰が。私たちは、人々を見つけ出し、どこにでも行くのよ」

「許可が下りればね。私たちは囚人よ」

今度はサラがニュースを話す番でした。「もう私たちが囚人としてここにいるのはそう長くないかもしれないわ。明日、私たちは将軍と食事をするのよ」

「シルヴァと?」

私は山頂の火事の朝以来、シルヴァと会ったことはありませんでした。驚きでした。

「シルヴァはどこかへ出て行ったと思っていたわ」

「そうね。出て行って、戻って来たのよ」

「聞かせて」

「いいわよ。あなたが子供たちから聞いたとおり、今日、子供たちは将校の集会所でお絵描きの稽古をしていたの。シルヴァの幕僚の一人が従軍画家なの。そして、なかなか評判だったの。たしかに上手だった。昨日、子供たちとしばらく画家を見守っていたけど、まったく問題はなかった。たとえ私が示唆しなくても、画家はきっと午後に子供たちに絵を教えると申し出ると私は思った。画家は素晴らしかった、生まれながらの先生だったわ。私はそう画家に告げた」

「画家は喜んだ？」

「もちろん。子供たちがせっせと絵を描いていると、シルヴァが入って来たの。ちょっと驚いたみたい」

「砂漠の包囲攻撃用野営地の将校集会所のお絵描き教室。理解出来ないわよ」

「私もそう思う。だけど、シルヴァはとても喜んだ。あなたの安否を尋ね、それから私たちがこの野営地を我が家のようにしていることを聞いたと言い、私とあなたが明日の夜、シルヴァと会食すると言ったわ。私は承諾した」

「あなたは何で、もう私たちがそれほど長くここにはいないという印象を受けたの」

「従軍画家が、シルヴァとその幕僚たちが引っ越し、野営地が取り払われると言ったの。山はローマ軍の駐屯地になり、多くの労働者や囚人労働者が帰宅を許されることになる。画家が言ったとおり、すべてが今や終わるのよ」

私とサラは一瞬黙りこみました。二人は、一つの局面が終わりを告げ、新しい展開が始まったように感じました。

翌朝、兵隊たちと一緒においしい朝食を食べ終わったばかりのとき、一人の訪問客がありました。軍団の若い兵士に付き添われた女性でした。全身がやや浅黒く、私とほぼ同じ背の高さの女性でした。私よりたぶん少し年上で、ほぼ三十八か九、笑みをたたえ、生気溌剌《はつらつ》といった様子でした。色鮮やかで高価な衣装を身にまとい、髪には宝石をちりばめた櫛をさし、指輪が陽の光に輝いていました。女性は寛いだ様子で、サラの厳しい視線にも素晴らしいユーモアで応じました。女性は私に好奇心を抱いているようでした。

「私は差し向けられて来ました」と女性は低音の魅力的な声で言いました。「子供たちの絵の先生の指示です。彼は昨日までどんなことがあったのか知りませんでした」

サラがそっと笑みを浮かべました。「私の名前はクラウディア」それから、サラに言いました。「あなたが熱心党のサラね、あなたも熱心党の……」クラウディアは私に視線を向けて続けました。「ルツに間違いない」クラウディアは笑みを浮かべ、私に言いました。「画家の先生は、アントニーという名前ですが、今夜の晩餐のことで、あなたたちの何かの役に立つことがあるかもしれないといって私を差し向けたのですよ」

「私たちの役に立つ?」

「親切なアントニーは、私を、いつも彼が言っている『飾り』にしたいのです。大きな衣裳とたくさんの宝石で思うように飾らせたいのです。飾りになることが、本当のところ、私のすべきすべてのことです」

サラが言いました。「あなたは自分がほんの少し飾りになることで、私たちの役に立つというのですか？　将軍に対して？　私たちはシルヴァに何か借りがあるの？」

私は自分の腕をサラの筋骨隆々の腕に置きました。「とてもご親切ね」と私は言いました。「私たちもあなたも、うまく行くと思うわ。でも、私たちは喪に服しています。あまり派手に装うことは私たちにふさわしくないわ」

サラが言いました。「私たちが手や顔を洗い、髪を櫛づけたがっていることを将軍に伝えてください。私たち……」

「あなたたちが袖のある落ち着いた色の衣装を着れば、とても似合うと思うわ」

サラが話しました。「もしあなたが何かをしなくちゃと本当に困っているなら……。私たちは本当のところ、宝石は必要ないわ。何か他のものを着るだけで贅沢を味わうことになります、長い間こんなにしてた後だから……」

「そう、あなたはやって来て、今夜、私たちが将軍と食事をしている間、子供たちを世話することが出来ます」とサラが言いました。

クラウディアは体をのけぞらせ、大声をたてて笑いました。クラウディアの歯は真っ白で揃っていました。自分の辛辣な口調に対するそのような反応に慣れていなかったサラは、一呼吸おいて、大声をたてて笑いました。私は喜びました。

「私のメイドを出しましょう。そこにいる美しいお嬢さんのよいお仲間になるでしょう」とユディトを目にしながらクラウディアは言いました。ユディトは、誰が笑っているのか見るために他の子供たちと一緒にやって来たのです。「メイドは昼食の時に、あなたたちが選ぶための衣裳を持ってやって来ます。それから衣裳合わせのためにしばらく後にまたやって来ます。メイドはとても賢く、そのお嬢さんより少し年上のエリコ出身のユダヤ人です」

間もなくクラウディアは去り、私はしばらくサラの視線を避け、不満のつぶやきを無視しました。サラは子供たちを連れて出かけて行きましたが、昼食時には急いで戻って来ました。いつもとは違っていました。というのは、サラと子供たちはいつもなら野営地のほかの場所に招待され、そこで昼食を取り、午後遅くまで戻って来ませんでした。私は何も言いませんでした。

私たちは食事をし、それからユディトが子供たちを日々の剣の訓練を見るために連れて行きました。剣の訓練はスリルがあり、何から何まで真剣で、スリルと驚きに満ちていました。クラウディアが送ってよこしたメイドは、上着、肌着、ショール、ネッカチーフ、柔らかいサンダルの入った重い荷物と杉の木箱に入った化粧品と香水を持ってやって来ました。衣裳は穏やかな色合いで、素材は柔らかく、甘い香りがしました。

サラは積み重ねた衣裳に片方の角ばった手を置き、なめらかさを確かめていました。私は待ちました。

「市場の女には上等過ぎる」

「あなたに上等過ぎるものなんてないわよ」

しばらく沈黙がありました。「将軍との晩餐会！」

「そのとおり。あなたもまた将軍だから」

鋭い視線が私に向けられました。「あなたは出席したいの」

「あなたは出席すると言った。二人とも」

「この派手な衣裳については一体どう思う?」

私は思い切って派手な服を身に付けました。

「私はいま着ている服をおよそ一カ月ずっと着てきました。この服を着たまま眠りました。着替えがないから。服は汚れていて、臭います。もう一度清潔になりたいと思う気持ちが、死んだ友人たちへの裏切りだとは思わないわ」

私の目は痛み始めました。サラが言いました。「将校集会所の料理番の一人がとても大きな銅の水鉢を持っている。シルヴァにその鉢を借りて、後で体中を、髪まで洗いたいわ。そうすれば新品の服を汚さなくてすむでしょう」

私たちは夜になって、全員のために水鉢を大きな浴槽にし、すぐ近くにある二つの調理用かまどの火で湯を沸かし、浴槽に満たし、天幕の一つに見張りを立て、喜びの歓声を上げ安堵のため息をつき、タオルに全身を包みました。吊るした毛布の陰で礼儀正しく、サラが身を清め、それに私が続きました。

私たちは正装し、子供たちに見せました。子供たちは大喜びでした。それから女主人に仕える若いメイドが、洗いたての髪と衣裳のすそ上げの最終的な仕上げを行なうためのピンとクリップを持ってやって来ました。

私たちは呼び出され、先にクラウディアのお伴をしていた若い兵士に伴われて暗くなった野営地を横切りました。兵士は私たちがシルヴァのいる区画に行くと告げました。それは塀の内側の大事な行進をする広場の裏にありました。兵士は私たちを門のところに残して去り、守衛が私たちを低い石造りの建物の入り口まで連れて行きました。クラウディアが挨拶し、私たち二人の姿がとても素晴らしいと言って、心から喜びました。クラウディアは、束ねた髪に宝石をきらめかせ、襟ぐりの深い素晴らしい衣裳をまとい、堂々としていました。軍隊の天幕の並ぶ道を通り、どこにでもある砂漠の戦闘基地の雰囲気に浸った後に、クラウディアの姿を目にすることは驚きでした。私はサラのぎこちない雰囲気を少しでも和らげようとそのことを口にしました。

クラウディアは笑みを浮かべました。「もっぱらアントニーのためよ。アントニーを喜ばせたいの」とクラウディアは気軽に口にしました。「でも、将軍のためでもあるのよ。というのも、これはシルヴァの別れの宴なの。こうしたことはシルヴァの好みではないの。シルヴァは、あなたのような人が好みなの。でも、あなたはシルヴァの幕僚全員を喜ばせることは出来ない。私にはもっと飾りや才気が必要だけど、あなたは違う。私があなたのような容姿だったら、私も十分一人でやって行けるでしょう。いらっしゃい、みんなのところに行きましょう」

私たちは四方に家の低い壁が連なる中庭へ入りました。大きなランプと低いテーブル、安楽椅子、それに石の壺に植えられた植物がありました。宴というクラウディアの言葉の響きに私は一種の気後れとともに覚悟をしました。大勢の騒がしい人の群れを想像したのです。しかし、一人の女性を含むたった五人の人が私たちを待っていました。男のうちの一人はルキウスでした。斜道の麓の野営地からシルヴァの野営地まで私たちを連れて行った将校です。私はすぐにルキウスのすぐ近くにいる男がシルヴァであることを認めました。私はただ一度シルヴァを朝の山で、すぐ近くに見ていました。そのときシルヴァは軍服を着、鎧兜《よろいかぶと》で身を固め、武器を手にしていました。口元を引き締め、冷たい視線を投げかけました。

いま、シルヴァは、白いウールのゆったりした家着を身にまとい、サンダルを履いて、笑みを浮かべくつろいでいました。髪は戦場にいたときよりもずっとゆったりと結い、ふさふさとして、銀髪が多く混じっていました。シルヴァは一歩進み、クラウディアの前で一呼吸置きました。クラウディアはあきらかに女主人役を愉しんでおり、陽気に紹介者の役をこなしました。クラウディアの夫のアントニーは、お絵描きの先生としての自分についてサラの「発見」について愉快な冗談を飛ばす、四十代半ばの背の高い素晴らしい男でした。サラを「私の生徒たちの付き添い役」、「しつけ役」と呼びました。

もう一人のベアトリケと呼ばれる女性はいささか高貴な面影を宿し、よそよそしいところがあり、五十五前後というところでした。四番目の男が彼女の夫で、南部から訪ねて来た地方長官で、リニアスという名前でした。妻と似たところがあり、どことなくよそよそしいところがありましたが、またユーモアを解し、暖かみがありました。二人とも礼儀正しく、サラにしごく丁寧に接しました。それが私にはちょっとした謎でした。クラウディアが後になって、説明しました。

「サラが孤児たちの面倒を見ている女囚ではなく、熱心党の囚われた指導者だとリニアスに話すことがシルヴァには愉快なのです」

「シルヴァはリニアスを感動させたいのですか?」

「ちょっと違います。シルヴァには不思議なユーモアのセンスがあるのです。喜劇風にすることをとても楽しむのです」

　私たちが座ってしばらくすると、男の給仕が冷えたワインを運んで来て、オリーブとアーモンドを渡しました。最初のうちは遠慮が過ぎ、話していて気づまりでしたが、クラウディアが巧みにリードし、「気位の高い」サラがすぐに打ち解け、ずっと親しみやすくなりました。シルヴァ自身はほとんど話をしませんでしたが、それぞれの客の話に注意深く耳を澄ましていました。私たちから少し離れた同じように石が敷かれた一画に、八人が座る円いテーブルが用意されていました。テーブルが招いていました。さしあたりくつろいだ気持ちになりました。私は空腹を感じ、おいしそうな匂いがあたりに漂っていました。

　サラはもっと直接に、頭を上げ、匂いを嗅ぎ、シルヴァは面白がりました。

「さあどうぞ」とシルヴァは言いました。「食物が用意万端整ったといっています。……私は腹ペコです。お客様、すぐ食事です。私たちが食卓につくかどうかは御心配無用」

　シルヴァは立ちあがり、がっしりした手をサラに差し出しました。サラはすぐに立ち上がりました。クラウディアが私たちに席を薦め、私がシルヴァの右手に、サラがシルヴァの左手に座ることになりました。「熱心党に包囲された」とシルヴァは言いました。「最初の経験じゃないが」

アントニーは私のもう一方の側に座り、自分の隣の席にベアトリケを着かせながら笑いました。ベアトリケの隣、シルヴァと向き合っているルキウスが笑いに加わりました。お愛想笑いではなく、楽しそうな表情をしていました。シルヴァは知性を重んじる飾り気のない人物でした。サラの左隣りにリニアスが座り、その席順にとても満足していました。というのもリニアスの左隣りにクラウディアが座り、クラウディアは男に魅力と特別な思いを感じさせる自然な作法を身に着けていました。

料理が次々に運ばれてきました。シルヴァは食事を会話に先行させるべきことを自ら示し、クラウディアさえも小さな音を立てて自分の皿に夢中でした。驚くほど繊細な味の砂糖菓子が供され、それから果物が出てきました。さまざまな種類の木の実が銀の皿に盛られて出され、砂糖のキャンディーを詰めたナツメヤシが出ました。

私たちはテーブルに留まりました。椅子は心地よく、それがシルヴァのもてなしの習慣のようでした。話題は行きつ戻りつしましたが、戦争と征服、家と夜の闇によって私たちから隠されている山、についての言及はすべて避けられました。

サラは突然ではありませんでしたが、話題に応じてしゃべり方を変えました。シルヴァの方を向き、そっけなく言う瞬間を待ちました。「あなたが野営地を去ると聞きました。私たちはどうなるのですか?」シルヴァと私だけに聞こえるようにそっと話しかけました。というのも、サラの最初の言葉を私は訊《き》き返したほどでした。

シルヴァはまずサラに目をやりそれから私の方を向き、困ったように返事しました。

「すぐです。準備されています」。サラが応えるために一呼吸置いたとき、シルヴァの声はやや強張りました。「我慢しなさい。あなたたちは私が知る限り、ひどい目にあうことはない」。サラはいたずらっぽくにやにや笑い、シルヴァの目はサラが正しく理解したことを見て取り、光りました。

「……彼は私たち以上にローマ人よ」とテーブルの他の位置からクラウディアが歌うように言いました。そしてほかの人々が笑い声を立てました。

「誰のことです?」とシルヴァが尋ねました。

「フラヴィウス・ヨセフス様のこと、ヴェスパシアヌス皇帝陛下のお友達のことです。皇帝は、まず予言者と相談することなしには何もしないということです。皇太子のティトスの言うことにさえ、ヨセフスの言うことほど熱心に耳を傾けません」

シルヴァは言いました。「クラウディア、あなたは私の知る限り、もっとも美しい噂好きの女性だ」シルヴァの口調にはとても楽しいという響きはありませんでした。

「そのとおりですわ、まさに図星！　ヴェスパシアヌス様はとびきり気取らない皇帝になる、とびきり気取らない兵士です。ヴェスパシアヌス様は皇帝付きの召使と同じ程度の政治的なセンスの持ち主です。鋭いセンスがあれば誰でも予兆を読むことが出来、ヴェスパシアヌス様は尊敬を惜しみません。そしてヨセフス様は事態がどう転ぶかを知る天才です」クラウディアはすこし酔っぱらっているようでした。

「他のことを話題にしましょう」とシルヴァは口にしました。「この会に以前の敵に関する話題はふさわしくない」

サラはちょっとしたもめ事をむしろ愉しんでいましたが、茶目っ気を発揮しました。

「私たちは気にしないわね、ルッ？　ヴェスパシアヌスのことはどれだけ多く聴かされて来たことでしょう。その方には、私たちもそれだけ困らせてきました。また、ティトスのことも。もっとも、戦場では父上殿ほどの人ではありませんでしたが」

（注・ヴェスパシアヌスはローマの歴戦の将軍で、ユダヤ戦争最中に皇帝ネロが死去すると、ヨセフスの予言どおり皇帝の地位に就き、息子のティトスがユダヤ戦争の指揮を取った）

私はサラに警告の視線を送りました。少しは緊張してはいたのでしょうが、サラは笑みで応えました。サラは話を続けました。

「私たちは〈以前の敵〉について話されることを気にしません。将軍、あなたがあらゆることにとても気を遣っておられると私たちは考えています。それはいい教訓です。私たちが扱われたように、以前の敵が扱われた前例を私は知りません。念のために申し上げますが、私たちは、一度も戦争に勝利していません。戦闘には一、二度勝ちましたが、戦争に勝利したことはありません」

宴席全体が静まり返りました。クラウディアは頬に涙を浮かべました。

「正直言いますと」とサラは言いました。「私たちは私たちのこの国で、人々が人々をどう扱って来たか、少しも知りません。三年の間、私は山上にいましたから。私は山に登る前に、ローマ人がユダヤ人をどう扱っていたか、ユダヤ人がローマ人をどう扱っていたかは、知っています」

「そのことは私も知っている」とシルヴァが落ち着いて言いました。「戦争は終わりました。熱心党のみなさん。もう一つ無花果《いちじく》を召しあがって下さい」。その口調は冷ややかで、温かみに欠けていました。サラはルールに反して、その話題を打ち切ろうとするシルヴァに抗《あらが》い続けました。シルヴァはあからさまに話題を打ち切ろうと断固とした態度を示しました。

ルキウスがやさしく機転を利かせました。「私の聞いたところでは、フラヴィウス・ヨセフス様は、予言者というより歴史家に近いということです。事件の記録者、記録の管理人です。そして彼らの仲間内では敬意を払われていると聞いています」

クラウディアが元気になりました。「ヨセフス様は有能です。私の知っているたいていの男よりずっと教養があります。しかし、私が知っているたいていの男たちは（クラウディアは宝石で飾られた手をリニアスとルキウスにさしのべ、アントニーに投げキスをして）もっと素敵よ」。テーブルに大きな笑い声が戻って来ました。サラも分別をわきまえて、その笑い声に加わりました。

「この記録者、以前の敵、予言者、フラヴィウス・ヨセフスとは誰ですか？　ローマ人のように聞こえるけど。いま、あなたは自分たちの仲間同士、何のために戦っているの？」サラは自分の軽口を大いに愉しむようにして笑いました。テーブルについていた人々はなごみ、サラに和しました。シルヴァは笑いませんでした。

「実際、あなたたちの山上での記憶には欠けている人物だ」とシルヴァは言いました。「フラヴィウス・ヨセフスはローマ人ではありません。まごうことなき〈以前の敵〉です」。シルヴァはワインを啜りました。「以前はユダヤ人だったとも聞いています」

クラウディアは言いました。「ねえシルヴァ、あなたは私が知っているもっとも噂好きの男性よ」。これを聞いて、シルヴァも笑みを浮かべました。サラと私は笑いませんでした。クラウディアは少し間をおいてから顎《あご》を前に突き出しました。

「ヨセフス?」

シルヴァは椅子にもたれて座り、顔をクラウディアに向けました。私はシルヴァに釘付けになったクラウディアの視線の先へと、シルヴァの頬から目を移しました。シルヴァの声は軽快で、楽しそうでした。

「熱心党のみなさん、彼の実名はヨセフ」。サラは顔色を失っていました。「ヨセフ・ベン・マタティヤフ将軍」とシルヴァは言いました。

サラは言いました。「えっ、ヨタパタのヨセフ?」

シルヴァが応えました。「ヨタパタのヨセフ」。シルヴァは一瞬、冷ややかな目で私を振り返りました。シルヴァは奇妙なユーモアを弄して、一人悦に入っていました。シルヴァはサラを振り返りました。サラの色を失った顔と激怒した眉が座に沈黙をもたらしました。私は震えていました。「ヨタパタの」の一語がサラの怒りの火に油を注ぎました。飢えに瀕したエルサレムで、サラは気を取り直し、弱気に打ち克っていました。「ヨタパタのために私たちは戦った。

裏切りに復讐するために。裏切り者に目に物を見せてやるために」。激情の涙とそこに込められた嘆きとともに、戦いのラッパが鳴り渡りました。ヨセフ、マタティヤフの息子、将軍について、サラには一家言があります。しかし、晩餐の席に持ちだす話題ではありません。

（注・ヨタパタの町に布陣していたガリラヤ方面司令官のヨセフスは、ローマ軍に降伏しローマ側に寝返った）

サラは動じませんでした。その自制心の強さは英雄的であり、見上げたものでした。私の表情におかしさを見いだし、心を配り、気を遣ったからです。そして後になって「私はローマ人に満足なんかさせない、晩餐が良かろうと悪かろうと、知ったことですか」と話したからです。

サラは両手を膝に置き、席を見回しました。目を丸くして気おくれして座っているクラウディアに目を止めると、好意を示してほほ笑みました。

「ヨセフ・ベン・マタティヤフ将軍は、いま、ヨセフスとして知られている人物じゃない？　私は良く知りません。いままで実際に会ったことは一度もありません。遠くから目にしただけです。あなたがおっしゃったように、すぐ近くにいたことも、手を伸べたこともありません。ルツとヨセフは同い年です。歴史家としては若すぎます。あなたは記録保管者とおっしゃったのでしたっけ。ユダヤ側とローマ側と両方に仕えたのだから、多くのことを知っているでしょうね」。サラはシルヴァに対して、バカ丁寧な言葉遣いで言いました。

「ヨセフスが書いていることは、最近のごたごたのことだと思うけど、そうですか？」

「そのとおり、反乱について、戦争についてです」シルヴァはいまや話題の方向にうんざりしていました。シルヴァは私に向き直りました。

「近い将来のある時期、賓客のサラさんの言うとおり、最近の〝ごたごた〟について、あなたが知っている細かな事実に関してヨセフスに話す必要があるでしょう。私たちローマ人は、公式の記録、日誌、帳簿、歴史を重視します。戦闘が大きくなればなるほど、費用が嵩《かさ》めば嵩むほど、ますます細かいことまで記録されます。マサダの攻防はとても高くつきました。皇帝はそうした事態が生じた理由を知るための多くの言葉や絵を欲しがります。非常に見事な絵を描くここにいる従軍画家のアントニーは、歴史書に添える実際の光景の唯一の真相に迫った記録者です」

クラウディアが口をはさみました。「シルヴァ、残酷なことは言わないで。アントニーは繊細な芸術家で傷つきやすいのよ」

私の隣に座っていたアントニーは、笑い、悲壮な身振りで顎に手を当てました。

「まあ!」とクラウディアは口にし、テーブルを回ってアントニーの頭を胸に抱きにやって来ました。「まあ、まあ、なんてシルヴァはひどいんでしょう」。何とも魅力的で、みな大笑いしました。絵に描かれ、文書に記されることになっていたマサダの山は、突然、宴席のジョーク、気晴らしになりました。

シルヴァが言いました。「断言するが、ヨセフスは過去数年の歴史を記す仕事には誰にもましてふさわしい人物だ。ヨセフスはどこにでも出かけるだろう」

サラが強情に言いました。「彼には用心して出かけさせて」。それから笑みを浮かべました。いつもとびきり辛辣な寸評の前触れとなる茶目っ気たっぷりの表情でした。サラはシルヴァに満面の笑みを浮かべた顔を向けました。

「私たちの側にもマサダを記すのにぴったりの歴史家がいるわよ。ヨセフスよりずっと素晴らしい」

「誰です？」とシルヴァは咎めるように尋ねました。

「ルツよ」大げさな身振りといたずらっぽい瞬きを付け加えて、サラは言いました。席には興味と好奇心がいくつもの質問と重なり合って溢れました。

「そう」とサラはシルヴァに言いました。「私たちは合意し、手配しなければなりません。もし、ヨセフスがごく最近のことではない、彼の身近に起こった一つか二つの出来事の詳細を私たちに話してくれるのであれば、私たちは最近、身近に起こった出来事について詳しくヨセフスに話すことをとても幸いに思います」

「賛成だ。いつ実行する？」

「まだです。それに、ここでは出来ません。私たちがマサダの出来事の詳細の一つでも忘れることはあり得ません。私たちには、見つけるべき人を見つけ、訪ねるべき場所を訪ねる仕事があります。私たちは国から出て行ったり、どこかに隠れたりすることはありません。ヨセフスは難なく私たちを見つけ出すでしょう」

「賛成だ」シルヴァは椅子をぐるりと回して私に向き合いました。「サラの言っていることはすべて本当のことですか？」

「そのとおりです。言っていることはそのとおりです。どうするか気持ちははっきりしています。まだ気持ちの整理がついていませんが」

「いつ決心したのですか。大きな仕事になります」

「約束なのです」

「それはそうでしょうが、女性一人には大仕事ですよ」

サラが言いました。「二人の女です。私たちは友だちには事欠くことはありません。あなたの以前の敵ヨセフスは、この点に関してはそれほど恵まれていないかもしれません」

シルヴァは肩越しに話しかけました。「クラウディア、君はテーブルを離れていいし、熱心党の友人、サラを一緒に連れて行っていいよ。私は、公平なわが歴史家と一緒に少し話をしたい。すぐにみなと一緒になるよ」

シルヴァの笑みは本物でしたが、これは命令であり、他の人はすべて立ち上がり、遅滞なく、何も言うことなく、他の椅子に移りました。シルヴァは他の人々が席に着くまで待ってから、再び、私に振り向きました。

「引っ越しはおよそ十日後に始まるでしょう。ここは司令部だから引っ越しは最後になります。ここには八つの野営地があります」

「知っています。私たちもまた最後まで待たなければならないのですか」

「あなたたちはどこかへ行かなければならないのですか？」

「ここから離れたいのです」。私は自分の考えていた以上に熱心に、不作法とも思えるほど熱心に探りを入れました。シルヴァは何の反応も示しませんでした。「私たちはどうしてもこの山から出て行きたいのです。子供たちは小さく、夜が良くないのです」

シルヴァは如才なく言いました。「あなたは約束を果たすために、仕事を始めたくて仕方がないのでしょう？　分かっています」シルヴァは話を続けました。視線を外しましたが、シルヴァは私の苛立ちを分かっていました。「これからどうするかという問題を処理するだけです。すぐ片がつくでしょう。処理が済み次第、あなたたちは出発します。不満や苛立ちは宥《なだ》められなければなりません。子供たちにとってだけでなく、騎兵にとっても、です。これから始まる野営地の解体は周知の事実であり、いかなる変化も普通の兵士にとっては大きな不安の種です。〝権利〟は兵士たちにとってはしばしば食物よりもずっと重要なのです。ときどき、正当な価値の感覚を取り戻すためには、食物を取り除くことが重要なのです」シルヴァは薄笑いを浮かべました。「どうか気にかけないでください。我々の軍隊は十分な訓練を積んでいます。私たちは命じられたことを守ります。私たち全員がそうなのです」

シルヴァはちょっと黙ったまま座り、自分の殻に閉じこもりました。

「マサダは終わりのない仕事を表しています。ローマには、ユダヤの反乱と呼ばれるものの鎮圧に成功したことを記念するために名前を記した、凱旋門があり、碑銘があり、通りがあります。エルサレムの宝物は三年間、ローマにあります。凱旋門やその他の記念は、ほとんど永遠に存続します。私たちの記念碑もあっという間に出来るでしょう」。シルヴァの声は嘲笑の色を湛えてはいませんでした。超然とした調子で、冷静で、学究的でした。

シルヴァは続けて話しました。

「先にも言ったとおり、ローマ人は偉大な歴史家であり、記録者です。歴史を記録に残すことは、ローマの文化の一部であり、生活の方法です。私は出来事を書き残す人々に対してある種の敬意を抱いています。私は多くの歴史家に会い、話をして来ました」。シルヴァは率直であることを示そうと、私の目を覗き込みました。シルヴァが次に漏らした言葉にはただ一つの意味が込められていました。

「もしよろしければ、明日か明後日、もう一度二人で会い、一緒に話しましょう。私がマサダの山のユダヤ人の歴史において役割を演じるかもしれないと考えることはとても愉快なことです」

「将軍、あなたのお話にはとても重要な価値があります。というのは、あなたの話を聞くことは、私にとっては新しい経験です。あなたのお話は、おそらくどこから話を始めるべきか私に教えてくれるでしょう。どうもありがとうございます」

「よろしいでしょう。明日の正午。人を遣わします。さあ、みなの仲間に入りましょう」

私は席に着くと、疲労とやや眠気を感じました。そこで、サラが間もなく軽口をたたき、起ちあがり、〈以前の敵たち〉はもう子供たちのいる家に帰らなければならない、と口にしたとき、ほっとしました。

ルキウスが私たちと一緒に歩いて帰ると言い、私たちはルキウスと一緒に帰ることを喜びました。天幕が近づき、子供たちが寝ていることが分かり、声をひそめると、ルキウスが同じように声をひそめました。その態度には愛情がこもっていました。

ルキウスと別れてから少し外に止まり、私はシルヴァと交わした短い会話についてサラに話しました。サラは注意深く耳を傾け、シルヴァが近く私たちを解放すると前向きの約束をしたことをとても喜びました。そして、私が書く物語にシルヴァが「全面的な協力を惜しまない」と言ったことを話すと、とても深く考え込みました。

「神の御手《みて》がその話には働いている」とサラは最後に確信に満ちて言いました。「私は目撃者の中のユダヤ人の声だけを聞こうとしていた。ローマの声もまた大事だわ。私はそのことに気がつかなかった」

「私も同じよ」

二人は大いに面白がりました。「私は、シルヴァが神の遣わした道具ですと言うべきではなかった。そのことをありがたいとも感じていない。私はね、シルヴァは悪魔の兄弟だと思っているの。さあ、今夜は寝ましょう」

シルヴァと私は三度にわたって話し合いました。午前中に三日間かけて話をし、それぞれにおよそ一時間、時間をかけました。二人はあの晩に会食をした中庭に座りました。

日除けが影を落としていました。三回とも、会話が終わると老人が冷たい果物のジュースを運んできました。

三回の会話すべてにわたってシルヴァの態度は形式張り、絶対的正義を主張し、ほとんど非友好的でした。しかし、シルヴァは私に多くのことを教えました。それが彼の計画だったのかもしれません。「経験すること、参加したことは、主観的に思い出すことです。必然的に正確さは伴わない。距離を置くことが、記録者においては第一義的です。情緒が紛れ込まないようにしなければなりません。情熱は、厳密さ、詳細それに有機的統一にのみ向けられるべきです」

シルヴァは私に正面を向いて座り、しばしば横を向きました。シルヴァの顔は痩せてこわばり、髭がきれいに剃ってありました。尊大な鼻の上には険しい眉が描かれ、目はくぼみ、顎は貧弱でした。唇は薄く、意志の強さを表すかのように、への字に結ばれていました。笑うと顔全体が変化しましたが、滅多に笑いませんでした。笑いは嘲笑、やや皮肉な笑みでしたが、隠しきれない温かみもありました。私はシルヴァが暖かみを押し殺すために多くの時間を費やして来たという感じを抱きました。

シルヴァの考え方は、言葉の使い方同様、指示されたものでした。一日目の朝は、ローマの広大な帝国の成長の方法、征服がよりしやすくなる方法、ローマの属州政策について話しました。「もっとも重要な武器は恐怖であり、さもなければ、無敗の評判でした。人々が決して勝利することが出来ない、抵抗すべきでないと感じなければなりません」。シルヴァはこの話を続けましたが、私はローマの植民理論を崩壊させた小さな祖国を愛《いと》おしみながら、平静な顔をして、座っていました。しばらくして、あまりにも静かな歴史家に話しかけることをシルヴァは打ち切りました。私は無表情を装っていましたが、シルヴァは私の考えを見抜き、かっとなりました。

「奇跡を生み出す神々や革命の理想に対する偏執的な信仰は、この仕事をより困難にするかもしれないし、植民化の完成を遅れさせるかもしれない。しかし、最終的な結果は同じだ。多くの場合、その正しさを歴史は示しているし、示すでしょう」

私は何も言わず、笑みも浮かべませんでした。シルヴァは私を探るような目つきで眺め、切り込んできました。

「もしあなたが望むなら、いまから代官もしくは総督の制度について話し合いましょう」

妥協を知らない可哀そうなシルヴァ、まずはじめに、手に負えない我がユダヤ民族を過小評価してはなりません。彼らは理論を覆し、帝国をまごつかせます。

しかし、私はシルヴァから学びました。「もう一度、あのことを尋ねなさい」とシルヴァは言いました。「言葉を換えて言えば、私に記憶を辿らせ、心を鼓舞し、正確に回想させることです」

あるいは、「いまからあなたがすでに得ている詳細な事実を裏付け、空隙を埋め、構図を完成させる方法を私に尋ねなさい」

あるいは、「勝手気ままな個人的な独白を受け入れないようにしなさい。制止すること、流れを導くことを学びなさい、さもなければ流れをもとの本流に戻しなさい」

三日目の最後の朝、シルヴァはマサダ制圧に際して自分が受けた命令について私に語りました。「絶対的な指揮権を得た。必要とあらば、パレスチナ全域のすべてのローマ兵を用いてもよかった」。シルヴァは、強制的な兵役を拒否できない、膨大な労働力について語りました。「反抗的な住民を用いる場合の標準的な戦術だ。ひとたび反乱が鎮圧されれば、住民は奴隷になる。生き残れるだけでも幸福だ。これが標準的な戦術だ。ローマのやり方だ」。こういう話をするとき、シルヴァは冷静に、観察者の冷たい眼をしました。

私たちは最後に背景について話し合いました。背景幕、事件のための舞台装置、原因はしばしば無視され、注意を払われませんが、そこから大変な出来事が生み出されます。

シルヴァは十分この主題について考えてきました。この話をなぜするのか話すために私を待たせました。どうしてこうした戦術が必要だったのか説明するために、シルヴァ流の方法で、自分の意見を見事に要約しました。現在の事件を記録するには、過去の事件にそれを関係づけることが必要だということでした。

シルヴァはめったに見せない予期せぬ笑みを浮かべて言いました。「そこで、ルーベンが登場します。私があなたに送るお別れのプレゼントです」

「ルーベンって誰のことですか?」

「間もなく私たちが飲むことになる最後の果物のジュースを運んでくる老人のことです。これが最後の私たちの話し合いだからです。私は明日、北に向かいます」。シルヴァは少し沈黙しました。私は言葉を口にしませんでした。「ルーベンは家令です。私の衣類の世話をし、好みの食事を供します。私のために奴隷労働者の支配人が見つけてくれたのが、ルーベンというわけです。ガリラヤの出身だと私は思っています。私たちはほとんど言葉を交わしません。というのは、召使をなれなれしくさせる習慣が私にはないからです。しかし私は、彼と十分に話をしてきて、ルーベンが驚くべき記憶の持ち主であるばかりでなくかなりの学識があり、広い心を持っていることを知りました」シルヴァはもう一度笑みを浮かべました。「もちろんルーベンが私に避けた話があるかもしれません。それは理解出来ます。私がローマ人であるばかりでなく、悲しむべきことに無学だからです。あなたは今日の午後ずっとルーベンと過ごしてよろしい。ルーベンも喜ぶでしょう。あなたについて今朝、ルーベンに話をしておきました」

「ありがとうございます。なぜあなたはこんなに親切にして下さるのですか？」

「自分を喜ばせるためです。私は初めてお会いした晩に、正確な記録に強い敬意の念を抱いていることを話しました。あなたが正確な記録を書き残すことを手助けすることに喜びを感じるのです。ああ、最後の飲み物が来たようです」

老人が近づくにつれて、シルヴァは立ち上がって待ちました。あきらかに震える手で重いトレイを運ぶルーベンを手助けしようと、シルヴァが動くことはありませんでした。シルヴァは立ったまま、形式的にルーベンを紹介しただけでした。トレイは無事低いテーブルに置かれ、シルヴァが口を切りました。「ルーベン、この人が先に話したマサダにいたルツだ」

老人の眼は体よりすこし若々しく見えました。体は曲がり、痩せていました。眼は深い眉の下で弱々しげでした。ルーベンは頭を軽く下げましたが、耳の遠い人の下げ方ではありませんでした。さらに、優しげな推測、値踏みする様子がうかがえました。それからちょっと頷き、視線をシルヴァに戻しました。

「ルッは昼食後に帰る。そしてお前はここで一緒に話してよい」とシルヴァは穏やかに言いました。「お前にには用事はないし、邪魔されることもない」

ルーベンはシルヴァに少し頭を下げましたが、明らかにシルヴァをまったく恐れていませんでした。そして軽い笑みを浮かべて視線を再び私に戻しました。それから静かに立ち去りました。

シルヴァと私はフルーツ・ジュースを静かに啜りました。シルヴァは、すべてが終わり、話が済んでしまったことがはっきりするかのように、立ったままでした。私は後悔していませんでした。あるいはいかなる他の感情もありませんでした。私は消耗し、涙も乾き、疲れていました。この死んだような状態が長く続くことになりました。私は、三日間私と一緒に過ごすことはシルヴァの鈍った鋭さの火花に再点火する試みであり、生命力を取り戻すための試みであったことだと、確信はないのですが、いまはそう考えています。確信はありません。私たちは他のことをほとんど話しませんでした。別れの挨拶は短いものでした。私がシルヴァに会うことは二度とありませんでした。

6章　ルーベン老人

計量用の水差し

私たちの天幕に戻ると、サラが待っていました。ユディトは子供たちと山羊を見に出かけていました。私は朝の出来事や、午後にルーベンと会う予定のことを、何もかもサラに伝えました。サラはいつもどおり、注意深く耳を澄ましていました。

「あのシルヴァという人は奇妙な人。何人かの部下によると、とても公平な人だけど残酷だということよ。とても無慈悲だって。岩のように頑固で。誰もあの人の考えていることは分からないでしょう。だからあなたも無理しないでね」

「はい、約束します」

サラは子供たちの帰宅と食事の準備で忙しそうでした。私は気持ちを整理し、シルヴァの教えた方法でルーベンに質問をする準備に時間を費やしながらサラを手伝いました。

ルーベンとの話の中で私がなすべきことは、一にも二にも耳を傾けること、それに記録することでした。それというのも、ルーベン老人の心は、その言葉と同じようによく整理されていたからです。

シルヴァの居住地に着くと、私はすぐに中庭に連れて行かれました。陽は高く、照りつけて暑かったのですが、日除けの下に入ると心が安らぎました。ルーベンは膝の上に両手を置き、椅子の背と背中の間を空け、ややすましてシルヴァの座っていた椅子に座り、私を待っていました。

ルーベンは起ちあがりませんでしたが、少しうなずき、私の着席を待ちました。

「一日のこの時間に歩くと疲れるでしょう」ルーベンの声は少し震えていましたが、冴《さ》えて柔らかい教養のある人の声でした。

「それほどでもありません。遠いところから来るわけではないし、ぜひお話を聞きたいと思ってやって来たのです」

「冷たい飲み物と甘い菓子をすこし持ってくるように手配しておきました。飲み物は私が自分で調合したものです」主人の椅子に座り、主人の役割を演じるとルーベンは、自然でとても魅力的でした。「従者たちはすぐに出て行きます」とルーベンが言ったとおり、従者はすぐに立ち去りました。

うちとけるために私たちは飲み物を飲み、菓子を口にしました（その味は素晴らしいものでした）。ルーベンは菓子を少しかじっただけで、飲み物を啜りました。ルーベンはとても痩せており、頭は小さく、繊細で、肌の色つやはよく皺が刻まれていました。髪は真っ白で重さがないようでした。というのも、撫《な》でつけられているというより、浮いていると言った方が良かったからでした。額は抜けあがり、こめかみの窪《くぼ》みには血管が浮いて見えました。頬骨が目立ち、鼻筋が通っていました。顎《あご》は髪の毛同様の柔らかく白い髭で覆われていました。手足は長く、筋張り、老いていました。灰色のロープをまとい、縄のベルトを締めており、両腕と両足のひじから下はむき出しでした。サンダルは使い古されて、干からびていました。

飲み物を飲み終え、菓子を食べ終えると、ルーベンはじっと座り、考えたことをまとめ、目を遠くに向けました。

「私はたった一度ですが、マサダのエレアザルと会いました」ルーベンはじっと考え込みました。思いもかけない肩書きに触れて、エレアザルの名前を聞く苦痛が和ぎました。意図的なものだったと私は思います。「エレアザルの一族のことを話しましょう」。私がエレアザルの一族であり、エレアザルの従妹であったことを、ルーベンにもう少しで告げるところでした。しかし私はその話をしませんでしたが、その判断は賢明なことでした。

「推定できる限りで言えば、私はほぼ七十です」とルーベンはまるで驚くべきことであるかのように眉をあげて言いました。

「それに、最近のことよりも、子供時代のいろいろなことの方がずっと思い出に残っているように思えてなりません。

私はガリラヤに永く続いた一族の出です。我が家の家系は何世代にもわたり、写本の筆者や祭司をしていました。私もその両方を仕事にしていましたが、どちらも卓越した技には達していませんでした。傍観者であること、観察者であることが、私の気質に合っていたのです。私たちは私たちの場所、ちょっと独立した場所に住んでいました」

ルーベンは素早く動く灰色の眼で私を鋭く一瞥しました。「お分かりだろう、と思います」

「はい」

「マサダの山に立て籠もったエレアザルとその同胞はとても有名でした。私は確信していますが、熱心党という言葉は、私たちの語彙の一つになるでしょう。私はそう望みます。マサダの人々はこの言葉に名誉ある意味を与えました」ルーベンの視線は定まらず、考えながら、一息入れました。「だが、何も新しいものはありません。もう終わってしまったこととの関係を除いては何も起こりません。エレアザルの伯父のメナヘムは私の又従兄弟《いとこ》で、同い年ですが、ほぼ七年前にローマからマサダを奪いました。彼とエルサレムの彼の後継者の男たちが武装できるように武器の貯蔵庫を所有していました。それは勇気ある、語るに値する冒険的企てでした」

「それに時期もよかったですね。私たちエルサレムのユダヤ人には、あらゆる種類の武器が決定的に欠けていましたから」

「そのとおり。向こう見ずで、いかにもメナヘムらしいやり方だった。だが、メナヘムはそれと知らずに、自分の父親が七十五年前に——メナヘムと私が生まれる五年前に——、取ったのと同じ行動を取りました」

「ガリラヤの町、セフォリスの奪取ですか？」

「メナヘムの父、ガリラヤのユダによるセフォリスの奪取です。その年、ヘロデ大王が死に、多くの混乱が生じました。私の父は平和主義者でしたが、ユダが始めた『神以外に支配者なし』の運動に引き込まれ、ユダの三番目の息子、メナヘムがマサダの武器庫の武器で男たちを武装させたのとまさに同じ方法で、セフォリスの武器庫を空にしました。これはやや気の小さい、私の父の人生における数少ない冒険譚《たん》の一つで、父はこれを誇りにしていました。私は子供のころ何度もこの話を聞かされ、父はちょっとした英雄だと思っていました。マサダとセフォリス。歴史の興味深い繰り返しです。あなたはこの見方に賛成しませんか？」

「武器庫の襲撃についてはそのとおりだと思います」

ルーベンは私に優しく接しました。「武器庫の襲撃についてだけ私は言っているのです。反乱はたちまちシリアのヴァルスによってひどく残酷に鎮圧されました。そしてセフォリスの人々は奴隷にされました。マサダは七年間持ちこたえ、奴隷化を拒否しました。奴隷になることを潔しとしなかったのです」

ルーベンは自分の腕に止まった昆虫に注意を向けました。それからすぐ近くの右の壺に植えられた花に注意を転じました。如才なくくつろいだ態度でした。

「ガリラヤのユダは奴隷になりませんでした」ルーベンは穏やかに続けました。「私の父もです。二人は逃亡し、ほかの人々もそれに倣《なら》いました。ダマスコへ逃げたのです。賢い選択でした。ダマスコには多くのユダヤ人がおり、多くの友人がいました。その十年後、私が五歳の年でしたが、ダマスコで新しい問題が起きました。より大きな問題でした。その年はここイスラエルにおいても悪い年でした。ヘロデ大王の息子で王位を継いだアルケラオスがローマによって王位を剥奪され、追放されたのです。アルケラオスの追放が嘆き悲しまれることはありませんでした。彼の追放をローマに要求したのはガリラヤの人々だったのです。アルケラオスは悪しき王で、大きな禍をもたらす、恐ろしいほど無慈悲な為政者でした」

「アルケラオスは父ヘロデの統治したすべての地域を統治したのですか?」

「いいえ、その半分です。残りは二人の兄弟、アンティパスとフィリポに分け与えられました。ヘロデ大王は息子たちが自分に似ていないことを知っていたのです」

「ローマはその分割に口出ししませんでしたか?」

「ローマはすべてに口をはさむのですが、距離をおいていました。ところが、アルケラオスはローマがもっと干渉してくる必要をつくってしまいました。私たちの間に来るように。悪い年でした」

「その十年間、あなたと一緒に、ユダはダマスコにいたのですか?」

「違います。ユダとその仲間はどうもクムランの修道院に行ったらしい。私の父はそう信じていました。たしかに、ユダはアルケラオスの下では自由ではありませんでした。ユダは王のためには、それが良い王だったとしても役にたちません。『神以外に統治者なし』は新しい考えではありません。ルツさん。ユダの父のヒゼキヤが考え出したことだと言われています」

(注・「クムラン」は死海文書が発見された付近の現代の地理的名称で、著者は分かりやすさのために用いた。翻訳でもそのまま使った)

「ユダがクムランの共同体の一員だったことは確かなのですか？」

「そう考えることが論理的です。ユダの仲間たちとクムランのエッセネ派の修道会とは、生活の仕方や神への接近の仕方においてさほど変わりがありません。両者とも神以外の統治者を必要としません。両者は絶対的な献身で神のあらゆる規則と戒律に従います」

「七十年前のエッセネ派は、閉鎖的で平和主義的な修道会だったのではありませんか。平和を愛する人々。荒野に逃げ出した人々ではありませんか？」

「そうとは言えません。どのような理由からであれ、荒野で生活することは、偉大な不屈の精神と偉大な修練とを必要とします。彼らが平和主義者であることについては、その理想を断固として貫くということで、私はいつも驚いています。義のために戦うことは神に逆らうことではありません。なぜなら、神の意志によるものだからです。そして、年老い、頑《かたく》なな砂漠の住人であるエッセネ派の人々以上に、王である神、唯一の王のために武器を取るような人は他にいるでしょうか。あなたのマサダの勇敢な仲間には、ユダたちと同じ血が流れていました」

二人はしばらく沈黙しました。ルーベンは私にちょっと気にするような視線を投げかけました。というのは、私を悲しませるのではないかという恐れを抱いていたからです。しかし、私は元気でした。泣かない女なのです。私は。

「アルケラオスは去りました」とルーベンは話を続けました。（注・ローマに退位させられたユダヤ領主）

「ローマは私たちに『総督』と呼ばれる新しい種類の統治者を送りこみました。私たちは自分たちの統治者、地域の王、あやつり人形のような領主を置くことを許されました。しかしその上にローマ人である総督がいるのです。そして同じように、コポニウスが課税と他の目的のために、われわれの人数を数え、選別する目的で総督としてやって来ました。私たちは自分たちの国がとても小さく、強大な帝国のさほど重要でない一片であることを思い知らされました。帝国の最高権力者は王ではなく皇帝なのです！　皇帝を崇める宣言をつくることに熟達した祭司たちによって皇帝は神であると宣言されました。

コポニウスが私たちの人口を数えるためにやって来て、税と貢物を取り立てると、まもなくユダが現れ、効果抜群の言葉を吐きました。ユダは言いました。『ローマへの貢物の支払いと納税は、神だけに義務を負うわれわれにとっては、異教徒の支配を認めることになる』と。ユダは仲間と共に反乱を起こしました。私たちは総督が貢物の取り立てや人口の調査だけを目的にして置かれているのでないことを思い知らされました。反乱は最も残酷なやり方で鎮圧されました。ユダも含め数百人が殺され、多くのユダヤ人が磔《はりつけ》にされました。ローマ人は統治下の人民の不敬思想の矯正手段として磔が大いに効果的だといつも信じていました。

ユダは殺され、見せしめとして他の反乱者とともにその遺体を曝《さら》されました。私たちは、大帝国の小さな諸地方が混乱や異論なしに、言われたとおりにしていたことを疑いません。ユダには三人の息子がいました。メナヘムは私と同い年の五歳、ヤコブとシモンはもっと年上でした。彼らの母親と私の母は従姉妹同士でした。ユダが殺された後、残された家族全員はダマスコで生活するためにやって来ました。最初のうちは私たちと一緒に暮らし、しばらくたってからそれほど遠くないところに自分たちの家を見つけました。

私がほぼ二十歳のとき、我が一家はガリラヤに戻りました。場所は、セフォリスではなくカペナウムでした。カペナウムにはエルサレムの神殿とつながりのある学塾がありました。そこでは聖典の筆写家の訓練が行なわれていました。私は学問が好きで、その方向に進みました。総督のコポニウスは去り、その後を継いだ総督もまた去りました。グラトゥスがいまや新しい総督でした。ローマでは神聖皇帝アウグストゥスが誰もが免れ得ない死を迎え、神聖皇帝ティベリウスが後を継ぎました」

「メナヘムの一家はあなたと一緒にガリラヤに戻ったのですか？」

「違います。彼らはもっと早く、エルサレムの近くにあるベテルに戻りました。メナヘムとその兄弟は、父親が始めた仕事を引き継いで一致団結していました」

「あなたはメナヘムとその兄弟たちと連絡を取り続けていたのですか？」

「そうです。しかし、私が勉強を終え、エルサレムで暮らすことになるまでは、私たちは何度も会うことはありませんでした。あれは私が二十五の時でした。

グラトゥスがローマに戻り、ポンティオ・ピラトがユダヤ総督としてエルサレムにやって来ました。アンティパスがガリラヤの領主で、カイアファが神殿の大祭司でした。私にはカイアファとやらなければならない多くのことがありました。

私は神殿の記録保管の係で、カイアファは私たちの仕事にとても興味を持っていました。カイアファは岳父のアンナスに比べるといささか見劣りがしました。アンナスは王位の陰の実力者で、誰もがそれを認めていました。同じ仕方でヘロディア王妃はアンティパスの陰の実力者でした。アンティパスは一部の人々がとても尊敬する公平な支配者でした。しかし、妻のせいでアンティパスは意志薄弱になり、愚かになりました。私はヘロディアに会いました。驚くべき女性でした」

ルーベンは一瞬、記憶をたどるように沈黙しました。私は何も尋ねませんでした。

「ピラトは悪人だった」と、とうとうルーベンは静かに言いました。「とてつもなく傲慢な男で、大きな権力を握っていた。統治者として民衆の感情や思考を一顧だにしなかった。だが、基本的には、臆病ものだった。洗練されたローマ風の教養を身につけたごろつきだった。私はピラトを買わない」

私はルーベンの言葉に抗うことは出来ませんでした。「ピラトはあなたの不同意を知っていたのですか？」

ルーベンは何ともやさしい笑みを浮かべました。「いいえ、ルツさん、書記係りは三十代で、自分の不服従をローマ人の支配者に告げるようなことはしません。一人の観察者なのです。そして待つのです」

「何のために」

「正義のためです。支配者がやり過ぎ、没落する瞬間を待つのです。ピラトは十年間総督を続け、不評のうちにユダヤを去りました。呼び戻されたのです。悪人でした。ピラトは支配するにあたって絶大な権力を振るい、とてつもなく無慈悲でした。鞭と磔刑《たくけい》を用いたのです。アルケラオスが革命への道を指し示したとすれば、ピラトも同じことをしたのです。ピラトの統治時代に、民衆の救済者、メシアへの渇望はいや増しました。素朴なバプテスマ、素朴な言葉の祈りへの回帰がありました。何人かの素晴らしい説教者が現れました。神殿からでなく、民衆の中から。漁師や大工や徴税人の中からです。三十年前の話です。あなたは生まれていました？」

「いいえ、まだ生まれていません」

「ピラトが去り、新総督のマルケロスが赴任して来ました。間もなくローマでは、神聖にして不死身の皇帝ティベリウスが、カリグラのせいで意に染まない死を遂げることになりました。カリグラが皇帝になりました。ルツさん、この時期については、ルキウス（ローマ工兵将校）に尋ねてごらんなさい。ルキウスは庭にいます。彼はあなたに関心を抱き、何か得ることがあるでしょう」

「話してみます。ガリラヤ湖のほとりにあるティベリアの町の名は、ティベリウスに因《ちな》んでつけられたのでしょうか？」

「そのとおりです。ティベリウスの名を称えてアンティパスによって造られたのです。アンティパスは、ローマのものすべてを称賛し、父のヘロデ大王に勝るとも劣らぬほど建築を愛しました。ティベリアの建設でアンティパスの評判がよくなることはほとんどありませんでした。ティベリウスはその後まもなく死にました。それから、新しい皇帝カリグラに、アンティパスについての多くの誹謗中傷が語られました。その後、アンティパスと妻のヘロディアは大きな禍に見舞われました」

「誰がアンティパスについてでたらめを言ったのですか？」

「アンティパスの義理の兄弟で、ヘロディアの弟のアグリッパです。それに大変な野心家のヘロディアのようでした。しかし、アグリッパは、非凡な人物でした。ルキウスはアグリッパをよく知っていました」

ルーベンは再び沈黙しました。もう一度、気持ちを整理したのです。

「アグリッパの友人、カリグラはわずか四年統治しただけですが、私たちの国を焼き尽くすことになった火にまた油を注ぎました。カリグラは狂人だったと私は思います。最初は違いました。皇帝になったことがカリグラを狂気に駆り立てたのです。カリグラは勅令を出し、それを実行する計画を発表しました。カリグラの計画の一つが、私たちの哀れな小さな国の破壊と大虐殺を招きました。あなたは祖国の滅亡がすでにやって来ていると言うかもしれません。それはそうです。しかし、それは三十年前に起きていたことかもしれません」

「どんな計画だったのですか？」

「エルサレムの神殿に、ジュピターを祀《まつ》るように自分の銅像を祀ることでした。聖なるものの中の聖なる神殿に、です。ルキウスはこのことについて私よりもっと知っています」

「ルキウスに訊《き》きます」

「いいでしょう。それはローマについてですよ。ローマはあなたの書く本の領域に属します。アグリッパが不思議議な役割での出番を自覚したのは、カリグラ死後のローマにおいてでした。

キング・メーカーとしての役割です。もう一度ルキウスが必要です。いろいろな話がルキウスから聞けるでしょう」

ルーベンはいささか疲れたようでした。私はルーベンに一息入れたくはないかと尋ねました。随分多くのことを話したからです。ルーベンは話し続けることに何の支障もないとはっきり言いました。そこで私たちは話し続けました。しかし、読者のみなさん、ルキウスから話を聞いた後にもう一度ルーベンの話に戻れば、話の価値はもっと増すことになるでしょう。そこで私は、シルヴァの居住地からさほど離れていない将校集会所で、同じ日にルキウスの話を聞きました。

7章　ルキウス

「たしか十八のとき、私は初めてアグリッパに会いました」とルキウスは言いました。「しかし、アグリッパについて私は多くのことを耳にしていました。アグリッパはローマで教育を受け、母親の援助でローマに留まり、なかなかの有名人のようでした。廷臣だったのです。ティベリウス帝の若い息子、ドルススと死ぬまで親友でした。ドルススの死後まもなく、アグリッパはユダヤに帰りました。というのは母親もまた死に、ローマ滞在の仕送りが止まったからです。アグリッパには膨大な数の未払いの請求書が残されていました。ヘロデ大王の孫であっても、信用には限度があり、ユダヤでアグリッパは飢え死にしかけました。このとき、アグリッパの姉ヘロディアと結婚していた叔父のアンティパスは、親切にもアグリッパに政府の役職を斡旋しました。そして自分がいかに親切な伯父であったか、誰彼に吹聴しました。これはいささか馬鹿げた話です。というのは、アグリッパはとても誇り高い男だったのです。生まれ

マサダ西の宮殿の
フロアー・モザイク

つきの恩恵の授与者であっても受け取り側ではありませんでした。アグリッパは（四人の幼い子供がいましたが）、出来る限り長くユダヤに留まろうとしました。それから職を辞し、ローマに戻りました。そのとき、私は初めてアグリッパに会いました。なかなかの美男で、年は四十五、六と言ったところでした。

アグリッパは年少のお馬番として宮廷に仕え始めたばかりで、主な仕事は噂話の収集のようでした。ローマに定住して以来、社会で重んじられている人々の間に友だちを作り始めました。皇帝のティベリウスと非常に親しくなり、皇帝の兄弟の孫のガイウスの親友になりました。ガイウスは当時、ただの平市民でしたが、金持ちで人気がありました。ガイウスがティベリウスを継いで皇帝になったとき、自分をカリグラと称し、狂い始めました。しかし、その時点では宮廷のただの一員であり、大きな影響を及ぼすには至りませんでした。たしかに、一年半牢につながれていた友人のアグリッパを救い出すために必要な影響力すら十分ではありませんでした」

「アグリッパはなぜ牢につながれたのですか？」

「如才《じょさい》のなさが災いしたのです。アグリッパはガイウスのためにとびきり贅沢な晩餐会を開き、酒が次から次に注がれました。ころ合いを見計らって、アグリッパは彫刻を施された立派な椅子にガイウスを座らせ、その前に跪《ひざまず》き、ティベリウスが間もなく死に、世界の盟主になったガイウスを自分が目にする喜びを味わうだろうという賛美の祈りをささげたのです。ティベリウスはこれを聞き怒り狂いました。そしてアグリッパを牢に投げ込んだのです。裁判はなく、謝罪は受け入れられませんでした。ティベリウスは何とも粗野な老人でした。実際、ティベリウスはガイウスが途中で手を貸すことで、まもなく死んだ、と世間では言っています。ガイウスは皇帝になり、誉めたたえられ、カリグラと名前を変え、アグリッパは釈放されました。もしあなたに興味があれば、アグリッパの入獄中の伝説をお話ししましょう」

「私はあらゆることに興味があります。ルーベンは『すべては関連している』と言っていました。私もそう思います。どうぞお話し下さい」

「フクロウの伝説と呼ばれている話があります。そのとき、アグリッパは監獄の運動場にいました。ただ一本生えている木の下に立ち、慣れ親しんだ生活から隔離され、ひどく憂鬱でした。すると、大きなフクロウが突然、アグリッパの頭の真上の木の枝に下りて来ました。陽が燦々と降り注いでいました。アグリッパは迷信深く、下りて来て彼をじっと見つめる大きな目にぞっとしました。アグリッパは身動きできませんでした。それからフクロウは飛び去りました。予言者としてちょっと評判のゲルマニア出身の仲間の囚人が、フクロウは幸運の徴だとアグリッパに告げました。『しかし』とゲルマニア人は言いました。『警告でもある。もしフクロウがもう一度陽の降り注ぐときに頭上の木の枝に止まれば、五日以内にあなたは死ぬでしょう』」

「そのとおりになったのですか?」

「カリグラの話を続けてよろしいですか?」

「どうぞ続けてください」

「カリグラはアグリッパを釈放し、アグリッパの叔父のフィリポの領地であるイスラエルの北部の領地の領主にしました。フィリポは死んだばかりでした。アグリッパは新しい任地に赴くことを急ぎませんでした。一年以上ローマに止まっていました。最後に故郷に帰ったとき、弟が（自分の夫のアンティパスにはかなわないにしても）夫と同等になったことに、また領主になったことに、アグリッパは姉のヘロディアがとても心を乱していることを知りました。ヘロディアは激しく嫉妬し、眠ることが出来ませんでした。もっとはっきり言うと、可哀そうなアンティパスを王位に就けようとしました。そこで、ヘロディアは、王国をカリグラに要求するために自分をローマに連れて行くことに同意するよう、アンティパスに繰り返し要求しました。アグリッパは旅行について聞かされ、自分で計画を立て、人知れず経験を積んだ陰謀家になりました。アグリッパは、アンティパスがローマに着いたとき、不忠と反逆に関する、周到に仕組まれた裁判が待ち受けていました。アンティパスとヘロディアは抹殺されました。アンティパスの領地はアグリッパの領地に加えられました。いまやアグリッパは広大な領地の所有者となり、領主ではなく国王になろうと決心しました。カリグラは反対しませんでした。カリグラの古い友人にとってすべてがうまく行ったわけではありませんでした。なぜアグリッパは国王になるべきではなかったのでしょうか。結局、カリグラは、周知のように、神だったのです」

「ルーベンは、神としての、ジュピターとしてのカリグラの彫像について語っていました」

「そのとおりです。アレクサンドリアにいた数人のギリシア人がシナゴーグに押し入り、神となった皇帝カリグラに捧げる祭壇を作りました。ユダヤ人はその祭壇を投げ捨てました。カリグラはその行為を自分に対するひどい侮辱だと感じました。カリグラの神性が疑われたのです。カリグラは知らぬふりをすべきでした。言わずもがなですが、ユダヤ人が自分たちの信じる『唯一の神』について信念を貫くために過去どれほど多くの面倒を起こして来たか知っています。カリグラは数人のユダヤ人を磔にし、数人に巨額の罰金を科し、そして忘れ去るべきでした。そうせずにカリグラは、ユダヤ人の『唯一の神』に替えて、エルサレムの神殿の聖なるものの中の聖なる場所、至聖所に、生身の自分の二倍の大きさの黄金と大理石で造られたジュピターの神像、すなわち自分自身の神像を建てようと決心したのです。

私はその騒ぎに全面的に巻き込まれたことをよく覚えています。なぜかといえば、それが私の最初の外国旅行の目的だったからです。カリグラは私にシリアに行き、ペトロニウスに話すことを命じました。ペトロニウスは、最近、シリアの総督に任命され、そこに神像を建てるためのすべての手配を調えることを決めていました。費用の多寡は問題ではありませんでした。

私には事態がもっとも緊急を要することを示す公式文書と認証が与えられ、最速でシリアに到達するルートが設けられました。身の引き締まる思いでした。私はまだ二十一で、普通だったら二カ月近くを要する長旅でした。ほぼ六週間で旅を終えました。ペトロニウスは、アンティオキアに北上し、居を定め、新しい仕事と国の感触を掴んでいました。私が特使だということは知っていましたが、命令の詳しい内容は知りませんでした。詳しい内容にペトロニウスは青ざめ、私も青くなりました。カリグラの命令は、神像をエルサレムへ運び、そこに安置するという内容でした。誰とも話し合っていないことでした。ユダヤ人が反対したら、思いのままに処刑し、残りのユダヤ人は奴隷にするという命令でした。『殺し、奴隷にする』ということは、戦時においては前例のない命令ではありません。ローマ帝国の戦時の規準の一つです。しかしすでに占領され平和な時期に、またそのような理由でこの規準を適用することは狂気の沙汰でした。

しかしペトロニウスはプロの軍人で、兵力を結集しました。その結果、私たちは、完全装備の三つの軍団《レギオン》とシリアの非常に大規模な補助部隊を伴い、南に向けて進軍しました。出発の時までに、これから始まることは全国に知れ渡っており、ユダヤ人は騒然としていました。多くのユダヤ人は深い絶望に捉われていました。他のユダヤ人たちは聖像を目にするまでは信じようとしませんでした。聖像は目につく形で運ばれました。巨大で、黄金と銀と宝石で輝き、大理石造りでした。四輪馬車に垂直に立てられ、前後にトランペットと太鼓の楽隊が付き、行列の先頭に立って行進しました。側面には白馬に跨《また》がった将校たちがカリグラの頭と黄金のローマ軍の軍旗を翳《かざ》して進みました。こうした物も神殿に置かれることになっていました。命令されたとおりにすべてがお馬番のリキウスによってペトロニウス総督のもとまで運ばれました。

私たちは物音一つしない村を通り抜けましたが、村人たちがユダヤ人であることを知っていました。祈りをささげる人々のすすり泣きと嘆きの声だけが聞かれました。それは人々の神経を過敏にしました。フェニキアの港町テュロスの南で、私たちは進路をもっと内陸に取り、ギスカラの西を通過し、それから再びプトレマイオスまで海岸を目指しました。

街の外の平原に数千人のユダヤ人がいました。私は敬意と好意の念を抱いていたペトロニウスが難局にどう対処するか好奇心をそそられました。ペトロニウスが受けた命令は、実にはっきりしており、皇帝の絶対的な権力を与えていました。議論の余地はない、と命令は述べていました。

ペトロニウスは縦隊を停止させ、ユダヤ人の指導者や代表者に尋ねました。彼らユダヤ人らは威厳に満ちて話しました。忍耐しながら口を一切挟まずに耳を澄ませました。それからペトロニウスは厳としてはっきりと決断しました。『議論の余地はない』と私に言いました。『命令に対する反抗だ。明確な声明だ』

ペトロニウスはローマの強大な力、皇帝の大きな権力について語りました。ローマ皇帝は世界の半分を統治していました。ペトロニウスは、ローマに臣従する種族はすべて自分たちの彫像の間にカエサルの彫像を建てている、ユダヤ人だけが反対することは、理に背くばかりではなく、皇帝への反逆や意図的な侮辱に等しく、それが恐ろしい罰則をもたらす、と指摘しました。これを述べるに際し、ペトロニウスはとても巧みでした。

ユダヤ人の長老はこれにまったく怖気《おじけ》づかず、ユダヤ人の古代の律法と慣習についてやや詳しく語りました。『私たちの神は』と長老は言いました。『わが国のどんな場所にもいかなる種類の偶像を建てることも許しません。言うまでもなく、神殿は神の栄光のためにのみありま す』。ユダヤ人たちは意を尽くして語り続け、自分たちの神に従う以外にいかなる選択もありえないと言って話し終えました。

ペトロニウスは、とても緊張して相手を見つめ、ユダヤ人たちが万能のローマを相手に戦い、偉大な皇帝がそのような問題に終止符を打つことを望んでいるのかどうかと尋ねました。戦争開始です。

ユダヤ人たちは沈黙し、それから長老が道を空けると、一人のとても年老いた男が前に進み出ました。あきらかにユダヤ人たちの中でもっとも立派で尊敬されているラビか指導者、あるいはそのような存在の人物でした。男は非常に丁寧に両側から若い男たちに支えられていました。

『私たちは毎日、ローマとその人民のために祈り、生贄を捧げています』とその男は言いました。『一日二回です。そして偉大な皇帝のためにもです。しかし、もし皇帝が私たちの生活の中心に、エルサレムの神殿に偶像を建てることを望むのであれば、ユダヤ民族全体を犠牲にしなければなりません。というのは、私たちは、偶像が建てられる前に、ここで子供たちや妻たちと一緒に死ぬ覚悟を決めています。この国の外でも、私たちの同胞が子供たちと一緒に死ぬための覚悟を決めているように』。男の声は冴《さ》えて落ち着いており、とてもはっきりしていました。それだけしか男は口にしませんでした。私は男の言った言葉をけっして忘れないでしょう。

音一つない静寂があたりを支配しました。それからペトロニウスはユダヤ人たちに、我々は一日二日の間に決定は下さないと告げ、引き揚げました。

次の数日間、ペトロニウスは会合に次ぐ会合、数百人の出席する大きな公式の会合、ユダヤ人の指導的な市民やもっとも影響力のある市民が出席する私的な会合を開きました。ペトロニウスは忍耐強く、用意周到でした。あらゆる手立てを尽くしました。説得、忠告、猫なで声、ローマ風の恫喝《どうかつ》。予想される危険、カリグラの恐ろしい怒り、自分の困難な立場について微に入り細に入り語りました。

結局のところ、ペトロニウスの努力は水泡に帰しました。哀れなペトロニウス。彼は数日間ほとんど眠りませんでした。私たちは大きな家に泊っていましたが、八日目の朝、ペトロニウスが私の寝室に入って来ました。恐ろしい形相をしていました。『われわれはアンティオキアに戻る』と彼は言いました。『私は農家の出だから、分かる。この国は数週間前に種蒔きをすべきだった。民衆は祈り、精進し、待つが、自分たちの国土を耕やそうとしない。私たちは大虐殺とともに飢餓に直面するかもしれない。お前は全速力ですぐにカリグラのもとへ戻り、ここで起こったことをカリグラに伝えなさい。ユダヤ人たちとその豊かな穀倉を壊滅させることを望まないならば、ユダヤ人たちの古代からの律法を認め、彫像のことを忘れなければならないと、伝えなさい』」

「あなたがローマに戻りすべてを伝えたとき、皇帝はどのような反応を示しましたか?」

「狂人さながらでした。物を粉々にし、口に泡を吹きました。少年奴隷をあまりにも乱暴に柱に投げつけたので、少年奴隷の頭は卵のようにつぶれました。それからふらふらになり、倒れるまで、少年の体を蹴りつけました。それから屠《ほふ》られる豚のように叫びながら横になりました。私は他の廷臣と同様、身動き出来ませんでした。神である皇帝が起き上がるまで立ったまま待ちました。カリグラは立ちあがり静かになりましたが、怒りはさらに激しく、危険な状態でした。彫像は建てられなければならず、そしてその命令の執行の遅延の罰として死を覚悟しなければならないことを告げる手紙を、ただちに、ペトロニウスに持って行くように私に告げました。

私は一時間も経たないうちに出発しました。好天と追い風が私の最初の航海を祝福し、速度を速めたと同じように、強力な嵐と大暴風雨が私の二度目の航海を苦しめました。三カ月を超える航海の果てにアンティオキアに戻りましたが、航海中は毎日、悲嘆に暮れました。というのも、肉体の辛さに苦しむのと同じように、精神的にも苦しんだからです。

ついに、果てしのない航海が終わり、船が埠頭に接岸すると、ペトロニウスが乗船し、まっすぐ私の船室にやって来ました。私たちはお互いに顔を見つめ合い、私は心から胸を痛めました。

ペトロニウスは言葉を口に出さず私の話に耳を傾け、私は彼に手紙を渡しました。ペトロニウスは封を切り、手紙を披《ひら》き、それをゆっくり読みました。彼は手紙を引き裂きそれを投げ捨て、笑い始めました。私は一瞬、彼の気がおかしくなったのではないかと思いました。しかしその笑いは正真正銘の笑いでした。ペトロニウスはその手を私の肩に置き、言いました。『許してくれ、ルキウス、あまりにも絶妙のタイミングだったので、愉快で仕方がなかったのだ。カリグラは死んだよ。君が出発したわずか数日後に暗殺された。カリグラの死を知らせる使者は、君とは違う海路を取り、とても穏やかな航海に恵まれ、ほぼ一カ月前に到着した』。それからペトロニウスは再び笑い始め、私もその笑いに同じました。私たちは涙が出るまで笑い続けました」

その瞬間を思い浮かべ、ルキウスはもう一度、心から笑いました。しかし私が一緒に笑わなかったので、すぐに笑いを止めました。私は笑っている男にとって、哀れな仲間でした。ちょっとしたぎこちなさを取り繕うために、私は言いました。「ペトロニウスとカリグラの関係についてのお話はありがとうございました。アグリッパとフクロウの伝説についてはどうなったのでしょう？」

ルキウスは含み笑いを浮かべました。「まだです。急ぎ過ぎです。はじめに埋めるべきギャップがあります。狂ったカリグラの後に誰が皇帝になったと思いますか、歴史家さん？」

「クラウディウスです」

「そのとおり。しどろもどろの会話と内気な性格と青ざめた表情で知られたクラウディウスの登場です。クラウディウスは子供のころあまり大人しかったので、知恵遅れではないかと思われていました。ティベリウスの甥で、カリグラの叔父に当たります」

「ルーベンは、皇帝クラウディウスの後継問題にはアグリッパが深く関与していたと言っていました。ルーベンは『キングメーカー』という言葉をよく使い、あなたがその舞台裏を知っていると言っていました」

「そのとおりです。しかし、現場に立ち会っていたわけではありません。私の父からの伝聞です。父は元老院の議員で、ある敵意をこめてその話をよくしました。それが父の流儀でした。私は現場にはいませんでした。あなたは目撃者の息子の話を受け入れますか？」

「もちろんです。あなたがそこにいるはずはありません。あなたは、ペトロニウスと笑いながら、このイスラエルの地にいました。その前三カ月は海の上でした」

「そのとおりです、歴史家さん！　あなたは注意深く聴いていましたね」

「ありがとうございます。誰がカリグラを暗殺したのですか？」

「一言では言えません。カリグラには多くの敵があり、彼は『古い』一族、貴族、元老院に軽蔑した態度で接していました。多くの人は、元老院が殺害を目論んだと考えていました。たしかに、殺害後の元老院の議員たちの行動は殺害をある程度予知していたかのように見えます。元老院には、元老院議員たちと軍事評議会、執政官守備隊の将軍たちとの間に差し迫った緊張が存在していました。カリグラが死ぬ直前、将軍たちは次の皇帝を探していました。そして引退し、身を隠して暮らしていた屋敷の一室にクラウディウスを見いだしました。クラウディウスが唯一の候補で、完全な操り人形でした。実際にそのほかの選択はなく、次の皇帝に全員一致で推戴《すいたい》されました。将軍たちは強力なグループ、執政官守備隊で、宣言を発し、クラウディウスを街から連れ出し、大規模な陸軍の野営地に運びました。静かな生活を愛していたクラウディウスは、軍隊と権力と大声を上げる男たちに取り囲まれている自分を見いだしました。

　元老院は冷静でした。審議は見送られ、残った軍隊に街の守備を命じ、カリグラの狂気の蛮行を目の当たりにし、同じ血を引くカリグラの叔父のクラウディウスが皇帝の位に就くことを妨げるために必要なあらゆる行動を取ることを命じる動議が提案されました。そこで、昔と同じ貴族制、元老院議員制による支配の復活決議案を採択しました。

この時点でローマ訪問中のアグリッパの出番が来ました。私見ですが、アグリッパは自分の興味を引くことを探していました。アグリッパはローマ人のやり方をそんじょそこらのローマ人よりずっとよく知っていました。またアグリッパは稀に見る政治的駆け引きの天才でした。とにかく、突然、アグリッパが元老院の中枢にいました。あきらかに仲介者が存在したのです。まず彼は元老院の議員たちの言うことに耳を傾けました。それから将軍たちのところへ出かけたり、彼らを招待したりし、注意深く彼らの言うことに耳を傾けました。行ったり来たりして、アグリッパは、内戦の危機に瀕したローマのシーソー遊びを思う存分に愉しみました。クラウディウスは状況を扱いかねましたが、アグリッパは見事でした。結局、暴力沙汰は避けられました。アグリッパの扇動に乗って元老院議員は将軍たちの野営地に招かれ、歓迎され、ただちに盛大な感謝祭の行事が、アグリッパの調停と――クラウディウスの皇帝就任を神に感謝するために行なわれました。行事が終わったとき、アグリッパの時宜を得た援助に感謝するために、クラウディウスは、ヘロデ大王が支配していたイスラエル全土とそれ以上の領土をアグリッパに与えました」

「アグリッパは自分自身が皇帝になったような気分で、ただちにイスラエルに行きました。しかしアグリッパは、たちまち、中庸を得たクラウディウスと強力な元老院の混合政体がローマに盤石の地盤を与えることを見て取りました」

ルキウスはしばらく私を思慮深げに見つめながら、黙りこみました。それから、ある如才のなさを示しながら、口を開きました。

「大ローマからのちになって時折、アグリッパが不服従を示せば、話し合いは好ましくないものになりかねないという厳しい命令が届きました」

私は応えませんでした。

「アグリッパは、いまや大きく拡大した王国から上がる巨額の収入を思う存分公共の福祉に使いました。大王となったアグリッパは、中庸の態度と宗教の注意深い遵守を続け、王者の風格を身につけ始めました。多くの素晴らしい建築物を建て、もし完成すれば難攻不落となる、あるいはそう言われる城壁をエルサレムの周囲に作り始めました」ルキウスは一息入れました。「シリア総督は、城壁についてクラウディウス皇帝に書簡を送り、報告しました。そして、ローマから城壁の建設をただちに止めるようにという厳しい命令が届きました。そこでアグリッパは……」

言うべきことは何もありませんでした。アグリッパの未完の巨大な城壁は世間周知の事実でした。私も知っていました。「その後まもなくアグリッパは死にました」とルキウスは言い、それから「『フクロウの伝説』を語る時が来ました。よろしいですか？　あなたはどれくらいこの話を覚えていますか？」

「ゲルマニアの予言者が、一度目の一羽のフクロウの出現がアグリッパの人生に大きな変化をもたらしたと同様に、二度目の出現は死をもたらすと告げたことですね」

「よく覚えていましたね。アグリッパの五十四歳の生涯はカイサリアで閉じられました。人生の最盛期でした。人気がありましたが、功も罪もありました。公平に統治し、いつでも良識を示しました。四人の子があり、その子たちを誇りにしていました。クラウディウスはアグリッパを全面的に信用していたので、三年間、イスラエルには地方総督がいませんでした。大きな野心や昔の自惚れを抱いていたとしても、アグリッパはそれをだれにも分からぬように隠していました。

そしてカイサリアです。アグリッパは、クラウディウスを称えて盛大な競技会を開催しました。クラウディウスに大変恩義を感じていたのです。遠くからも近くからも重要な人物がやって来ました。ギリシア人、シリア人、ユダヤ人に数においてはるかに勝るローマ人が集いました」

「あなたはそこにいらっしゃったのですか？　それともこれもお父様からの伝聞ですか？」

「私はローマを代表する副執政官としてそこにいました。競技場の西側のアグリッパ自身の貴賓席に他の主だった人々と一緒にいたのです。私はすべてを目にしました」

「どうぞ続けてください」

「競技会の二日目の午前中の中ごろでした。私たちはアグリッパの到着と最初の行事の開始を待っていました。アグリッパの入場には目を瞠《みは》りました。八頭の白馬が牽《ひ》く巨大な四輪馬車に乗って競技場に入って来ました。すべてがダマスコ織で出来た、今まで見たうちでもっとも素晴らしいローブを身にまといアグリッパは現れました。ダマスコ織はほぼすべてが純銀の糸で織られていました。頭からつま先まで、何もかもが純銀でした。靴、手袋、頭飾り、何もかもがとびきりの宝ものでした。馬車は競技場を回りました。競技場は日陰になっていましたが、馬車は貴賓席まで導かれると彫刻のある階段のそばで止まりました。アグリッパは階段を上り、やがて燦々と降り注ぐ陽の中に入りました。アグリッパは全身に陽の光を浴びて見事に光り輝きました。歓呼の声が湧き、激しい拍手の嵐を浴びました。それからギリシア人とシリア人が、詩的芸術の域にまで高めた『へつらいの雄叫び』を始めました。カリグラが宮廷でそのうちのいくつかを用いた『雄叫び』です。吐き気を催す光景でした。

『あなたは神だ』と観衆は歌いました。『これ以前にはあなたを人間、偉大な王だと思っていた。しかし、いまや不死の人間だ。いま、われわれはあなたが何者であるかを知る』と観衆は大声で叫びました。『神だ！神ではないだろうか！』観衆は一丸となって熱狂的に叫びました。そしてまもなく、競技場全体がアグリッパを神と呼び始めました。

そしてアグリッパは叫びたてる観衆を止めようとはしませんでした。頭のてっぺんからつま先まで煌《きら》めく銀で装って佇《たたず》み、頭上には十文字に張られたロープに吊るされた旗や花がはためいていました。アグリッパはいまだ自分を神とあがめる観衆の叫びを聞き、それを止めようとはしませんでした。

それからアグリッパは空を見上げました。彼の頭の真上には一羽のフクロウがいました。あまねく照り渡る陽光の下、数千の大声で叫ぶ観衆の中に、一羽のフクロウがいたのです。七年前最初に見たフクロウとおそらく同じ、一羽のフクロウがまさに同じ恐怖をかきたてる姿でアグリッパの眼をじっと見つめていました。

アグリッパはその座席に敷いている布と同じように真っ白な顔色になりました。アグリッパを神と呼ぶ叫びは続き、彼はその声を止めようとはしませんでした。叫びが止み、競技が始まりました。アグリッパは激しい痛みに襲われ、腹部を手で鷲掴《わしづか》みにしました。

五日後にアグリッパが、『人間によって神を宣告されたが、いまや紛《まご》うことなき死の装いで死のうとしており、真の神によって生から引き離されようとしている』という、謙虚な別れの言葉を友人に告げたとする記録があります」

「予言どおりだったのですね」

「予言どおりだったのです」

8章　再びルーベン、そしてサラ

青銅のバックル

ルキウスの話を聞き終え、ルーベンの話の続きを聞くために私はルーベンの居場所に戻りました。ルーベンは理路整然と語り、「ローマ人」のルキウスなら隠した事柄も隠そうとはしませんでした。ルーベンは「ローマ人」に対して一定の尊敬の念と好意を抱いており、ルキウスはこうした感情を認めつつありました。

「けれども」とルーベンは言いました。「ローマ人は、中庸な態度と行儀の良さにもかかわらず、いたって皮肉屋です。しかし、私が前に言ったように、もしアグリッパの息子、当代のアグリッパが父のアグリッパが死んだときにもう少し年を取っていたら、私たちはローマの殿様、ユダヤ総督から自由だったかもしれません」

「若いアグリッパは十七歳で、ローマの宮殿で生活するクラウディウスの宮廷の一員で、クラウディウスのお気に入りでした。父の抜け目のなさのすべてを受け継いでいました。同じように人あしらいに巧みで、同じように説得力に富んでいました。三人の姉妹はここイスラエルにいました。あなたは一番年上のベルニケのさまざまな行状についてご存じですか?」

「それほどたくさんは知りません。街の噂話、下品な冗談、スキャンダル」

「ベルニケは兄より一つ年下の十六歳でした。叔父のカルキスのヘロデ、父の弟に嫁ぎ、叔父は北部地方を統治していました。ベルニケの妹ドルシアとマリアンネは十歳と六歳でした。この二人の娘が、民衆が最近の王に何かの恨みを抱いているカイサリアとセバステの兵士に誘拐され、凌辱《りょうじょく》されたという話があります。仮にこの話が真実であったとしたら、実にバカバカしいことです。なぜなら、アグリッパとその前任者のアンティパスは二つの町に善政を敷きました。少女への強姦があったかなかったはともかく、この二つの町に騒動があり、ローマと前の王に罵詈雑言が浴びせられていました。クラウディウスがこの話を聞いたとき、とても悩みました。クラウディウスの助言者は、父親の後継者として若いアグリッパを派遣せずに、若い王子がもう少し年を取るまでは、総督による統治に戻すように話しました。クラウディウスはこの面倒な地方、イスラエルが平和を維持することにとても腐心しました。ファドスとその後継総督ティベリウス・アレクサンドロスの統治した間、イスラエルはひどい時代でした。国中に飢饉が広がりました」

「私はそのことを覚えています。飢饉が始まり、配給制度が数年間続くと思われたのは私が九歳のころでした」

「そうでした。ひどい時代でした。ファドスは強い男でした。後継者よりはずっとましでしたが、クラウディウスによって細心の注意を払って選ばれ、霊感があったようでした」

「なぜですか？」

「ティベリウス・アレクサンドロスは、もっとも著名で裕福な一族でした。古代から続くユダヤの一族です。ティベリウスは、哲学者のフィローの甥《おい》で、高い学歴を有し、大きな成功を収めるはずでした。しかし、彼は大失敗しました。国中に動揺が広がり、ローマに対するありとあらゆる怨嗟《えんさ》の声が湧きあがりました。飢餓とそれによって発生する闇市と格差が事態をますます悪化させました。アレクサンドロスはメナヘムとその兄弟が登場したばかりの時期に、事態を鎮静化するようにとの命令を受け取りました。メナヘムの二人の兄弟が事態の首謀者として逮捕され、アレクサンドロスは二人を絞首刑に処しました。

アレクサンドロスはユダヤの血統を受け継いでいましたが、ユダヤ人ではありませんでした。ローマで成長し、教育を受け、十字架刑すら採用するほどで、『ローマ人』であることに満足し、宗教には見向きもしませんでした。メナヘムの兄弟たちは有名で人気がありました。指導者が必要とされるときに出現しました。メナヘムは隠遁していましたが、兄弟の処刑のほぼ一カ月後に私の家にやって来ました。心境には変化が生じており、『事は始まった』と私に言いました。『それがどこで終わるかは神のみぞ知る』

その後まもなく、アレクサンドロスはクマヌスに取って代わられましたが、クマヌスはユダヤ社会の動揺を引き継ぎ、さらに悪化させました。大体同じ時期に、若いアグリッパの叔父であるカルキスのヘロデ、すなわちベルニケの夫が死に、クラウディウスはその領地を若いアグリッパに引き継がせることに決めました。そこで、アグリッパは王国と愛する妹の後援を得ることになりました。ベルニケは、二人の子を持つ、二十歳の後家でした。若き王はとても豪華に叔父の葬式を執り行ないました。そして、ベルニケと兄との物語が時を置かずに始まりました。

クマヌスは約四年間、イスラエルの総督でしたが、彼の時代には次々に問題が起きました。その結果、クラウディウスは悪政を理由にクマヌスを追放しました。実際、ひどいものでした。クマヌスの四年間の統治時代に、あなたも耳にしているかもしれない恐ろしい過越しの祭りの暴動が起きました」

「はい、私も知っています。マサダのサラのことをご存じですか?」

「言うまでもありません。野営地の全員がサラのことを知っています」

「サラはその日に家族を失いました。孫以外全員です」

ルーベンはしばらく口を閉ざしました。それから言いました。「なぜサラはこの過越しの祭りの暴動から話を始めさせなかったのですか? サラは私よりあの暴動の日のことをずっと詳しくあなたに伝えられるだけでなく、それほど疲れはしないでしょう」と言ってルーベンは微笑んだ。

「お許しください。自分勝手な私を……」

「謝ることはありません。話すこと自体ではなく、話すことで記憶が生きかえるのが大事です」

まもなく、私はルーベンのもとを辞し、サラと子供たちのところに戻りました。サラは幕舎の外に座り、夜気の中で涼んでおり、子供たちは寝ていました。私は一日にあったことをサラに話しました。

「なかなかの出だしじゃない」とサラは言いました。

「ええ、シルヴァの言うとおりでした。背景が重要です。基本です」

「疲れた？」

「それほど疲れてはいません」

「過越しの祭りの暴動の全容を聞きたくない？」

「話すことがサラにとって苦痛でなければ伺います」

サラはちょっと微笑みました。「二十四年近く昔のことよ。もう苦痛ではなくなったわ。何度もあなたに話したとおり、夫と息子と嫁が殺された。もう苦痛ではない。そうよ。もし私が暗闇の中で涼み、快適に座ってあの日のことを話し、大声で笑いだしたら、私はあなたの美しい顔にショックが現れるのを目にしなければならないのじゃないかしら」

「笑う、なんて」

「ルツ、あのルーベン老人は年老い、賢いから、適当な順序と重要度において物事を判断するのよ。背景。そこから物事が始まるの。マサダは何かの終わりを告げたのよ。ちっぽけな国の、抗《あらが》うべくもない強国に対する一斉蜂起。ルーベンは始まりのすべてを、出発点を、最初の炎をあなたに教えたのよ。そう思わない？」

「そのとおりです」

「そう、エルサレムの過越しの祭りの暴動が戦争の発端だったと私は思う。エルサレム陥落の二十年前、人生の半分が終わったところで、戦争が始まったと私は考えている。あなたはこの考えに納得する？」

「はい」生まれたばかりの歴史家は、問題の日に子供を失った熱心党の母親にああだこうだ言いません。しかし、サラの話の中にはユーモアの響きがありました。私には不思議でした。「暗闇の中の笑い」には説明がいりました。

「いいわよ。さて、ルツさん。もし過越しの祭りの暴動が戦争の引き金になったとするなら、あなたが多分、尋ねたかもしれないけれど、暴動は何が引き金になったのかしら？」

「教えて下さい。分かりません」

闇の中で、サラの声は温かく、笑いが溢れました。「多分私は日の光の中で話をすべきだったかもしれない。あなたの表情を知るために！　戦争の引き金になった暴動は、大きな音のおならが引き金になったのよ」。サラの大きな笑い声が響き、寝ていた子供たちの一人がびっくりして声をあげました。一瞬、サラは沈黙し、幕舎の中に入り、子供をあやしました。サラの言ったとおりでした。しばらくして、サラが私に言おうとしていたことを知り、私はショックを受けました。かつてサラは私に言いました。「英雄は民衆です。そして民衆はたいてい平凡で馬鹿げています。神が私たちをそのようにお創りになったのです」

サラが戻って来ました。「ルツ、あなたはエルサレムを、それに神殿を知っていますね。大きなお祭りに際して、ローマ軍は拝殿に集う数千の民衆を監視するために、外側の柱廊の頂の周りに数百人の兵士を配置していました。ローマ軍は大勢の民衆が気に入りませんでした。拝観者たちとは一線を画し、つねに上の方にいました。あなたはその光景を何回も目にしたに違いないわ」

「はい。見逃したことは一度もありません」

「そうでしょう。神殿の柱廊の上は非常に暑く、兵隊たちはいつも喉の渇きと疲労に苛《さいな》まれていました。そして水筒が回されていました。ほとんど連中は、下にいる私たちの目に入りませんでした。兵隊たちは静かで、さほどいらいらしていませんでした。兵士のいる所と祭りの行なわれている所は分離していました。

さて、その日、朝の儀式の静かな祈りの一部が行なわれている途中で、兵士の一人が何かの音、奇妙きてれつな音を発しました。民衆が上を見上げると、兵士が背を向け、尻をむき出しにし、外に向かってラッパのような音を出したのです。

群衆は怒り狂いました。何人かが兵士に向かって投石を始めました。それから頭上のクマヌスの姿が目に入りました。群衆は兵士に罰則が与えられることを要求しました。群衆の中の乱暴な連中が兵士のいるところに上る通路を探し出しました。クマヌスは茫然自失し、さらなる軍隊、大弓と長剣を身につけた重装備の歩兵部隊、見境なく群衆を殴りつける戦棍《せんこん》隊を投入しました。戦棍隊が到着すると、神殿の全域が怒りの悲鳴をあげる群衆で溢れました。部隊は柱廊を抜けて、聖なる土地であろうとなかろうと、過越しの祭りであろうとなかろうと、そうしたこととは関係なく群衆に殺到しました。パニックが起こり、数千の群衆が同じ出口に向かい、フルダ門、すなわち南の門へと通じる通路に出ようとしました。群衆が波のように前後しました。武装していない群衆の洪水が崩れ折れ、死への舞踏を踊りました。数百人の歩兵部隊が手荒に群衆を扱い、揉《も》み合い、殺戮を行ないました。私の知り合いのほとんどが身うちのだれかを殺されました。私には立派な家族がいました。さあ、ルツ、幕舎に入ってもう寝ましょう」

私は自分の腕をサラの体に回し、キスをしました。サラの頬は乾いていました。サラは素早く、温かく、私を抱きしめました。サラの頬が私の頬のすぐ傍にありました。

「ユダヤ人はおならさえしないわ、ルツ！」

次の日の小昼どき、兵隊たちが荷造りをし、宛先毎に分類しているという話と、次のような噂を聞いて、双子が帰って来ました。野営地は間もなく移動することになっており、移動先は、エジプト、ギリシア、キプロス、すなわち海、北、南でした。サラが顔見知りを頼って自ら確かめに行き、昼食に戻って来ました。

「私たちは、今週末までにエルサレムに戻ります。家に帰るのです」

私たちはお互いに顔を見つめ合い、子供たちは歌ったり踊ったりしてほとんど三年近く目にすることのなかった場所に戻ることを喜んでいました。子供たちが自分の家を去ったとき、そこには煙がたちのぼり、火が燃え、死臭が満ちていました。
「幸いなことに、私たちはそれほど荷造りする必要がない」とサラは言いました。それから子供たちに「出来るだけ自立しましょう。厄介者になったり、人に迷惑をかけたりしないようにしましょう」

昼食後、私たちは野営地を横切りましたが、実際、この場所にさまざまな感慨がありました。私はシルヴァの居住区の召使の部屋にルーベンがどうしているか見に行きました。私はそれほどルーベンに強い関心を抱いているわけではありませんでした。ルーベンはサラが直接の当事者であった過越しの祭りの暴動の一面を知るために、サラのところに私を差し向けました。しかし、私はルーベンがまだもっと私に話したいことがあると確信していました。

私の伝言は、痩せてコックのエプロンを着けた若いシリア人によってルーベンに届けられました。若いシリア人の態度は、ルーベンがシルヴァの家で何らかの地位を得ていることを示唆していました。若いシリア人は戻ってくると、通路に沿って私を小さな部屋に連れて行きました。ルーベンは木と革で出来た椅子に座っていました。立ち上がり、私にその椅子を薦め、自分は小さな窓の下の壁際に置かれている狭いベッドに腰掛けました。部屋は涼しく静かでした。ルーベンはやや顔色が悪く、年寄りじみて見えました。しかし、自分はとても体調がよく、いつもどおり一、二時間昼寝をし、私と自由に話が出来ると請け合いました。

「私の仕事は僅かで簡単です。おまけに誰かに代わってもらえます。私はちょっとしたメモを作りました。それが何かの目的に役立つとは思いませんが、最近の歴史がかくも多彩なエピソード、かくも重要な出来事、かくも激しい混乱に満ちているとき、長い歴史はもっといろいろの点で私たちを満足させてくれることと思います」

「混乱?」

「違うとおっしゃるのですか?」

私は異論を唱えようとはしませんでした。ルーベンは間を置き、頭を傾げ、私の眼をじっと見ました。

「戦争は混乱です」とルーベンは穏やかに示唆しました。

「はい、あなたのおっしゃるとおりです」

ルーベンはこの点を追求しませんでした。「クマヌスはクラウディウスに抹殺され、クラウディウス自身は、二年後に失脚しました。皇帝としてほぼ十三年在位したクラウディウスは賢明な人物でしたが、四番目の妻のアグリッピナの尻に敷かれ、その強い主張に従い、アグリッピナの息子の恐ろしいネロを後継者として宣言しました。クラウディウスの死をアグリッピナが幇助《ほうじょ》したという噂が流れました。アグリッピナには、ネロと同様、毒薬についての知識がありました。ネロは、義母、義兄弟、義妹(ネロの妻でした)を含む多くの人を殺しました。病的な猜疑心に苛まれた半狂人、恐るべき性欲と残虐性、これこそがネロでした。皇帝になったのは十八歳の時でしたが、その宮廷の狂気と残虐性が帝国中を席捲しました。ネロの在位中にユダヤの総督たちは、ますますひどくなりました。ネロ同様、ますます悪事を重ねたのです。ネロ支配下のローマでは、属州民はひどい重荷に喘《あえ》ぎました。ネロは腐敗した取り巻きの男たちを総督に指名し、属州民の生死を左右できるほどの大きな権力を与えました。

十余年間ネロは皇帝でしたが、在位十二年目、それは僅か七年前ですが、ルツさん、戦争が始まりました。ローマとその圧政とに対する私たちの戦いは、多くの意味でネロに対する戦いでした」

「アグリッパはどうしてネロとうまくやれたのですか？」

「そうですね、アグリッパは父親の外交政策をそのまま踏襲することでネロを操ることが出来ました。アグリッパはネロより九歳年長でした。兄弟であるには年を取り過ぎ、父であるには若すぎました。ネロはアグリッパの領土を広げましたが、総督はそのままでした。ネロが皇帝になったとき、あなたは何歳でしたか？」

「十七歳になろうとするところでした」

「総督フェリクス。クマヌスの代わりにクラウディウスによって送り込まれました」

「そうです。私が二十三歳になるまで、フェリクスが総督でした。父は、フェリクスはかつてローマの奴隷であり、隷従を強いられる人生を送っていた、と言っていました」

「ほぼそのとおりです。しかし、奴隷でも、召使でも、皿洗いでもありませんでした。ローマの市民権を持った解放奴隷でした。フェリクスは粗野で暴力的でした。クラウディウスによって任命されたときは慎重でしたが、ネロにもそのまま任命されると変わりました。フェリクスはあらゆる反乱、不服従を粉砕するよう命令を受けていたと私は考えています。数千人を殺戮し、それを楽しみました。一人の反乱者を殺すと、二人の反乱者が現れました。反乱が起きると、二人の反逆者、二人の協力者がおり、それぞれが違う目的を持っていました。神政政治を求める二人、法による支配を一切認めない二人がそれぞれの乱に際して存在したのです。まさに混乱です。そうでしょう、ルツさん？」

「そのとおりです」

「あなたのお父様はこのことについて何とおっしゃっていましたか？」

「父は、生まれながらの傍観者で、実践家ではありませんでした。これは、失望で言うのではなく、ユーモアとして言うのです。私が〝実践家〟になったとき、父は〝二人分〟頼むと言い、私はそのとおりにしました」

「いいですね。続けましょう。フェリクスのやり方は必然的に、暴力が暴力を生みました。いかなる種類の集会にも示威行進にも兵士が投入されました。兵士たちはやりたい放題でした。しばしば兵士たちは敵対する党派から警告を受けました。敵対する党派は自分たち自身で武装し、小刀を身につけた男たち、すなわち〝シカリ〟とよばれる攻撃部隊が誕生しました。彼らは主張を強制し、自己流のやり方で反対派を粛清しました」

「私はシカリを知っています。彼らは役に立ちました」

「有能でした。最初のうちは、個人的な紛争を解決するためにナイフを帯びた多くの男がいました。彼らは、殺し、略奪しました。やがてスリルを味わうために殺しました。狂気と絶望と混乱の時期でした。存在するどの党派も秘密結社もすべてのことに反対しました。あらゆる種類の狂人が追随者を惹きつけました。あなたは、神からの贈り物を受け取るために砂漠に数百人を連れて行った『砂漠の神』党を覚えていますか？　それに、エルサレムを奪還しようとしてオリーブ山の上に三千人を集めたエジプト人を知っていますか？」

「はい、フェリクスの時代ではなく、カイサリアの時代に始まった騒動ではありませんか？」

「そうですね」ルーベンはやや満足した笑みを浮かべました。「あなたは几帳面ですね。しかしあなたは正しい。出来ごとの連続性、正しい順序があなたの書く本では重要になります」

ルーベンはしばらく考え込みました。「この野営地に一人の男がいます。その男は倉庫で聖職者の仕事をしています。私はほとんどその男のことを知りません。カイサリア出身の男です。男は市役所、地方政府あるいはそういった種類の仕事に就いていました。聞くところによると、とても人づきあいが悪く、あなたをここまで案内したシリア人の若者について嫌悪の情を示しています。無礼なのかもしれません。聖職者はすべてのシリア人が嫌いなようです。カイサリア出身の男がそうだからと言って驚くには値しません。あなたの友人のサラに、その男が知り合いかどうか尋ねて下さい。その男はカイサリアでの紛争について私よりもずっと詳しくあなたに話が出来るはずです。あなたの計画の実行に当たっては、あなたの言葉で言う〝実践家〟が適当です」

私たちはルーベンがずっと昔に関係したことのすべてを、私の質問の細部を補いながら、もう一度おさらいしました。私が、来週末には野営地から移動することになっていると告げながら去ろうとすると、もし私が望むならもう一度話をしてもよいと約束しました。

9章　ベニヤミン

倉庫で働いている男について、私はサラに話しました。サラは軽い笑みを浮かべ、「いいわよ、ルツ、私はその人のことを知らないけれど、もしあなたがその人と話をしたいのならば、手配してみるわ」と言いました。

「その人は人づきあいが悪いと言われています」

「そうかも知れないわね。でも私たちも人づきあいが悪いけど、お互いに理解し合っているわ」

サラは翌朝、朝食が済むとすぐに出かけ、一時間すると戻って来ました。子供たちに視線を向け、「ユディトが世話をするわ。ユディトは、車輪のついている鉄の荷車を作っているとても頭のいい鍛冶屋のところにみんなを連れて行きます。鍛冶屋はみんなが来るのを楽しみにしています。ルツと私は昼食までに戻って来ます」

彫刻のあるまぐさ石
（浴室のもの）

野営地を横切りながら、サラが言いました。「問題ないわ。倉庫にいる人は私を知っている。ここに来る前にその人はエルサレムにいたのよ」

私たちは野営陣地に必要なあらゆる種類の物資が山積みにされている大きな地域を取り囲んだ低い壁の中の空き地を横切りました。一方の側に、柱に天幕の屋根を張った低い建物がありました。内部には、長いカウンターがあり、それぞれに一人ずつ男がいる三つの小部屋に仕切られていました。真中にはローマの下士官がおり、両側の二つには模範囚の着る淡褐色の作業着を身につけた囚人がいました。一人は奴隷から昇格した男でした。赤い髪の下士官はサラと品の悪い冗談を二、三交わし、それから私を値踏みし、黙りました。私には開けっ広げな粗野なものを押しとどめる力があるのです。サラは私とは違いますが、それでも止まらない男の下品な冗談を、男の赤い髪に関するもっとも際どい言及でやめさせました。下士官は大声を上げ、右側の男に向き直りました。

「分かった。二時間やる。後ろで話せ」と下士官は口にしました。

男は返事をせずに立ち上がり、不細工なカウンターを潜り抜けました。私たちは男の後についていて出て、建物を回ると、イグサで編んだ日除けの下の壁を背にしたいくつかの長いベンチがありました。男はベンチの一つの向きを変え、壁に直角に向け、私たちはそれに座りました。男は荒い壁にもたれて座りました。

これを男はすべて黙ったままで、簡単な動作だけでやってのけました。サラは面白がる様子で、私をちらっと見て黙りました。私たちが席につくとサラが口を開きました。

「ルツ、こちらがカイサリア出身のベニヤミンよ」

ベニヤミンはうなずきました。背の高い、やや痩せた男で、顎が長く、冷たい灰色の落ちくぼんだ目をしていました。髪は薄くて黒く、白髪がたくさん混じっていました。顔には、年相応（五十をちょと過ぎたといったところでした）の皺《しわ》がありました。両手は大きく、がっしりしていました。強靭ですぐれたセンスの持ち主であるという感じを漂わせていました。声はやや太く、乾いていました。

「サラさんがおっしゃるとおり、私はカイサリアの出です。カイサリアで育ち、教育を受け、そこで起きた紛争のすべてを経験しました。まあ、すべてとは言えないかもしれませんが、十三年から十四年前にかけてフェリクス総督がもたらしたすべての紛争は間違いなく体験しています。

人々は原因が何であったかということよりもカイサリアの紛争そのものを覚えています。エルサレムの陥落以後は特にそうです。エルサレムの陥落はそれまでに起きた紛争をすべて瑣末《さまつ》なものに思わせます。しかし、私を信じて下さい、カイサリアの紛争には戦争の口火となる多くの要素がありました。ある人々は、戦争はカイサリアに始まったと考えています。私もそう思います」

「多くの人があなたの意見に賛成でしょう」サラはそれから秘密めかした笑いを浮かべた目を私の方に向けて言いました。「でもサラは違います。紛争の原因は何だったのですか?」

「よろしいでしょうか。あなたがご存じのように、カイサリアはヘロデ大王によって建てられた都市の一つです。その住民は多くの土地の出身者が入り混じり、とくにシリア人とユダヤ人が沢山いました。忙しく繁栄している都市でした。重要な港だったのです。私は都市の発展を見守るには都合のよい、そして紛争の火種の拡大を見守るにも都合のよい、役所の税務係でした。カイサリアはローマの派遣した総督の総司令部であり、ある種のローマ的な気風が漲《みなぎ》っていたからです。しかし、カイサリアの商業や産業の気風はローマ風ではありませんでした。長い間にわたってカイサリアには結局のところ、はっきりとした〝カイサリア気質〟といったものがありませんでした。当時、ユダヤ人は、ユダヤ人であるヘロデが街を作ったのだから、ユダヤ人の街として見なされるべきであり、ユダヤ人の評議会によって運営されるべきだと言い出していました。シリア人は、ヘロデが街を作ったことは認めていましたが、かつてストラトンの塔と呼ばれた地域には一人のユダヤ人も住んでいませんでした。また、シリア人は、ヘロデは彫像と立派な神殿を建てたと言っていました。この二つは、ユダヤの律法に反するからヘロデは街をユダヤ人のために建てたはずがないと言っていました。そこで決着のつかない議論が始まりました。そのとき、紛争が始まり、武装グループが生まれ、ゲリラやテロリストが生まれました。まもなく、戦闘と流血が日常茶飯事となりました。ユダヤ人は良く団結し、良い武器も持っていましたが、シリア人はしばしば、兵隊の力を借りることが出来ました。そこの部隊はローマによって訓練され、指導されていました。兵力のほとんどはシリア人で、もちろん、シリア人の戦いであると感じていました。

総督、つまり、ローマ人の地方長官は、両方の首謀者を逮捕しました。むち打ち刑に処し、長期の懲役刑を科しました。そのことは事態を少しも改善しませんでした。暴動はますます激化しました。フェリクスはさらに部隊を投入し、シリア人を助け始めました。多くのユダヤ人が殺され、その財産が盗まれたり、没収されたりしました。他のユダヤ人はますます戦闘的になり、いまや、復讐が復讐を呼びました。そこでフェリクスは、事態のすべてから手を引き、これ以上ないという見え透いた手口で両者を引っ立て、全事態をネロの手に委ねることにしました。フェリクスは両派から指導者を選び、是非を問うために彼らをローマへ送り込みました。

ネロは遠い町の紛争にほとんど関心がありませんでした。そして決着は何年間も放って置かれました。遅延、延期、手詰まり、あらゆる種類の舞台裏での駆け引きがありました」

「イスラエルの地、カイサリアでは何が起こりましたか?」

「事態は、ときどき間歇《かんけつ》的な紛争の勃発がありましたが、一種の不安定な平和へと鎮静化しました。私が働いていた税務署は、ちょうど総督の宮殿の向かいにあり、私たちは成り行きのすべてを目撃しました。国中に広がった反乱の引き金となったフェリクスが出て行き、フェストゥスがやって来ました。反乱に加担した人々を非常に多く殺すことになるフェストゥスは、私たち一風変わったユダヤ人に、またナザレのイエスに従うユダヤ人にある種の好奇心を抱く一風変わった人物でした。フェストゥスは多くの紛争を受け継ぎ、また、一人の重要な囚人、アグリッパ二世自身の前で自分の立場を述べることがとても重要な囚人を引き継ぎました。アグリッパ二世は、妹のベルニケを連れてカイサリアまでやって来ました。ベルニケはどこにでもアグリッパと一緒に行きました」

「ベッドにまで、と言われているわ」とサラが言いました。

ベニヤミンは、サラの言葉の内容よりも、そのそっけない言い方に、白い歯を見せて笑いました。

「重要な囚人とは誰ですか？」と私は尋ねました。

「尋常ではない男です。タルソのサウロ、ことパウロです。もっとも信心深い一族の出です。若い時は偉大なラビ、ガマリエルの弟子でしたが、成長してからは、何かの幻影を目撃し、一夜にして熱心な信徒に転換するまでは、キリスト教徒に対するもっとも暴力的で情熱的な迫害者でした。パウロは……」

サラが言いました。「パウロのことは知っています。戦争には、何の関係もない人です。マサダにも関係ない。そうじゃない、ルツ？」

「そのとおりです。すみません、ベニヤミン。私たち、失礼なことを言うつもりはありませ
ん」

「私たちじゃないわよ、この私がでしょ」とサラは笑いました。

「……しかし私たちはあのとき他のことを、あなたの記憶の他の部分を望んでいました」

ベニヤミンは止めませんでした。「フェストゥスの時代は二年間続き、多くのユダヤ人の血が流れました。フェストゥスは大々的に裁判、聴聞、証人喚問を行ないました。しかし、捕まったら死でした。ユダヤ人であるだけで、疑われました。ユダヤ人と反乱は同義語になりまし

た。ローマに訴えることは逆効果でした。フェストゥスへの命令がローマから来ました。フェストゥスは十一年前のこの時期に故郷に連れて行かれました」

「連れて行かれた？」

「死んだのです。短期間、およそ三カ月、総督不在でした」

「それでアルビヌスがカイサリアに来たのですか？」サラが厳しい口調で言いました。「十一年前に私はアルビヌスを初めて目にしました。エルサレムで。イスラエルの新しい総督の着任でした。私は一目でその人柄を見抜きました。市場でよく見かけるタイプです。金がすべて、芯まで腐った男です」

「三カ月の間がありました」

「間？」

「フェストゥスが死に、アルビヌスが到着するまでの間です」ベニヤミンがそう断言しました。「その間に問題がありました。そのことについてお話しますか？　総督不在、邪悪な祭司の登場についてお話しますか？」

サラは迷いましたが、すぐに晴れ晴れとした顔をしました。「もちろん、伺います。私は邪悪な祭司の登場について知りません。老アンナスは、私が少女のときから神殿を取り仕切って来ました。アンナスは天使じゃないと私は信じています。アンナスは神聖な祭司職を家業の一種にしました。その時までに、アンナスは自分の四人の息子と一人の義理の息子、カイアファを最高位に就けてしまいました」

ベニヤミンはしかめつらをして口を切りました。「アンナス老人は、恐ろしい人物でした。強大な権力と莫大な富を握っていました。十一年前に、アルビヌスが着任したとき、アンナスは間違いなく八十代で、神が自分のことを知り尽くしていること、自分が地獄への道を歩んでいることを確信していました。アルビヌスの中に自分と瓜二つのものを見いだしました。狂気に陥り、地獄に自分のいる場所を作る人間であると確信していました。おそらく、アンナスはそれが習慣になること、続けることを願っていました。それがアンナスのやり方だったのです」

サラは笑いました。「税吏さん、あなたはどのくらい現実的にそのことを知っているの？ルツは事実が知りたい。正確であることが必要なの」

ベニヤミンは私を見ました。私は無言でした。ベニヤミンが話しました。「そのとき、私はカイサリアとエルサレムの両方で仕事をしていました。徴税のネットワークは、国中でもっとも正確な情報の提供者です。熱心党として、あなたはそのネットワークを何千回も使ったに違いありません。まさにそのとおりでしょう。約ひと月の間に、アンナスはアルビヌスに巨額の金をお祝いとして送っていましたが、二人は泥棒そこのけでした。泥棒とはまさに彼らのことをいう言葉です。二人は、恐怖と脅迫と暴力を使って、大がかりな強請《ゆすり》を始めました。その強請を逃れるためには金が必要でした。強欲なアンナスは、すべてが金でどうにでもなるばかりではなく、神殿の職員、祭司の大勢力が治外法権であることも知り尽くしていました。治外法権を完全に利用して、二人は手を組んで仕事をしました。二人はギャングさながらに、これは事実ですが、十分の一税としてあるいは貢物《みつぎ》として神殿に納められる生産物の巨大な量を完全に牛耳っていました。その価値は数百万に達しました。動物、穀物、ワイン、オリーブ油、果実、野菜、——それに金。モーセの時代から十分の一税は祭司を支援してきました。いまや十分の一税は、祭司に使う賄賂になっていました。とても神聖とは言えない仕事のために祭司に支払われました。もしそのような仕事に対して年を取り過ぎていたり、正直であり過ぎたりしたら、その人は飢餓にさらされることになりました。そして多くの人が飢えに苦しみました。私の叔父もその一人でした。事実でした。老人は、アンナスによって飢え、アルビヌスによって飢えました。アルビヌスについて言えば、刑務所からの出所を金で買い、金を払って他の誰かを身代わりにすることが出来ました。殺人が手配出来ました。泥棒、放火、あらゆる種類の破壊が横行しました。私の昔の主人のカイサリアのヨハナンはマルコという名の友人を見守っていました。マルコは、オリーブ畑を所有していましたが、十一カ月経つ内に、貧困に陥りました。マルコのオリーブの木と彼の家は焼き打ちに遭い、家族は傷つけられ、半殺しの目に遭ったからです。事実です」

「アルビヌスは二年間、総督を務め、その期間に、不法行為と暴力と悪徳は十倍に増加しました。人々は恐れおののいて暮らしました」

サラが言いました。「すべての人々じゃないわ。過激派《シカリ》はその時代に取引の仕方を学びました。新しい駆け引きです。誘拐、身代金、そして捕虜の交換」

私はこのことはサラから聞いて知っていました。しかしサラの眼は燃え、別の形で話を伝えるはずでした。

「ルツ、上が腐ると、下に至るまですべてが腐ります。そして過激派が有用になります。私たちの仲間の多くの過激派は、牢獄にいました。私たちには彼らを釈放させるための金がありませんでした。アルビヌスとアンナスは過激派を憎んでいたので、保釈金を高くしたのです。そこで私たちは誘拐を商売にすることに決め、まず手始めに神殿の筆記者をしていたアンナスの息子を誘拐し、息子一人に対し過激派十人の釈放を求め、その金を手配するようアルビヌスに求めることをアンナスに伝えました。アンナスは偉大な家族主義者でした。私たちは仲間を十人、すぐに取り戻しました。そこで、このやり方を続けることにしました」サラはベニヤミンににやりと笑って言いました。「事実です」

ベニヤミンはその笑いに反応せずに、再び考え込みました。「私はあの時代のことをしばしば考えます」とベニヤミンはやや悲しげに言いました。「私たちは手に負えない多くの子供たちのようでした。あるいは恐怖におびえる盲人たちのようでした。あまりにも多くのエネルギーが間違ったことのために使われました。あまりにも多くの異なった党派、派閥、グループが乱立しました（私はルーベンが言った、『二つ』について考えました）。過激派は、当時の他の党派と同様建設的ではありませんでした。団結はあまりにも遅すぎました。あるいは、神は私たちが成功することを多分、望んでおられなかったのでしょう。邪悪な祭司たちの神殿はおそらく神に対する最終的な侮辱でした」

ベニヤミンは視線を落とし、自分の膝を眺めていました。サラを見ると、私の視線を待ち受け、深刻な顔をしていました。

「ベニヤミン」とサラは言いました。「私たちは団結の欠如や罪深さについて誰よりもよく知っています。民衆は民衆です。はっきり言って下さい。もしあなたに言う気があるなら、カイサリアの〝らい病の侮辱〟について話して下さい。それから、アルビヌスの後継者のゲシウス・フロルスに関して一緒に話さなければなりません」

事実関係にうるさい私は言いました。「フロルスはらい病の侮辱の前にやって来ました」

サラが言いました。「ルツ、そのとおりよ、だけど他の人たちから私はフロルスについて知ることが出来るわ（神に誓って、自分のことは自分でよく分かっています）。現地にいて、当事者だったベニヤミンから、彼と会える間に、私たちはらい病の侮辱とそのもたらしたものについて今のうちに聞いておくべきよ」

サラは正しかったと言えます。とくに、野営地を去ってからは二度とベニヤミンに会うことがなかったから、そう言えます。ベニヤミンは形式ばった冷静な口調で多くを語り、それはすべてここに記されています。しかし、らい病の侮辱に関しては後で、ほんの少し記します。というのは、その前にあの恐ろしいフロルスがやって来たからです。そして、あの悪魔がいかにして変えることの出来ない戦争への布石を置いたかを示さなければなりません。

邪悪な祭司たちとアルビヌスは、大きな不幸と苦難をもたらしました。あらゆる犯罪、律法と秩序の無視を可能にしました。しかも、それは密かに、巧妙に行なわれました。

フロルスに比べれば、ほかの人間は天使のようでした。彼は、残酷そのものであり、処刑人であり、強姦常習者であり、略奪者でした。思いやりというものに全く欠けた人間で、言語を絶するほど強欲で狡猾な人間でした。人目をはばかるということなく堂々とどこでもその邪悪さを発揮しました。フロルスによって、社会全体が貧困に陥り、破壊されました。一方、フロルスの指導力と手本に従い、フロルスの同類たちが保護され、豊かになりました。略奪品の分け前に与れるかぎり、フロルスはあらゆる種類の悪行を許し、奨励しました。多くの、実に多くの人々が家を捨て、国を去りました。「フロルスからの避難民」が国境の地で公用の説明語と言っていいほどでした。

フロルスは自らの悪行において安全でした。皇帝としての十年間、ネロはフロルスの友人でした。フロルスの妻のクレオパトラは、ネロの妻のポッパエアとごく近しい関係にありました。実際、女帝との関係を利用してフロルスを総督の地位につけたのはクレオパトラでした。クレオパトラは邪悪さの点で夫のフロルスに引けを取りませんでした。

フロルスはらい病の侮辱の一年以上も前に総督になり、毎日、その前日より不幸を増やしました。私たちはすでに、あれこれの人の意見から、あれこれの事件がいかにして戦争の発端になったかを聞き及んでいました。

フロルスが戦争を作りました。

フロルスは流血の惨事を引き起こしながら、もう後戻りできないところまで、私たちを連れて行きました。

フロルスは奴隷作りの親玉で、気違いじみた憎悪に満ち、私たちは自由のために戦いました。

フロルスは私たちが作り上げることのできなかった団結を初めて私たちにもたらしました。あまりに遅きに失し、役には立ちませんでしたが、私たちは共に戦いました。

フロルスは何万という人に死をもたらし、戦争を生み、かくしてマサダの戦いが生まれ、そこで一千人が死にました。

そこでいま、賢い読者なら、フロルスの五年前に辞めたフェリクス総督を思い出します。フェリクスはカイサリアのユダヤ人とシリア人の指導者を、ユダヤ人の権利を議論するためにローマに、ネロの下に送りました。

ネロの関心をほとんど引くことのなかった議論は、六年近くだらだらと、シリア人からたんまり金をせしめたネロの昔の家庭教師のブルスが、ユダヤ人に対する評決をネロに下させるまで続きました。ルキウスはこれを詳しく話しましたが、カイサリアのベニヤミンに対してであって、いま私たちはその一部始終を聞かなければなりません。

ベニヤミンは言いました。「評決とそれを獲得した方法は、大きな違いを生み出しました。一種の当てにならない休戦状態に終止符が打たれ、戦闘が再開しました。

私の上役のヨハナンは、金持ちで、ユダヤ人社会にとても尊敬の念を抱いていました。ヨハナンはシナゴーグの建設を援助し、その長老の一人になりました。長い間、シナゴーグに隣接する土地を購入しようと他の人々と一緒に努力しました。土地の所有者のギリシア人は、ずっと売却を拒み、評決が出て以来、シリア人と同じようにユダヤ人を馬鹿にするようになりました。評決が出ると、ギリシア人はシナゴーグに出入りする入り口の真上に、騒音を出し、悪臭を漂わせる工場を建て始め、ユダヤ人用には汚れた通路だけを残しました。すぐに、シリア人の悶着を好む群衆に支持されたギリシア人とユダヤ人の間に、連日いさかいが続くようになりました。とつぜん、フロルスが疾風怒濤の騎兵と公安警察を率いて現れました。流血の惨事が勃発しました。私はその日に一番の親友を失いました。ヨハナンは数人の他の人々と会いました。みなフロルスを良く知っていたので、工場の建設中止を求め、フロルスに自分の要求を思い出させるために彼の机の上に金貨五千枚を置きました。

次の日は安息日でした。私は初めてシナゴーグに行きました。私はその近くに住んでいました。静まり返っていることを少しおかしいと思いながら、私はギリシア人が残した狭い道を歩いていました。というのは、一週間七日続く建築中の建物の騒音や叫び声は、普通、安息日にはいつもより大きくなったからです。どこにもギリシア人やシリア人の姿は見かけられませんでした。私にはすぐにその理由が分かりました。私が前庭に戻って行くと、そこには、私の前、シナゴーグの入り口の真正面に、小鳥が殺され、いたるところ血まみれで、全体が汚れているひっくり返された土器の上にかがみこんだ一人のシリア人がいました。その土器には、『ユダヤ人はらい病だ』という言葉が書かれていました。私はわが目を疑いました。レビ記に規定があるとおり、ひっくり返された土器の上の小鳥は、らい病者のための生贄です。ユダヤ人はすべてらい病にかかり、それゆえにエジプトのファラオに追い払われたという昔ながらの侮辱でした。

私は穏やかな人間でしたが、まっすぐに歩み寄りました。シリア人は肉切り包丁を持っており、私はちょっとした切り傷を負いましたが、その男を鳥を殺す仕事から永久に追放しました。私は大量の血を失い、数分間、失神しなければなりませんでした。気がついたとき、前庭には殺気立った人々が溢れていました。早朝の礼拝者たちと、小鳥を殺した者を唆《そそのか》し、裏通りに隠れていたシリア人の群衆でした。

話が広がるにつれ、事態はますます悪化しました。ヨハナンと他の数人がフロルスと話をするために総督の宮殿に急行しましたが、フロルスは不在でした。金を持って、サマリアへ、セバステへ逃げてしまったのです。

公安警察のジュコンドゥスが到着し、土器と死んだ鳥を片付けるから、ユダヤ人は落ち着いて礼拝を行なうようにと言いました。この時までに、ギリシア人とシリア人がいたるところで、建物全体に動物の血で『ユダヤ人はらい病者だ』と書きなぐっていました。ジュコンドゥスは大声で反対されましたが、彼と私たち数人で前庭を片付け、門に鍵をかけました。それから私たちは会合を開き、ヨハナンの帰りを待ちました。ヨハナンは自分と他の数人のユダヤ人がセバステまでフロルスを追って行こうとしていること、シナゴーグが汚れて不浄なものとみなされていることを語りました。さらに、私たちに一緒に行き、トーラーを片付け、ほぼ七マイル離れたユダヤ人の町、ナルバタまでそれを運ぶように言いました。また、どうして私がここにいたのかと尋ね、フロルスのところまで自分と一緒に行くようにと私に話しました。一人の女が私の左腕の血と泥を洗いましたが、左腕はもっとも傷がひどいところで、包帯を巻かれ、それから私たちは出かけました。私たちが街を横切って、厩舎まで来ると、いたるところで戦闘が始まっているようでした。

私たちは約二十マイルの馬での困難な旅を終え、ただちにフロルスのところに姿を現しました。フロルスがすべてを知っていることを感じながら、強い態度で苦情を申し立てました。ナルバタまでトーラーを移すことを告げ、フロルスの援助を請いました。応えはありませんでした。そこでヨハナンが穏やかに金貨のことを思い出させました。これを聞くとフロルスは立ち上がり、テーブルをひっくり返し、あらん限りの大声を出して叫び始めました。兵士たちが駆けつけて来ました。フロルスは、許可なしにトーラーを移動させようとしていること、自分たちで法律を左右しようとしていることを理由に、兵士たちに私たちを監禁するよう命じました。私たちの言うことには一言も耳を貸そうとはしませんでした。私たちが列になって連れ出されるとき、フロルスはとても荒々しい態度で、私とヨハナンを呼び戻しました。それから私たちが護衛付きでエルサレムまで行くこと、神殿の宝物から金貨一万枚を引き出すべきことを告げました。彼が言うところによると、ネロのための特別の税金でした。あきらかに嘘をついていたのです。

私たちはすぐに出発しました。エルサレムへの途上で、興奮した群衆から〈侮辱〉について広く知られていることを耳にすることが出来ました。護衛が剣を引き抜き、大群衆が宝物館まで私たちについて来ました。ヨハナンは賢明でした。馬に乗ったまま、私たちを保護している指揮官に、宝物館の一番偉い二人を連れて来るように告げました。二人が階段まで出て来ると、ヨハナンは誰の耳にも聞こえるように大音声でフロルスからの伝言を告げました。群衆は狂乱状態になり、フロルスの軛《くびき》から私たちを解放するようネロに請願する準備をすることを求めて大群衆となって神殿に殺到しました」

「残った数人の人々が」とサラは言いました。「報復に一種の侮辱を始めました。彼らは市場の群衆のもとに急いで出かけ、生きるためにいつも盗みを必要としている可哀そうな一文無しのフロルスのために募金籠を回しました。私も加わりました。大笑いでした。賢い仕業とはとても言えませんでした。まもなく〝可哀そうなフロルスのために〟という注釈の付いた籠がいたるところに出現しました。口に出来ないものがこの籠の中に溜まりました。賢いやり方ではありませんでした」

サラは話をやめ、深刻な顔をしました。〝フロルスのための募金〟に続く数日の記憶は、誰もが口を噤《つぐ》むに十分でした。涙が湧き、追悼の祈りを捧げる記憶となりました。

セバステで待機していたフロルスは、〝可哀そうなフロルスのための籠〟の話を聞いて、狂ったように怒り、騎馬と少数の歩兵を率いてエルサレムに直行しました。鎮静化していた群衆はフロルスに歓迎の意を表しましたが、兵士たちが群衆の中になだれ込みました。

翌日の半ばまでに巨大な壇が宮殿の外に設置され、街中の有力者がその前に一列に並びました。大祭司、サンヘドリン、金持ち、影響力があり目立ったすべての人々が並んだのです。フロルスは壇上から彼らに向かってただちに容疑者を、それも全員、引き渡すように大声で叫びましだ。下から代表者が事件と侮辱の件について何度も謝りました。さらに、いまや見つけることが困難なほどごく少数の罪人が犯したことであって、大多数はただ平和を望んでおり、事件とは関係ないということを告げました。

フロルスは悪魔のようでした。ひどく青ざめていました。配下の兵士がいたるところに立っていました。フロルスは自分の立っている場所から、山の手の市場を通って祭司の館と劇場まで散開して、そしてすべてを没収せよと、兵士たちにわめきました。どの家もどの店も没収するというのです。ただちに、警告なしに、邪魔をすれば皆殺しだとわめきました。そこで生じた大混乱は筆舌に尽くし難いものでした。兵士たちはフロルスの狂気に染まり、血に飢えた獣になりました。数百人の群衆が立っていた場所で斬り殺されるか、さもなければ両側から血の付いた剣を持って兵士が迫って来る狭い路地へと追い込まれました。私の耳には、今でもその断末魔の叫びが残っています。

それからフロルスは「裁判官席」である自分が立つ壇の前に十字架を立てさせ、処罰と処刑を始めました。好き勝手に、裁判も尋問もなしに。「市場のユダヤ人どもには」とフロルスは叫びました。「剣と棍棒だ。金持ちのユダヤ人、重要人物のユダヤ人、『騎士』の位のユダヤ人には鞭と十字架だ」と（気違いじみた笑いを浮かべて）叫びました。

私はサラを見ました。サラもベニヤミンも二人とも、戦争の初期の日々についての私の回想を自分の経験に照らして顧みていました。二人とも現場に立ち会っていたのです。やっとこの後、ずっと後に、フロルスが私たちを行動に駆り立て、炎を点火するのを悟りました。

サラはいつものように私が考えていることを察して、言いました。「ルツ、あの週のあることが心に浮かぶわ。ベルニケのことで、おそらく書く必要のあることよ。私はあの人が好きではない。しかしああいう人たちのことはあまり知らないのよ。私やルツとは違う人々よ」

ベニヤミンが頷きました。「ベルニケは大変な女丈夫《じょじょうふ》です。私はあなたが何を言おうとしているか分かっていると思います。そのことは書く必要のあることで、関係があることです。ルツはそのことをご存じですか？　裸足のベルニケを？」

「いいえ知りません、ぜひ教えて下さい」

サラが言いました。「ベルニケは勇敢でした。そのときアグリッパ二世はエジプトへ行っていて不在でした。ベルニケは犠牲を捧げる巡礼の帰り道でエルサレムにいました。断食月の半ばで、ワインも御馳走もなく、髪を装うことも無く、祈り以外の活動はしませんでした。殺戮の話を聞いたとき、ベルニケは殺戮の中止を乞う伝言を携えた自分の個人的な護衛をフロルスの下に送りました。フロルスは嘲笑《あざわら》いました。そこでベルニケは市場にいる女のようにばさばさの髪のまま裸足でフロルスの前に行きました。そして裁判官席の前に立ち、フロルスに慈悲を乞いました。フロルスはベルニケの面前で民衆を処刑し、殺戮することをためらわずに行なうことを除いて、ベルニケを無視しました。そして半狂乱になった兵士たちにベルニケを侮辱させ、脅迫させました。もしベルニケが宮殿に走って戻らなかったなら、兵士たちはベルニケを殺していたでしょう」

ベルニケの件は書きとめました。ベルニケがフロルスの上役であるシリア総督のケスティウスに対する執政長官の抗議に自分の意見も加えたことも書きとめました。その抗議についてフロルスは関心を示しませんでした。実際に、フロルスは、同じ週にさらなる殺戮と破壊を引き起こしました。ケスティウスは、アレクサンドリアからの帰途にある、アグリッパ二世に面会させるために、また抗議の内容を王に告げるために、護民官を派遣しました。民衆は街からどんどん逃げ出し、七マイル南でアグリッパに出会いました。アグリッパ二世と護民官は、事件の一部始終に耳を傾け、民衆が街に入ったときに、その証拠を目にしました。アグリッパ二世の反対側の耳にフロルスは、それがローマに対するユダヤ人の反乱の証拠だとささやきました。「ユダヤ人の反乱について」フロルスは護民官に語り、同じ嘘をケスティウスに書き送りました。

アグリッパは切れ者でしたが、弱い性格でした。民衆が実際はもっともな理由で反乱の用意をしていることをアグリッパは分かっていました。しかし、彼はフロルスの友人であるネロを皇帝に戴くローマの許可を受けて王に就任したのです。

サラが言いました。「そこでアグリッパは自分の妹のベルニケを担ぎ出しました。ベルニケはハスモン家の宮殿の屋根に上り、私たちの尊敬の的として、延々と話をしました。ユダヤが大ローマ帝国の小さな一部であることと、与えた攻撃の大きさゆえに私たちが声を潜めているべきであることを思い出させようとしたのです。アグリッパもベルニケも泣いていました。そこで私たちは冷静になり、気を取り直し、死者たちを埋葬しました。それからアグリッパはもう一つの大きな集会を呼び掛け、ネロがわれわれに派遣するのにふさわしい後継者を見つけるまでフロルスに従うようにと告げました。私たちはアグリッパの言葉に従いました。私たち

二部

10章　エルサレムへ移動

七週間近く経ってから私たちは野営地を出発しました。シルヴァとの約束どおり、私たちは最初の集団と共に移動しましたが、大がかりな移動で遅延することが多々ありました。

私たちの属した集団は大規模でした。我が家に戻ることを許されたほぼ一千人の労働者がいましたが、その全員がユダヤ人でした。この移動で私は仲間の囚人たちを初めて目にしました。そして比較的贅沢なシルヴァの野営地にいたことがどれだけ幸せなことであったかが分かりました。集団の囚人たちの顔はみなやつれていました。あまりにも粗末な食事と重労働のせいでした。この移動が強制労働からの解放であり、家族と自由への帰還であったとしても、明るさはほとんど見かけられませんでした。ユダヤ人たちは体力の消耗をなるべく避けながら黙々と歩きました。砂漠を通る過酷な旅だったからです。

私たちと移動を共にしたのは、部隊とほとんど同じ数の兵隊でした。第十フレテンシス軍団

皮革のサンダル

のうちの約八百人で、野営地の建設者、ロバの係、それに私たちを賛嘆させたさまざまな技術を持つ輜重《しちょう》兵全員が含まれていました。人間とロバに牽かれた多くの馬車や荷車がありました。私たちと旅を共にした馬には将校たちが乗っていました。兵隊たちは、槍、盾、短剣、斧、短い柄のつるはし、寝袋や食料を入れたバッグといった重い荷物を背負って行進しました。胸当て同様、いつもヘルメットを着用していました。囚人の縦隊に対する兵隊たちの過酷な仕打ちは、彼らに対する上官の仕打ちの反映でした。

私たちは歩きました。内陸部を歩き、北西へ、ヘブロンへと歩きました。途中、東へと転じましたが、またヘロディウムへと北を目指しました。そしてベツレヘムとベタルを通りエルサレムへと歩きました。部隊の囚人たちがこうした土地の出身だったからです。そしてそれぞれの場所で部隊の人数は減って行きました。別れは静かで活気のないものでした。みな再起を図り、家族を捜すために後ろを振り返ることなく、歩み去りました。

子供たちは注目に値しました。暗黙の合意によって模範を示そうとしているかのようでした。他の子供たちはそこにいませんでしたから、疲労と絶望に打ちひしがれ、しばしば黙りこくった私たちに模範を示しているようでした。ただ、五歳のサミが疲労でフラフラになったときだけ、誰かに背負われることが許されました。快活な双子は元気を失うことがなくみんなの心をなごませました。小さなシモンは部隊と一緒になって六歳の脚を弾ませて行進しました。ユディトは優雅に、控え目に粛々と歩きましたが、いつも笑みを忘れることはありませんでした。そして年長者のよろめく足取りに気づき、手を差し伸べられるように周りを取り囲んで歩きました。私は我が家族を誇りに思いました。

サラはいたるところに出没しました。多くの知り合いがいました。それというのもエルサレム出身の人が多かったからです。過労で倒れないようにと言ったとき、サラは言いました。「私は歴史的な仕事をしているのよ、ルツ。声を探しているの。いい記憶を伴った声を」。私たちは夜明けから午前中の途中まで歩き、午後の途中から日の暮れるまで歩きました。日中は太陽がさながら煉獄にでもいるように照りつけました。唯一の日陰は自分で間に合わせに作る日陰だけでした。サラが自分の聞いた「声」について話してくれるのは、日中のこの時間でした。そしてサラが選び、見いだしたそれぞれの人々は、それまで、サラに薦められるまで過去のぼんやりとした記憶であったものの詳細を蘇《よみがえ》らせる力を得るのでした。

サラのやり方を真似て、荷車の端に毛布の端を結びつけて、私たちは毛布と杖で自分たちの日除けを作りました。他の人々もこれを真似て、荷車は一時しのぎの日除けの集まる小区画の中心点になりました。プライヴァシーを守ることは出来ませんでしたが、子供たちが境界を作るために私たちを取り巻きました。そこで私はそっと提供された証言に耳を傾け、ノートに記録し、頭の中に詳細を仕舞い込みました。

この旅で私は多くのことを学び、心に刻みました。神殿に犠牲を捧げる祭司団の「監督」について言えば、監督は、フロルスの大量虐殺の後に、外国人が犠牲を捧げることは出来ず、外国人のために捧げものをすることも出来ないと決めました。意図的な反ローマ的行動の第一弾でした。皇帝の捧げものを面と向かって投げ返す、拒否の表明でした。私は、平和を犠牲にした内紛が起こしたこの行動によって再びテロと恐怖が生じたことを耳にしました。エルサレムについて言えば、和平派と主戦派の対立によって分断され、占拠されました。主戦派が私たち熱心党と暗殺団によって力を得ました。フロルスについては、紛争の炎が燃え上がることを舌なめずりして待ち構えていたと聞きました。

私は、低い日除けの下で腰をおろし、イッハクという小柄な男の話を聞きました。男は、大祭司とアグリッパ二世の麗しい神殿をどうやって焼き払ったか、それから債務者たちの名が登録されている記録保管所のホールまで松明を持って行ったということを、大喜びで語りました。「無政府状態さ」と言って、男は得意気に笑いました。「しかしおれたちは債務者がおれたちの側に立つことを望んでいた」と言って。可哀そうなエルサレム。舌なめずりして待ち構えていたフロルスにいまや本当の炎が捧げられました。

サラにとっての発見であり、宝物でした。私にとっては苦痛でした。サラが言いました。「七年前、メナヘムがマサダをローマから奪い、武器庫を打ち破り、私たちがもっとも必要としていた武器をエルサレムに運び込んだとき、イッハクはメナヘムと一緒でした」

私はイッハクの話に耳を傾け、ノートを取りました。彼は激しやすい浅薄な男で、自分の話に私が強い関心を示すことを要求していたからです。私の知っていた話です。私の従兄弟のエレアザルがメナヘムと一緒にマサダに行き、帰ってきたということです。

エレアザルは静かな深みのある声で、私に言いました。「伯父のメナヘムは、この戦争を待ち望んでおり、実践的な男だった。神殿派のような祭司の一族ではなかったが、暴徒のように神殿を焼き払う人間ではなかった。実践的な人間で、武器が腕に必要なことを知っていた。ルツよ、そこでわれわれはヘロデ大王が山の上に宮殿と壁を築いたマサダに行ったのだ。そこには包囲攻撃を持ち応えるために武器があった。マサダにはローマ軍がいたが、われわれはローマ軍の歩哨が知らない、あの山に登る道を知っていた。伯父は、マサダのローマの歩哨は驚きの表情を顔に浮かべて死ぬだろうと言っている」

彼の言ったとおりでした。メナヘムと仲間の男たちは、武器を林立させ、盛りだくさんの計画を抱いて帰って来ました。神殿の「監督」とその配下の人々は元どおりでした。統一のための時期の到来でしたが、何かが欠けていました。

武闘派のメナヘムは、和平派の大祭司アナニアを殺しました。アナニアの息子である「監督」は、メナヘムに挑戦するために配下を集めました。メナヘムのことを、まったくの暴君であり、下等な身分の人間だと考えていました。

メナヘムは自分自身を指導者として見なしていました。あらゆる反逆者、あらゆる党派の指導者として。そしてそのように振舞いました。そして間もなく分派活動が始まり分裂がおこりました。指導者の甥である私の従兄エレアザルは決別の唯一の瞬間の先陣を切りました。

「伯父はまもなく死ぬことになるだろう」とエレアザルは私に話しました。「神殿派は我々を祈りの時間に神殿で待ち伏せしていた。われわれは十対一の数で圧倒されて、ほとんど一人残らず死んだ。伯父は逃げたが捕まり、拷問され、石で打ち殺された」

神殿は「われわれ」の領域でした。「神殿派の人々」は味方でしたが、自分たちの側の武器運搬者、指導者を死刑にしました。そして生まれながらの後継者である、指導者の甥《おい》が逃亡することになりました。私は気分が悪くなりました。

「あなたはどこへ行くのですか？」

「マサダに戻る。われわれは少人数だが、そのうち数がもっと増える。そこで人々を訓練できる。承知のように、われわれはいつか、マサダのような要塞が必要になるかもしれない」

私の従兄は予言者でした。

日除けにエルサレムにいた他の人々がやって来て、新しい武装した熱心党について話し、ローマ軍の駐屯部隊を追い出したことを話しました。また別の男が、エルサレムで虐殺のあった同じ日に、カイサリアであったユダヤ人虐殺について語りました。一方、フロルスは高見の見物を決め込み、笑っていました。そして、ユダヤ人が復讐のためにイスラエル全土で起ち上がったとき、再び哄笑《こうしょう》しました。イスラエルの地は血と恐怖に溢れました。ユダヤ人とユダヤ人が争ったスキトポリスは、人々が分裂し、混乱する出来事が起こりました。骨と皮ばかりの浅黒い女が、恐怖のあまり両目を閉じて、スキトポリスについて私に話しました。「そこではユダヤ人は一人も生き残りませんでした」

彼女はそっとささやくような声で記憶を語りました。「この町のユダヤ人は、自分たち以外のユダヤ人に反感をもつ町の人間でした。町の人々が、忠誠心を示すために果樹園まで行くようにとユダヤ人全員に告げました。ユダヤ人は言われたとおりにしました。それから三日目の夜、スキトポリスの町の人々は、最後には子供までユダヤ人全員を虐殺したのです」

果樹園の悪夢は、イスラエル全土に同じ虐殺の連鎖の引き金を引きました。アシュケロンでも、プトレマイオスでも、テュロスでも、ヒッポスでも、ガダラでも多くのユダヤ人住民が殺されました。エジプトのアレクサンドリアでは、知事のティベリウス・アレクサンドロス――半分ユダヤ人の血を引く二十年前のユダヤ総督――が、ユダヤ人を「殺し、略奪し、焼き払え」という命令とともに、ローマの二つの軍団をユダヤ人に対して解き放ちました。しかし、どこにおいてもユダヤ人は攻撃を食い止めました。その国は争乱に巻き込まれ、フロルスは笑い、戦火を煽りたてました。

サラは私に「フロルスはローマの将軍たちに、余勢を駆って深追いしたり、引き返したり、長い間待機しないように賄賂を贈ったと言われている。おそらくそのとおりだったと思うけど、私はユダヤ人が自分たちでケスティウスを打ちすえたと思いたい。そう、私たち自身の力に神の加護を得て」と言いました。

ローマのシリア総督のケスティウス。ケスティウスは数万のローマ軍の兵士を集め、さらにアンティオコス・ソアエムス王や我がユダヤのアグリッパ二世の数千もの兵士を付け加えました。ケスティウスの軍は、多くの都市の待ち構えていた志願兵も編入し、強大な勢力となって、私たちの都市、エルサレムへ進発しました。ケスティウスは遠回りをしてガリラヤとサマリアに行き、殺戮を重ねました。荒れ地と廃墟が残り、煙が立ちのぼり、あたり一面が灰となりました。ケスティウスはヨッパとアフェクを奪取しました。リダでは無人の街に入りました。その町のユダヤ人はエルサレムに感謝を捧げに出かけていたからです。仮庵の祭りだったのです。そこでケスティウスはリダの街を焼き払い、エルサレムまで町の住民の後を追いました。祭りや安息日の間、ユダヤ人は戦うことはなく、祈りを捧げる、という話を彼は聞いていました。

しかし、私たちは祈りをやめ、戦いました。私たちはケスティウスと遭遇し、阻止し、多くのローマ兵を殺し、荷を積んだ敵のロバをエルサレムまで連れて帰りました。ケスティウスはスコーパス山の頂に座り、ユダヤ人に対する認識を改め、自軍の死者の数を数えました。ケスティウスは再びエルサレムを攻めましたが、突然戦闘を中止しました。ある人たちは、賄賂を贈られた将軍たちの進言によるものだと言い、ある人たちは神が止めたのだと言いました。

「もしあの午後、ケスティウスが総力を挙げて攻略していれば、エルサレムは陥落していたでしょう」と現実主義者のサラは言いました。「しかし、ケスティウスは攻めようとしませんでした。その代わりに城壁の上に立ち、言葉巧みに寝返るようにと私たちに呼びかけました。そこで私たちはじっと見守り、裏切り者が姿を現すとケスティウスにくれてやりました。私たちはすべてを投げ捨て、そのことによって持たないものの強さを見せつけてやりました。脅かしは功を奏し、ケスティウスは立ち去りました。さらに、私たちは彼を追撃しました。我が軍はローマ軍に追いつき、撃破しました。私たちはローマ軍を追跡し、追い付き、追い越し、追い返しました。ローマ軍を包囲し、ばらばらに分断しました。その夜、ベトホロンで、生き残った敵は逃亡しましたが、六千人の敵を殺し、膨大な戦利品をエルサレムまで持って帰りました。後にヴェスパシアヌスに対して我が軍が使った巨大な投石機、発射装置、装填銃はローマ軍のものだったのです」

いつものように、こうした初期の勝利について話すとき、サラの目は輝き、その声は生き生きし、活気に満ちていました。

他の人々は、国中に広がった実に奇妙なユダヤ人襲撃について話しました。一方の耳と指を失ったある男がダマスコでの話をしました。ケスティウスの敗北の話を聞いたダマスコの男たちは、街からユダヤ人を一掃しようと決意しました。しかし、彼らの妻たちのほとんどがユダヤ教に入信していたので、妻たちにびくびくしながら警戒してユダヤ人追放を実行しなければなりませんでした。

また別な男は、教育のある声で、皮肉な口ぶりでしたが、ケスティウスがエルサレムから（沈んだ船から逃げ出すネズミのように）逃げ出したユダヤ人たちをどう使ったかを話しました。ケスティウスはユダヤ人を使って、敗北のニュースをネロに伝え、その件でフロルスを叱責させようとしたのでした。「ネロの怒りを他に逸らすことは、高級将校たちにとっての基本的能力だった」と、その男は語りました。

エルサレムへの移動の最後の行程は、困難を極めました。南から丘陵を迂回する道がありませんでした。道が登りになるに従って、それぞれ、会話が途切れ、涙ぐむほどの疲労と思い出に責められ、ますます寡黙になりました。

そして、エルサレムが目に入ったとき、私たちは泣きました。凌辱《りょうじょく》され、略奪されたエルサレムを筆にすることは不可能でした。

かつて街に入るのに私が最も好きだったエッセネ門の左側を通って私たちは街に入りました。そこには左右に香水工場とその花壇があり、大気に美しい香りが満ちていたからでした。いまや、小さな工場の多くは廃墟と化し、花壇には野菜が植えられ、悲しげな人々とぼろをまとった子供がその世話をしていました。

私たちが、シロアムの池を通り過ぎ、下の街を登って行くと、両側は、粉々になった建物もしくは家が建っていた場所に瓦礫が散乱している空き地でした。神殿の南の壁の近くの大きな競技場はみすぼらしく、損傷を受けていました。右手の南の壁の下部にはフルダ門があり、そこは過越しの祭りの虐殺によってサラが家族を失った場所でした。巨大な城壁には至るところに裂け目が出来ていました。

私たちは神殿の丘の一隅で立ち止まりました。南と西の壁が直角になっているところでした。フルダ門の下の土地は、メナヘムが石打ちの刑によって殺されたオフェルの平野へと続いていました。土地は荒れ果てていました。その土には、特別の人の血が染みていました。

他の人々と別れ、私とサラは西の壁にある門まで壊れた階段を子供たちと一緒に登って行きました。四人のヘルメットを被ったローマ兵が見張りに立っており、探るような視線を私たちに向けました。しかし、ぼろをまとい、汚れた体の二人の女と五人の子供に危険は見て取れませんでした。私たちは兵士の視線にさらされ、なじみのある広い空地へと歩みました。そこで三年前、私たちはまったく絶望的な戦いを戦いました。

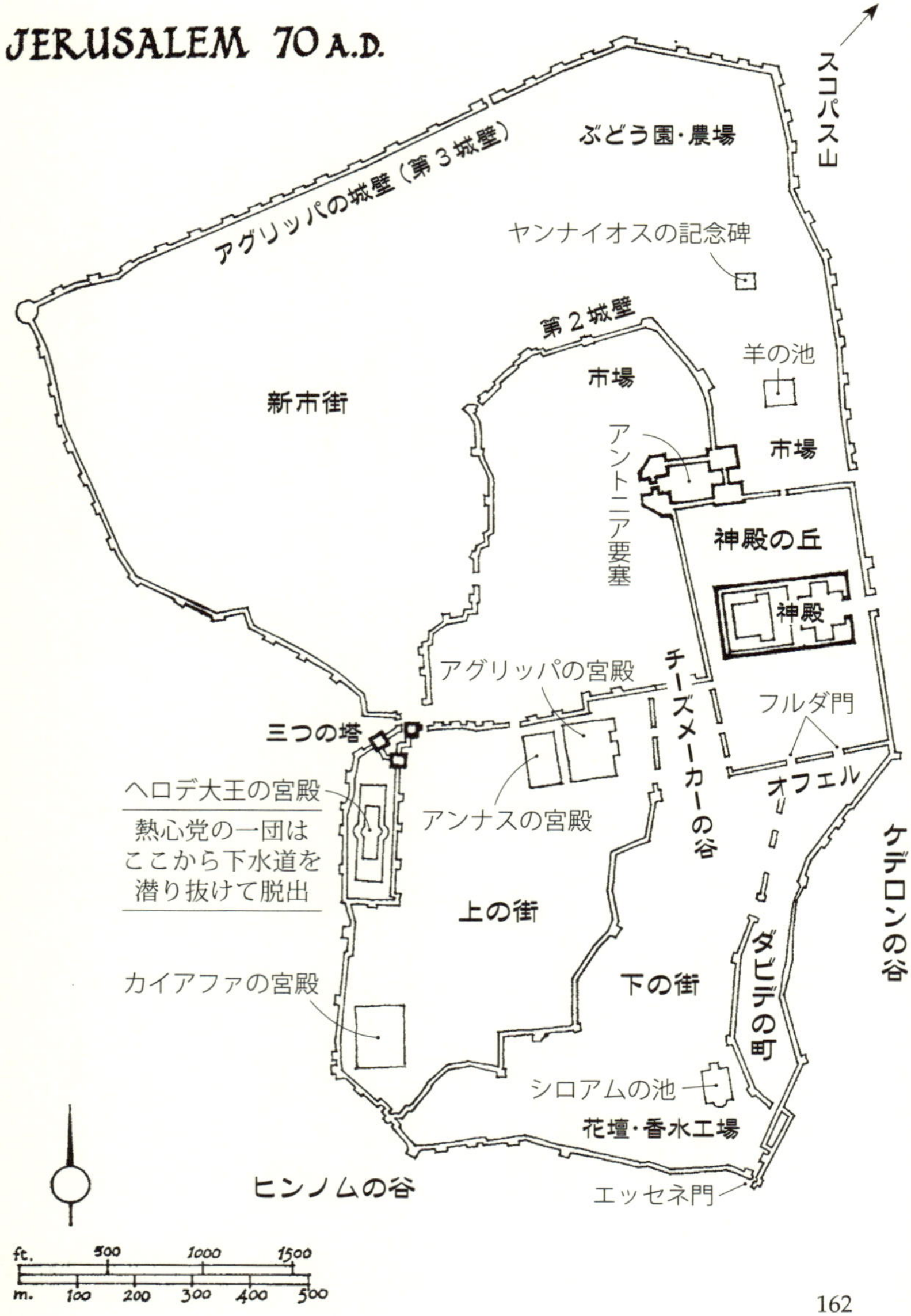
JERUSALEM 70 A.D.
スコパス山
ぶどう園・農場
アグリッパの城壁（第３城壁）
ヤンナイオスの記念碑
第２城壁
羊の池
市場
新市街
アントニア要塞
市場
神殿の丘
神殿
アグリッパの宮殿
チーズメーカーの谷
フルダ門
三つの塔
オフェル
ヘロデ大王の宮殿
熱心党の一団は
ここから下水道を
潜り抜けて脱出
アンナスの宮殿
ケデロンの谷
上の街
ダビデの町
カイアファの宮殿
下の街
シロアムの池
花壇・香水工場
ヒンノムの谷
エッセネ門
ft. 500 1000 1500
m. 100 200 300 400 500

双子が、まずそろって息をのみ、そろって同じ言葉を口にしました。

「神殿がなくなっている！」

その光景を誰が筆に出来るでしょうか？　心臓が止まり、目の前にあるものが信じられず、世界が変わってしまったという思いを誰が書きとめることが出来るでしょうか？　理性が神殿が人間の業によるものであったということを認識すればするほど、魂は同じように、神がこれを作った人間たちを導き、御手を置き、神がそこに住まわれていたということを知ります。聖の中の聖なるもの、目には見えなくともそこに実在するもの。誰がそのことを疑えるでしょうか？　私たちの母たちがそう私たちに話し、父たちが、教師たちが同じように語ってきました。

いまや、神殿は瓦礫の散乱する荒れ地と化し、そこでは老人が座り、髭を涙で濡らしています。いま、神はどこにお住いになっているのでしょうか？　巨大な回廊、聖域の塔のような柱、美しいニカノル門、麗しい中庭や部屋はどこへ消えてしまったのでしょうか？　神ご自身がいまや汚れた石に腰をかけ、泣いていらっしゃるのでしょうか？

サラは私のすぐ隣に立っていましたが、顎《あご》を鉄のように引き締めていました。ユディトがシモンの手を握り締め、私のもう一方の側に立っていました。双子は私たちのほんの少し前で黙りこくっていました。幼いサミは、ここで時間が止まったと感じながら、身もだえし、ひどく汚れた顔で、言葉もなく立ったり座ったりしていました。

わたしは周囲を見回しました。神殿の敷地を区切っている柱廊が何世紀もの間、そこに途切れ途切れに立ち続けていたかのように見えました。そしてその廃墟のなかで、人々が動物のように穴の中で暮らしていました。

私たちは、進路を決め、双子が突進しました。西の壁のはずれ、私たちの前方にアントニア要塞の残骸が横たわっていました。難攻不落の、不屈の小要塞アントニア。今は廃墟。

双子が城壁の裂け目の瓦礫の堆積の天辺から叫び、市街を指さしました。私たちは双子の後を追って登り、エルサレムの街を見下ろし、見渡しました。視界を妨げるものは何もありませんでした。宮殿は消えていました。私たちの最後の要塞、ヘロデ大王の宮殿すら消え去ったのです。宮殿の傍らに、ヘロデ大王は、兄弟のファサエル、友人のヒッピコス、心の底から愛したのに殺してしまった哀れな悲劇の王妃マリアムネのために三つの塔を建てました。

その塔は無傷のまま残っていました。高貴な街がローマ人によってどれほど辱められたか未来の世代に示すためにローマ人によって残されたのです。三つの塔が屹立《きつりつ》していました。他の一切の建物がどうして立っていないのか教えているかのようでした。通りはすべて消えていました。優雅な劇場、ヒルカヌスやヤンナイオス、フルダの記念碑も消えてなくなっていました。上の街の金持ちの美しい別荘の多くが戦火で損傷を受け、いまや神殿と同様、完全に破壊されていました。その荒廃した庭園には瓦礫の山が築かれていました。

双子がもう一度一斉に声をあげました。「人々はみなどこへ行っちゃったのだろう？」実際に双子の言うとおりでした。私たちにとってエルサレムは、いつも多くの外国人が行き交う、群衆がごった返す街だったのです。世界中の人々が崇め、嘆息する街がエルサレムだったのです。戦争中に人々はエルサレムに逃げ込みました。そして包囲戦にあっても連帯はより強固となりました。

大勢の群衆が消えてしまいました。参拝者、見物人、巡礼者がいなくなっていました。祭司の行列も、王宮の番兵も、隊商も一掃されてしまっていました。

「みんながいます」とサラがそっけなく言いました。「たくさんいます。みんな生き生きとしていて、勇敢です。さあ子供たち、私たちには友だちがいます。屋根を、今晩のベッドを、夕飯を見つけることのできる友だちがいます。いつでも私たちは、昔の建物を気ままにノックすることが出来ます」

子供たちはすぐに反応し、私たちは、かつては麗しい神殿だった瓦礫の山を迂回しました。瓦礫の山は広大で、聳え立っていました。多くの石の割れ目の間に野生の花が芽吹いていました。

私たちは北の壁を抜け、割れ目を通って歩きました。昔の美しい門やアーチは跡かたもなくなっていました。私たちは丘を下り、しあわせだった日々に羊が洗浄され、巨大な回廊の上で生贄に供されるときを待っていた羊のたまり場まで歩きました。回廊まで羊たちは、丘に掘られたたくさんのトンネルの一つを通って運ばれました。

ここで、いつも水のほとりに生き生きとした生命《いのち》が見られるのと同様、さまざまな生命の姿が目に飛び込んできました。陽気に囀《さえず》る小鳥のような街、市場のある場所、新しい生命の息吹がありました。サラは陽気になりました。サラ自身がこの街の一員だったからです。すぐに子供たちの手に果物が手渡されました。私の手にも渡されました。私も空腹でした。お金がなければ物は買えません。私たちは文無しでした。しかしサラは市場の出身で、言葉を知っていました。サラは私たち全員を座らせ、燻製の肉の一切れを噛みながら出かけて行きました。ローマ兵が通り過ぎ、それからまた他の人間が通り過ぎました。小鳥たちがすぐ傍に巣くって、愉しそうに囀っていました。小さなサミが笑って、オレンジを一切れ投げ与えました。私は疲れ、眠気に襲われていました。

サラは半時間ほど出かけただけで戻って来ました。そして実に良いニュースを持ち帰りました。「あなたの弟が生きて元気にしているわよ、あなたのお父さんの家で。神様は素晴らしいわ。さあ行きましょう」

子供たちは元気になり、私たちは出発しました。私たちはアントニア要塞の北に延びる壁に裂け目を見つけ、市場を横切って歩きました。その場所では損傷が目立ちませんでした。おそらく、狭い通りと区画の中でもひときわ貧しい家々が野蛮な復讐心をそそらなかったのでしょう。我が家はチーズメーカーの谷と三つの塔の近くの商店街の間にありました。私たちが谷間の西の傾斜を登って行くと、多くの家が消え、大きな倉庫が一掃され、道路全体が丘に押しつぶされている様子が私の目に入りました。しかし、前方、丘のはずれに、数軒の家が一目見て分かるほど、目立って残っていました。そしてそのうちの一軒が我が家でした。他の家には目もくれず私は我が家に見入り、子供時代を過ごした家は私の中に再び希望をかきたてました。

近づくにつれて、家はかなり損傷を受け、修理されていることが分かりました。生命がそこに息づいていました。子供たちは気おくれしてためらう様子を見せましたが、私は一人でドアまで進みました。サラがすぐ後に続きました。

五歳年下の弟のサウルは、いつも私にくっついていました。私とサウルの間に一人女の子がおり、サウルの下にあと二人女の子がいたにもかかわらずです。私たち二人は、まじめで人見知りするところがそっくりでした。サウルはまた、本当の意志の強さと家族共通の頑固さを、優しさで覆い隠していました。私たち二人は、学問への愛と聖書への愛――サウルの方が私よりずっと強かった――を分かち合っていました。神殿に仕えることを決めたとき、サウルは十三歳で、すぐに祭司になる勉強をする学校に入るために家を離れました。その生活はサウルにぴったりでしたが、隠遁者ではありませんでした。サウルは父と同様の冷静な洞察力に富み、やがて来るテロルと悪夢をはっきりと予見していました。そして戦争が始まったとき、サウルは戦闘に加わりました。薬草による治療についての確かな技術があり、戦争の末期にはけが人の看護をしました。マサダに向かう最後の百人を選ぶ時間に際し、エレアザルは一緒に来るようにサウルに求めました。サウルは父と同じような礼儀正しさで拒否しました。「私には世話しなければならない孤児、盲人、気がかりな人々、それに私を導いてくれた老祭司がいます」サウルは私たちに口づけし、私たちはトンネルへと下って行きました。

私はドアをたたき、長い時間のように思って待ちました。やがて静かな足音がして、ドアのかんぬきが外され、後ろへ引かれ、弟が私の正面に立っていました。私は口がきけませんでした。弟は落ちくぼんだ暗い目をしてやせ細っていました。その眼は子供たちとサラと佇《たたず》む私をさっと眺めわたし、ネッカチーフの下に埃まみれの髪を押し込んだ汚れた私の顔をじっと見つめ、驚きを隠そうとしませんでした。それから我に帰り、信じられない事態を一瞬神に感謝するために目を閉じ、それから弟は腕を開き、私は再び、我が家にいました。

11章　我が家

マサダ浴室の天井の
しっくい断片

心と気分の回復力には何とも驚かされます。二時間も経たないうちに、私たちは家族同然になりました。テーブルのある場所、新しい友達、安心と新しい始まりへの期待。

私たちの新しい友人は、サウルと同居している人々でした。家は大きく、部屋がたくさんあり、北側に庭がありました。戦争中には救護所と病院に使われていました。我が家がこうした使い方をされることをサラはとても正確に見通しており、長い間そこで働いていましたが、私と同じようにくつろぎ、満足を感じていました。習慣の力によって、サラは乱暴な言葉とせわしなさで全員をうまくまとめていましたが、誰も文句を言わないほど見事でした。二人の年長の女が家に住んでいましたが、あきらかに事態をよく呑み込んでいました。まずはラヘル、七十代で、痩せて日焼けし、しわがれ声をしていました。ラヘルは孫のアベルが面倒を見ていました。アベルはやっと十八になろうというやや気の弱い若者で、大家族の中のラヘルとただ二人の生き残りでした。死体の中に埋もれて大虐殺を目撃しましたが、奇跡的に生き残りました。老いたラヘルはきつい冗談でアベルに対しました。サラと似た体験をしていたラヘルは、サラにある凛《りん》としたところ、きらきらした輝きを少しですが、共有していました。

もう一人の老女は、レアという名前でした。やや小柄で痩せており、歯が一本もありませんでした。私はレアを知っていました。道路を隔てた向かいに住んでいたオールド・ミスです。体の不自由な妹の面倒を見ていましたが、妹は包囲戦の最中に飢餓で死にました。レアの家は、レアの見ている前でローマ兵によってたたき壊されました。

サウルの言い方に倣《なら》って言えば、他にも全部で三人の「お手伝い」がいました。最年長者はサウルの昔の先生のシメオンで、長い間、祭司の学校で教壇に立って来ました。祭司の学校はいまや、神殿同様、瓦礫の山と化していました。私は一度も会ったことはありませんでしたが、名前は聞いており、サウルの口から数え切れぬほど多く、敬愛の念を聞かされていました。小柄でぽっちゃりしており、頬は血色がよく、はげた頭の周りに白髪が綿毛のように生えていました。幸せな子供のように、明るく、まんまるな目をしていました。

シメオンからひとときも離れない、ほぼユディトと同じ十四歳になるかならぬかくらいの少女がいました。というのは、少女は、ここでは野生の生き物でした。笑うことがなく、浅黒く、暗い目で、ほとんど口を利かないホームレスだった少女で、猫のような身のこなしで、素早く反射的に動きました。多くの辛酸を嘗《な》め、恐ろしい出来事を目にしてきていたのです。カペナウムの近くのガリラヤの小さな町の出身で、その街はヴェスパシアヌスの北部「制圧」

に際し、一掃されてしまいました。少女は同じ苦難を受けた隣の村に逃れ、多くの人と同じように、エルサレムへと逃げました。そして自分の才覚で市場の周辺で生きて来ました。包囲戦が始まったとき、ほぼ十歳でした。生き残るために泥棒になりました。名前すらない、牙をむき出しにした孤独な魂でした。神殿の陥落の際、くるぶしを痛め、窒息寸前で、意識が混濁した状態でシメオンと一緒に天井裏に潜んでいました。神の使いの一人である老祭司は、自分が知っている、愛する人々の家である神殿以外の唯一の避難所、サウルの家まで少女を連れて来るまで、少女の面倒を見ていました。少女の悪夢と栄養失調状態は長く続き、老祭司は少女のそばに近づける唯一の人になりました。シメオンは聖書の物語（注・エステル記）を少女に聴かせました。「私はお前のいとこのモルデカイだ。お前は女王になった勇敢な少女、エステルだ」と老祭司は語りました。それからルツ記のナオミについて話しました。「多くの苦難を受けた者は幸せになる。なぜなら、神は善い御方だからだ。お前もまた幸せを見つける、わがナオミよ」

少女は瞬《まばた》き一つせずに聞き入っていましたが、一言も口にしませんでした。質問することもありませんでした。少女は自分の名前を決して口にしませんでした。しかし、老祭司は、計り知れない忍耐強さと若い人々と接するときの人生経験の所有者でした。そこである日、老祭司は少女に言いました。「私はお前をシムと呼ぶ。私の名前の半分がシムだ。私の名前の前半、最上の部分だ。私はお前がシムと名乗って欲しい。というのは、お前は私の命の半分だ。最上の半部だ」

こうして少女はシムを名乗ることになりました。少女は黙ったまま、従順でしたが、シメオンから離れることはありませんでした。シメオンだけが少女を笑わせることが出来ました。少女が私と行を共にした美しいユディトと初めて会ったとき、シメオンと私は、少女とユディトがお互いに自分とそっくりな人間であることを理解したことを知りました。

私たちの「新しい友人」の最後は、難破船から岸辺に打ち上げられた人々のグループの中では全く意外な人物でした。私たちは正午に家に着き、午後を過ごし、夕方には落ち着き、話をしました（テーブルをはさんで愛する弟と座り、ちょっと話をし、手に触れ、再び話すことは何とも素晴らしいことでした）。私が、他の人々の話を聞き、会うことになっている最後の一人の人物について知ったのは、サウルからでした。最後の一人、エッサイについてサウルはほとんどしゃべりませんでした。「私たちはエッサイにとても世話になっている。彼は来ては去って行く。夕飯の時間にはここにいる。決して遅れない。おそらく食前の短い祈りのためで、夕飯のためではない」

私たちは遅い時間に食事をしましたので、エッサイは二回の食事のどちらにも同席しました。家にはいまや倍の数の人間が暮らしており、二人は小さな子供でした。いつもの生活が忙しく、変化したために、食事の時間が遅れました。私たちが大きな居間に集まっていると、蹄《ひづめ》の音が聞こえ、そのすぐ後にエッサイが姿を現しました。孤高で皮肉っぽい態度の男で、そのことがすべてを語っていました。そして口を切りました。「晩餐のための仲間。素晴らしい。こんばんは。私がエッサイです。お祈りの時間に間に合ったようだ。ああよかった」

エッサイは肩幅が広く昂然と頭を上げた背の高い男でした。年のころはおよそ四十代半ば（実際は四十三）でいままさに壮年期に差し掛かっていました。髪の毛は灰色で、縮れていましたが、ローマ風にうまくカットされていました。私はちらっとサラに目を向けました。サラは私自身が思い浮かべた名前を口にしました。「シルヴァ」。男は、靴の先から頭のてっぺんまでローマ風だったのです。よく剃刀を当てたそげた頬ととがった鼻をした貴族でした。眼は真っ黒な眉の下で、深くくぼんでいました。しかし、眼はローマ人風ではなく、ユダヤ人風でした。いわく言い難い雰囲気を漂わせていました。濃いまつげに、温かい瞳が暗く輝やいていました。

ローマ風に腕は肘《ひじ》まで、脚は脛《すね》までむき出しでした。ベルトの着いた短いトーガを着ており、革ひもの着いた長靴を穿《は》き、重い銀の短剣を差していました。これは征服者を真似たユダヤ人の姿でもなく、奴隷が主人を猿真似した姿でもありませんでした。これはしかるべき理由による、強《した》かな人間の冷徹な決断でした。その理由をもっと知りたかったのですがその思いは満たされませんでした。食事中、エッサイは自分が話すより人の話を聴くことが多かったからです。エッサイは熱心に耳を傾け、話題が移るたびに辛辣な言葉を吐き、頷き、また耳を傾けました。こうした態度をシメオンやサウルに示しましたが、サウルはエッサイのことを完全に分かっていました。サラにとってはエッサイは私同様不思議な存在でした。マサダの子供たちは興味をそそられていました。テーブルに座り、あきらかにヘブライ語もアラム語もギリシア語も解する男がほかでもなく、敵を意味するすべてに縁遠いローマ人、強力な敵であったローマ人だったからです。

食事が終わるとサウルがテーブルでの祈りに加わるか否か問うように、エッサイに視線を当てました。エッサイがうなずくと、今度はマサダの一行にゆっくり視線を向けてから祈りを始め、わたしたちが助かったことに対して神に、短い言葉で感謝を付け加えました。私が視線を上げ向かい側のエッサイに向けると、考え深げにエッサイは私を見つめていました。私はどぎまぎしました。

サラと私は子供たちと涙ぐんだラヘルとレアをベッドに連れて行き、食堂に戻りました。私たちは疲れていましたが、ローマ人になったユダヤ人であるエッサイに対する強い好奇心を抑えることが出来ませんでした。

エッサイはまだテーブルに座っていました。長い脚を伸ばし、私には子供のころから馴染みが深かった酒杯を手に弄んでいました（私は突然父に対する激しい思慕の念に駆られました）。エッサイの近くにサウルとシメオンが座っていました。私たちが入って行くと、全員が立ち上がりました。私たちが座ると、暗い目をしたシムが酒杯をいくつか持って入って来ました。そしてエッサイがワインを注ぎました。エッサイは私たちに厳かに酒杯を捧げました。

「再会を祝して、それから平和を祝して乾杯。ワインを愉しみましょう。ローマの将校のテーブルが提供できる最高の銘柄です」

サラは一気に飲み干してから言いました。「素晴らしいわ。あなたは私にぴったりの人よ。あなたはここの大黒柱。重要な人物を知っているに違いないわ」と言ってサラは待ちました。

サウルは笑いました。「エルサレムのローマ人はエッサイを抜きにしては何も出来ないんだよ。エッサイは七つの言語と多くの方言を話せるんだ。ローマとユダヤの両方の」

エッサイはサラのように、ちょっといたずらっぽい輝きを目に浮かべ、品よく頭を下げました。

「エッサイはローマ人の優れた助言者だ」とサウルは言いました。「しかしその代金は高額だ。たくさんの食糧貯蔵庫がエッサイのお世話になっている。孤児院全部を養っているのだ。エッサイは何もかも組織し、手配できる……だれに対しても」

サラは軽くはしゃいで言いました。「よく分かるわ」

エッサイは視線をサラに向けました。「あなたは分かっていない、おばちゃん。しかしあなたは好きにしていい。戦うに時あり、生き残るに時あり。私は邪悪でずる賢い人間です。そしてずっとそうやって生きてきた。私は生まれつきいつも上にいる。そして頂上を目指す。もっと的確な言葉で言うなら、私は貧乏人と一緒に多くのことをしようとは思わない。連中は私に与えることが出来ないからだ。私と組んで、もしあなたがそうして欲しいならば盗むことだって辞さない。ただし、金持ちだけからだ。サウルはここで私の命を救い、新しいゲームを教えてくれた。貧乏人に施すというゲームだ。私はそれを愉しんでいる。以前の私には決してなかったことだ。私自身はほんの少ししか金が必要ない。私は多くを費やさず、ここで安上がりな生活が出来る。他の場所での生活では考えられないだろう」

サラは温かい声で聞きました。「ローマ人のために働きながら、あなたは何時、盗みの時間を見つけるの？　盗みの対象になる金持ちはどこにいるの？　沢山いるはずがないわ」

「とても少ない。私はローマ人から盗む。軍隊は金持ちだ。流血の後にこれほど多くのものが溢れていることは驚きだ。私はローマ人を慰め、必要なものを手配し、将校たちとギャンブルを愉しみ、女性たちには安ピカ物を見つけ、まずこの街に精通した私の意見を聞くことなしに、この悲しいエルサレムではいかなる行動も起こすべきではないということをローマ人に納得させる」

「エッサイは」とサウルが言いました。「かなり街に精通している。多くのことに。だれよりもよくエルサレムを知っているが、この街の生まれではない」

サラが笑って言いました。「そうね、たしかに彼はこの街の近辺の出とは見えないわ。私にはローマ人の一人に見える」サラはよく分かっていました。私もなぜ彼がそう見えるのか知りたかったのです。

みな笑い、少なからずエッサイを面白がらせました。

「サラおばさん、あなたも同じですよ」とエッサイは冷静に言いました。「あなたは私の両面を忘れないでしょう。私は真っ黒な馬に乗っています。鼻の先からつま先までアラブの純粋種です。私はヴェスアパシアヌス自身の部下とのサイコロ勝負に勝ってその馬を手に入れました」エッサイはいぶかしげな眼差しで私を上から下まで眺めました。「私は一時期、戦争捕虜だった。ヨタパタで捕虜になったのです。あなたの弟さんは、私にあなたが戦争のことを記録していると教えてくれました。私には一つか二つあなたに役立つ話があります」。エッサイはサラに向き直りました。「私はローマ人のように装います。なぜならローマ人のように考えるからです。私はローマ人として扱われ、数年間、ローマで生活しました。私はユダヤ人であるよりむしろローマ人です」

「ちょっぴりユダヤ人臭さが残っているよ」とサウルがつぶやきました。

「ローマ貴族のように装ったユダヤ人が、心に葛藤を生じなければ、すべて世はことも無《な》しだ。私は心に葛藤がないように生活する。もし他人が私のことを馬鹿な気取り屋だと考えるなら、結構だ！　馬鹿と思われるほど好都合なことはないし、それに馬鹿じゃない」

エッサイの言葉にサラはくすくす笑いました。「あなたが気に入ったわ、ローマ人。本当のところ、ローマ貴族の将校は何を言いたいの？　手短に悩みの種を聴かせてちょうだい」

エッサイはワインをちびちび飲みました。「あんたと同じだ、おばちゃん、あんたと同じさ。ローマ人の先生が私に教えた。ジャングルの中では鋭い鉤爪《かぎづめ》が必要だ。私の美しい馬の所有者は哀れな敗者でありながら私を罵《ののし》った。彼は私をペテンにかけられなかった。そんな事をしたら、私が手の先を彼の喉に突っ込み歯をへし折ることを知っていたからだ。必要とあらば、私はちょっとした悪党にもなる」

シメオン老人が明るい、いささか甲高《かんだか》い声で話しました。「あなたならやりかねないことだ。恐ろしいお人だ。私があなたの友人で敵でなくて良かった。恐ろしい。エッサイ、なぜ私はもっとあなたを恐れないのだろう？」シメオン老人は冗談を愉しみながらくすくす笑い、私に向き直った。「私はまた、すべてを書きとめようとしているあなたの計画に関心があります。

大仕事です」

シメオン老人は実際に関心を示し、優しさそのものの背後にある鋭い知性とすぐれた記憶力を垣間見せ、多くの質問を発しました。私たちが話をするにつれ、私の老人に対するいや増す尊敬の念にサラが共感していることに気がつきました。サウルとエッサイも、不和と闘争の時期についての老祭司の記憶に新たな刺激を受けているようでした。

私はいままでの本の構想をシメオンに示しました。私がほぼ七年前のケティウスの敗北と壊滅的敗走で話を終えると、シメオンの眼は輝きました。

「ほぼ七年前ですか」とシメオンは驚きました。あっという間のような気もするし随分昔だったような気もします。栄光の日々でした。ケティウスを敗走させた後の栄光の日々でした。私たちは、無敵に感じました。神殿にいた私たちでさえも。老教師、学者、何年もトーラーから目を離さなかった人々、私たち全員がそう感じていたのです。私たちは、神が私たちの側に立っていること、負けるはずがないことを確信していました。私たちは、ときどき、神の加護に値しないことがあったことを忘れていました。もっと若い祭司たちは、私たちよりずっと行動的であったということは喜ばしいことでした。若い祭司たちは、ケティウスの侵攻が終わりではなく、始まりであったことを私たちよりずっとよく分かっていました。

将軍たちを指名する大会が神殿で開かれ、それぞれの地区や州に配置されることになりました。将軍という呼び名は、選ばれた幾人かにはやや大げさなものでした。祭司長も幾人、それから祭司の息子たちが幾人か選ばれました。私の友人のエッセネ派のヨハネは、人生の大半を閉鎖された共同体の中で過ごして来ましたが、サムナ州の担当として派遣されました。サムナ州にはリダ、ヨッパ、エマウスが含まれていました。しかし、思いつきは十分に生かされたようです。祭司、権威ある人々、高位の人たちでした。

「私は大会に出席していました」と硬い響きの声でサラが言いました。「ガリラヤ全てがとても下等な人物の管理下に置かれました。マティアスの息子のヨセフです。いまはヨセフスと呼ばれているとローマ人は言っています。ローマを愛し、万事がローマ風の、三十くらいの男にガリラヤが委されました。神はローマに住んでいて、ローマ側で戦うと信じていた人物です。生まれながらの敗北主義者で、ネロの食卓の陪食者です。偏見とケチな反感に満ちた嘘つきの私生児、人生において一度も勇気ある決断をしなかった人物の管理下に置かれた私たちの美しいガリラヤ……」

　私はサラの手の上に私の手を置き、額の血管が膨れ脈打っているサラを制止しました。顔が赤くなり、息が上がっていました。

　シメオンが優しい、細やかな気配りで言いました。「ヨセフスの問題に関して冷静であることは難しい。話題を逸らすことが問題の解決につながらないことを私は経験から知っている。私がヨセフスについて話せば、きっとルツとルツの書く本の役に立つだろう。もしサラが良いと言えば、私がまず話す。ヨセフスをよく知っているからだ。ヨセフスはローマへの航海から帰って来てから、しばらくの間、神殿の中で生活していた。神殿を出て行く前にはパリサイ派の集会では有名な人物だった」。老祭司は私とサラを等分に見つめ話をしました。サラはやや落ち着いてきました。「私はヨセフスの父親を知っていました。正義の人でした。彼の兄弟も知っていました。ヨセフスとは違うと言ってもいいでしょう。ヨセフスほど頭の良い人物ではありませんでしたが、ずっと好感のもてる人物でした。少年にとって頭が良すぎることと謙遜の気持ちがほぼ欠落していることは、不幸なことだと私は思う。ませた頭の良い子供は、賢明であるより誇り高い両親によってしばしば甘やかされています。ヨセフスは生まれながらの取り巻き、おべっか使いで、それを人々が受け入れたのです。自分の利益になる行動や人物をさっと見極める本能に長《た》けていました」

老祭司は優しく、穏やかな声でこうしたことをさらに語り続けました。「ヨセフスの性格には、ほとんど知られていないもう一つの側面がありましたが、それは疑いもなくいまだにあります。ヨセフスにはとてつもない誇張や大げさな言い回し、ロマンチックな装飾が付きまとっていました。たとえば、ローマからの航海については、実在する船よりずっと大きな船だと私たちに語りました。その船の難破のとき、数百人がおぼれ死に、自分が奇跡的に助かったと、同じ誇張がありました。女王のポッパエアやその夫のネロとごく親しかったと語りました。ネロとポッパエアの自分に対するとてつもない友情と彼らからの贈り物について語りました。ヨセフスは大立て者としての自分、宮廷生活について物語りました。貧しい祭司たちを守るための自分の説得についての記憶を語りました。それぞれの物語は、語るたびに大げさになり、物語における自分の役割はますます英雄的になりました。さらにはっきりしていることは、彼自身の言っていることが絶対に正しいと信じるようになりました。ルツさん、いまやヨセフスは歴史家だと、あなたは言います。私はヨセフスの記述に関して、とりわけ彼の記す事件に彼が何らかの役割を果たしているとすると、その正確さについて身の毛のよだつ思いがします」

エッサイは目に面白そうな色を浮かべてワインを啜りました。彼は愉快そうに語りました。「ヨセフスがガリラヤの世話を始めてからほぼ七年がたった。ヨタパタ以来では、六年を経た。その行動に関するヨセフスの話にはすでに聞くに値する何らかの価値があるに違いない」

「そう、エッサイはその時期について多くのことを知っているよ、ルツ」とサウルが言いました。

「私はいろんなことを思い出す」とエッサイが言い添えました。「しかし今私はそれを言いたくない。ルツはもうお休みになった方がよさそうだ。おばちゃん、あなたも。永い一日だった。あなたたちは家にいて安全だ。明日は明日の風が吹く」

実際にそのとおりで、私たちは疲れていました。私たちはそんなことはない、マサダのタフな女だと言いました。しかしエッサイは立ち上がり、立ったまま、私たちにきっぱりと「おやすみ」を言いました。

何というベッドの心地よさ。私とサラはその夜、ベッドも祈りも一緒でした。私は心に秘めた祈りとともに内気な自信のない人間ですと、閉じた唇の中でそっと言いました。しかしサラは違いました。窓際に立ち、目を開き、体を楽にして、星に、空に、神に語りかけました。「人対人で、祭司の言葉ではなく、パリサイ派の説教でもなく、『礼拝の形式』に沿ってでもない。シメオンは市場の女を理解しているわ」。子供のように無邪気にサラは大声で話しました。そしてどうでもいいことはさて置いて、私たち二人のための話をしました。

私はほとんど一日中眠り、午後遅く目覚めると、サラと子供たちが笑いながら私を覗き込んでおり、冷たい飲み物とナッツとナツメヤシを一粒か二粒持ってきてくれました。数分間私は女王のような気分でした。どの筋肉も手足も眠りによって新たに甦りました。

エッサイは多忙でした。子供たちは趣味が良く着心地の良い衣服を着、新しい靴を履いていました。「エッサイはぼくたちがこの家に着いたときに着ていたものはすべて焼き払うべきだと言っていました」と双子が説明しました。サラはその間、子供たちの生き生きした頭の上で、満足気に頷《うなず》いていました。サラと私のためにはさまざまな重さと色の生地があり、私たちを手助けしてくれる縫製に長けた地元の女がいました。

私たちを手伝ってくれる女性は、「モーセの母親のヨヘベッドのようで」、小柄で騒々しく、快活な人物でした。一生をお針子として過ごして来ており、「宮廷の仕事があったときは、宮廷の仕事をしており、宮殿に住むすべての人を知っていましたが、全員、亡くなりました」

こうして我が家に帰ってから数日は瞬くうちに過ぎました。我が家は日課と指示の場所でした。弟と老シメオンは、貧しい人、孤独な人、親兄弟を失った人と一緒に多くの仕事に忙殺されていました。お互いに助け合って一緒に働く人々を得る方法がありました。人々は協調して空き地の小さな畑を耕し、自分たちを養いました。自分たちの持つ技術を役立てました。というのは、得られる仕事がごく少なかったからです。我が家は社会的な中心、学校、縫製工場、鍛冶屋、相談所でした。私の物静かな弟は、物ごころついて以来、神殿の回廊の影の中で生きて来ましたが、自分のする息と同じようにごく自然に一緒に生きてきた仲間と神殿が、悲惨な血と煙と化した場面を目撃しました。

私たちはたちまち団結しました。我が家に座っているだけの人は一人もいませんでした。一日中、人が来ては去って行きました。そうした人々のほとんどを私とサラは知っていました。サラはどこにでも出没しました。「五人の孤児がいる、ルツ！　孤児たちには縁続きの人が誰かいるにちがいないわ。一緒に戦うだけにでも、人は親族を持たなければならないのよ」サラは休みませんでした。おばちゃんにとっては毎日が聖戦でした。

読者のみなさん、双子の「みんなはどこへ行ってしまったの」という疑問に対する簡単な答えがあることを理解していただかなければなりません。人々は死にました。数千人、数千人、数千人。ローマ軍は恐ろしい代償を支払わせました。世界中でもっとも優れた装備で、もっとも高度な訓練を経た部隊は、抵抗することを辞さない人々すべてを殺す自由を与えられていました。人々は隠れているのではなく、死んだのでした。戦ったり、抵抗したりした人々ばかりではありませんでした。一度も石を投げたり矢を射たりしたことのない人々も結果として殺されました。包囲された壁の中で、飢えや渇き、多くは病気で死んでゆきました。

数週間、私は本のことをほとんど考えることが出来ませんでした。私がマサダでの最後の日々を話して聞かせたのに、サウルとシメオンは、私を仕事に没頭させるという一種の約束に加わっていました。私は買い物をし、菜園の世話をし、子供たちの面倒を見、洗濯をし、繕いものをしました。レアとラヘルによって守られてきた厳しい輪番制を全員で守っていました。

レアとラヘルは自分たちの領地の実際的な番人でした。

エッサイの姿を見かけることは稀でした。エッサイはしばしば何日間も出かけていました。彼の「作戦展開地」は広大だったのです。エッサイの身の保証状と身柄の安全の通達は数知れず、エッサイはどこにでも出かけて行きました。ユダヤ人の間でもローマ人の間でもまったく同じでした。ローマ人は、(私が思うに)エッサイを少し軽んじていましたが、彼は気にしていませんでした。そしてローマ人に自分をさらに軽んじさせるために、さらに支払いを増やしました。家で寝るときは早く起き、たっぷり朝食をとってから出かけました。美しい愛馬を自ら手入れし、馬はいつも清潔でご主人そっくりでした。

サラはエッサイの支持者でした。ごく稀にエッサイが私たちと夕食を共にするとき、サラがその支持者ぶりを明らかにしました。エッサイはサラのおかげで大いにはしゃぎましたが、破目をはずすことはありませんでした。からっとした気の利いた機智で自分の旅や「取引」の際の出来ごとについて私たちに話をしました。一度か二度、私の本の進み具合について尋ねました。私はその質問が戯《たわむ》れではないと気づきました。

数カ月過ぎたある日、サウルが少し驚いた顔で、エッサイが過越しの祭りの日を家で過ごすことになっていることを私に話しました。

「本当に家で過ごす。エッサイが過越しの祭りを祝っていたら、ローマ人は仕事にならない。最高司令部から許可を得たということだ。ユダヤ人の記念の祭りのせいで、四、五日は仕事をしない。ローマ人が何を記念するのかと尋ねたとき、エッサイは奴隷からの解放を記念するのだとローマ人に説明した。とても危険な冗談だと私は思った。ここ数年の最悪の紛争のうちのいくつかは、過越しの祭りをめぐって起きている。ローマ人は一年のこの時期に神経を尖らせている」

私は自分が過越しの祭りを愉しみにしていることに気がつきました。私はつねに、子供のような気持ちで、その素晴らしい物語と家の中に新しさと喜びが満ちることで、過越しの祭りを愛して来ました。いま私は子供時代を過ごした家と同じ家に戻り、同じ考えに耽《ふけ》っています。家は市内のすべての家と同様、ががたでみすぼらしく、家族は遠く離れ、大きな悲しみを思い出しています。しかし新生の感覚もそこには存在します。子供たちはいまや丈夫ですくすくと育ち、やはり胸を膨らませて過越しの祭りを愉しみにしていました。

一方、サラは双子の伯母を見つけ、ユディトには母親のいとこに当たるダマスコ近郊の農婦を見つけました。

サラは双子の伯母と午後を過ごしましたが、落胆して帰宅しました。

「醜いわ、何もかも。一度も結婚せず、子供が好きでもない。隣人は彼女を避けている。双子の母親である姪《めい》をかすかに覚えているけど、とにかく『姪を良く思っていなかった』。誰が親族が必要だと言ったのは間違いかもしれない。双子は私たちと一緒に過ごします」

私たちがユディトのダマスコの親戚について話をしたとき、ユディトはほとんど一週間、そのことは何も言いませんでした。私たちはユディトのなすがままにして待ちました。

ユディトはエルサレムの裕福な大家族の出身でした。家族のほとんどは上の街が陥落したときに、一掃されました。ユディトとその母親だけが逃れました。ユディトの母親はテロで気が遠くなり、ショックを受け、子供を宿したまま失神しました。何とも勇気がある女性で、不平一つ言わないでマサダまで輸送されましたが、山上の安全なところで恐怖がよみがえり、子供が死産したときに、静かに彼女もまた死にました。ユディトは十一になろうとしていました。いまは十四で、良く考えた末、ぱっちりした思慮深い眼を開き、自分の義務に精を出していました。

過越しの祭りの直前の涼しい一夕、ユディトはサラと私と一緒に庭で過ごしました。ユディトは話の途中でひと息入れ、私をちらっと見て、ベンチでくつろぎました。

「ルツ」とユディトはちょっとしてから言いました。「あなたは私たちを良くあなたの家族と呼びます。小さな子供たち、双子、そして私を。だけど私はあなたを母親とは思わない。多分、わたしは母がまだ深いところで、私の面倒を見てくれていることを知っているからです」

「そのとおりよ」とサラが言いました。「あなたは私のことはどう思っているの？　おばあちゃんと思っているの？」

ユディトは笑いました。「はい、そうです」。それからもう一度私に向いて言いました。「私はあなたを姉と思い、安心しています。私はあなたと一緒にいて、あなたに姉としていて欲しい。いいかしら？」

とても率直な、素直な言葉でした。そしてまず、頑固なサラおばちゃんが泣き出しました。それから私たち全員が泣きだし、それから笑い、そしてこよなく満ち足りた女らしい半時間を過ごしました。そしてサラは、親族の捜索人としての職業を永久に放棄することになりました。

12章　過越しの祭り

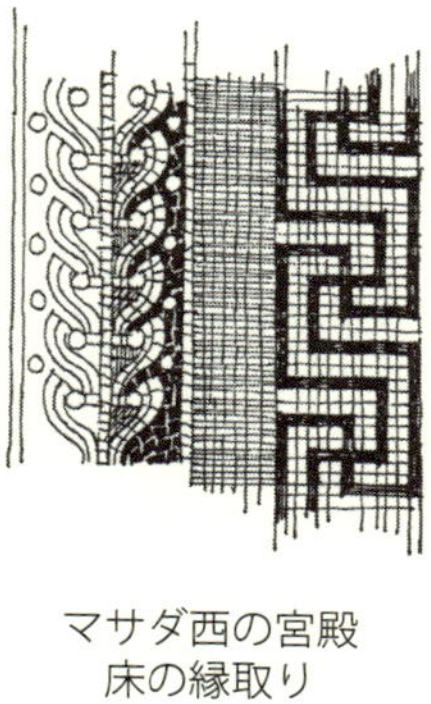

マサダ西の宮殿
床の縁取り

律法に記されているとおり、過越しの祭りを迎える準備のために私たちは家の内と外をピカピカになるまで磨きたて掃き清めました。男たちは人数が多かったが、準備には加わりませんでした。サウルとシメオンはとにかく忙しく、エッサイは南のベエルシェバの近くまで出かけていました。しかし何としても過越しの祭りの第一夜の晩餐には戻ってくることになっていました。

エッサイが戻って来たのは午後も半ばでした。エッサイは「全員にプレゼントをする」という伝言を送ってきていました。そして子供たちはエッサイが膨らんだ鞍《くら》袋とともに丘を登って来るのを待ち構えていました。馬をいたわり、早駆けをさせることもなく、馬を乗りこなし、安定した歩みを進め、鞍や鞍袋を楽々とはずしました。エッサイはいつもの冷笑的な視線で、はしゃぐ子供たちを見守っていましたが、贈り物を配る順番については細心の注意を払いまし

た。まずは一番小さな男の子、次いで双子、それからユディト、そして太って色の黒いシム、
さらに相手の肩を男らしく叩きながら老ラヘルの孫の恥ずかしがり屋のアベル、といった順番
でした。
老女たちとサラと私は多分、大げさと思えるほど頷《うなず》きつつ、見守りました。というのも、
エッサイは冷笑的な視線を上げ、言いました。「大人たちのプレゼントは後だ。そうすれば料
理がいくらかでも美味しくなることが期待できる。もし美味しくなければプレゼントは無し
だ」

料理はプレゼントに十分応え得るものでした。神に感謝を捧げ、それから食事が始まりまし
た。何とも温かく、幸せなものでした。私たちはシメオンが優しい高い声で皆に語る昔話にこ
ころから耳を傾け、皆で一緒に歌を歌い、料理を大いに楽しみました。というのも、品数や豪
華さこそなけれ、質の良さがありました。しかし、過越しの祭りの食事は、素直な味の上質な
ワインとともに簡単であることが良いとされていました。食事は出エジプトの奇跡を思い出さ
せました。それ自体が魔法でした。私たちの食事は無事に、結束を強め、希望をかきたて、新
しいページをめくる予感を与えました。

天性の喜劇役者と言ってもよい双子は、ワインを飲むととても陽気になりました。双子は
一人一人についての短い押韻詩をこしらえ、一人一人の詩の主題に沿った頭の良いいたずらっ
ぽい物真似を交えて歌うように語りました。二人で息をぴったり合わせてエッサイの真似を
し、一人が黒馬になり、もう一人が跨《また》がり鼻高々と叫びました。「〝エッサパシアヌス〟将軍のお

通りだ。エッサイがいなけりゃローマ人は何も出来ない！」

サラについての短く下手くそな詩は、サラの古い胴着を二人で一緒に着て、双子が動くたびに小さなナイフが飛び出し、歌われました。「暗殺団《シカリ》、暗殺団《シカリ》」と双子は叫びました。「サラはやる時はやるぞ、熱心党《ゼロータイ》だ」

私たちは大声で笑い、手を叩き、双子に乾杯しました。

エッサイは続けて私を演じるように子供たちを唆《そそのか》しました。双子の一人デボラがまじめな顔で、大きなノートとそれに似合ったペンを持って立ち上がり、双子のもう一人のダヴィッドが恐ろしい惨事を無表情で演じました。包帯が巻かれ、ビッコを引き、鮮血で染められ、ついにダヴィッドは死に陥りました。そして、日記作家が下を向いて、ノートのページをめくり、惨事を記録しました。驚くほど見事な観察でした。私は頬に涙が伝わるまで笑いました。双子の大成功、見事なフィナーレでした。それと言うのも、滅多に笑わない私は、ひとたび笑い始めると止まるところを知らず、他の人々によって増幅され、他の人々も笑い止みませんでした。

とうとう私は笑うことを止め、ぐったりし、サラの肩にもたれてゆったりとしました（とてもゆったり、とてものびのびしました）。双子がお礼と愛のキスをするために私のところにやって来ました。

テーブルを隔ててエッサイがいつもの冷笑とは全く違う笑いを浮かべて座っていました。エッサイが双子に言いました。「どうしたらルツおばさんを笑わせられるかどうぞ教えて下さい。ルツおばさんの笑いはとてもいい。笑わせることでおばさんが困ったりするようなことはまったくないから」

私たちは出来るだけ遅くまでテーブルに留まり、なるべく魔法の解けるのを遅らせようとしました。サウルが、私たち大人全員に子供をベッドに急かさないようにとそれとなく言い含めました。子供たちと一緒にいることで歓びは膨らみました。徐々に子供たちの瞼《まぶた》が垂れはじめ、重い頭が沈み始めました。双子はすぐテーブルで眠りこけ、目を閉じたままそれぞれのベッドへと歩いて行きました。ユディトとシムはその後でそっと立ち去り、それから背の高いアベルがワインと古い思い出話でぼうっとした老女二人がベッドにたどり着くまで手助けしました。私たちは、私の片側にサラが座り、もう一方の側にはサウルが座り私の手をしっかり握っていました。テーブルの向かい側には、エッサイが痩身をくっきりと際立たせて座り、シメオン老師の長い人生のあれこれについてのほろ酔い気分の思い出話に愉しそうに耳を傾けていました。

最後に私たちは「おやすみなさい」を言い、神の加護をそっと願ってお互いにキスをしました。私の頬にエッサイの乾いて温かい唇が触れました。

「ゆっくりお休み、歴史家さん」エッサイが呟きました。「あなたの記録に役立つ一章か二章を集めてきた。明日教えよう」

エッサイは五日間、家に留まり、サウルとシメオンは日程を合わせたので、男三人はとても暇でした。天気は素晴らしく、陽が明るく照り、温かく、そよ風が吹きました。五日間のそれぞれの日のほとんどを、私たちは庭にくつろいで座り、話をしました。

最初の日の朝、ある種の計画の打ち合わせが三人の男たちによって行なわれたということが間もなく明らかになりました。私たちの話の詳細が、具体的になり、順序づけられ、記憶の比較が行なわれたのです。

「姉さんの記録はとても名誉ある仕事だ」と弟が言いました。「正確であることが皆の義務になる。というのは当事者のほとんどが死んでいるからだ」

私たちはもう一度、七年前のケスティウスの敗北後のユダヤ人の高揚を思い起こしました。ローマ人によって受けた莫大な人命の損失、大量の戦利品、そして多くの戦争のための機械が、勝利の帰還に際して、元気よく大喜びしているユダヤ人たちによってエルサレムに運び込まれました。

私たちは、勝利を祝う神殿での公式の大集会についてもう一度話し合いました。集会では、「将軍」がさまざまな州や地区を支配し保護するために選出されました。私たちは全員が、エッサイもまたその会議に出席していたことに気がつきました。ヨセフの選出に話が及んだところで、サウルとシメオンはエッサイの話を続けて聞くために沈黙しました。

「私は特別に会合に出席した」とエッサイは言いました。「出席した人々を選別することが私の習慣になっている。私は自分を大事にする。私の人生観だ。私はエリートになると話したことをあなたは覚えているでしょう。私はユダヤ人がローマ軍に勝つと本当のところ信じてはいなかった。しかし、私は民衆の間でよりもむしろ将軍たちの間で自分がなすべきことを行なう方がずっと望ましいと考えていた。

　私はあの集会にとても関心を抱いていた。指導者、地方知事あるいはそうした類の立場に選出された人々のうちの何人かは、どう見てもいささか経験不足ということだった。私はそうした人々をほとんど知らなかったが、ヨセフをすぐに認めた。十二年前にローマで見かけ、会っていたのだ。私たちは、お互いの上昇志向を認めていた。彼はローマで数人の非常に重要な人物と交わっており、その仲間、友人になっていた。

　私たちは笑いました。エッサイはうっすらと笑みを浮かべました。

「我らが仲間。仕事上の付き合い。私が相手にして売ったり買ったりする人々。全員金持ちで、権力がある。その仲間にヨセフがいた。二十五か六で、十歳ほど私より若かったが、私同様に優れた教養を身に着けていた。皆そこそこの尊敬を抱き、技術を認める。それで、私は神殿での選挙のために考慮されたグループの間にヨセフを見つけてもそんなに驚かなかった」

　サラが鼻を鳴らしました。「私たちがケスティウスを打ちすえたとき、連中のすみかからローマびいきがぞろぞろ出て来ました。ほぼ五分間の間、連中は判断を誤ったと考えました。ケスティウスのほぼ二年前に、ヨセフがローマから帰国したとき、彼は多くの時間を割いて、事態はまったく絶望的であり、ローマ帝国がいかに美しく強力であるかを私たちに語りました。しばらくしてから私たちはヨセフに静かにし、敗北主義者たちと一緒に暮らすことが向いていますと忠告しました。彼はそれを実行しました。続けて下さい、エッサイ。私たちは話を聞きます」

エッサイはサラを見つめてしばし話をしませんでした。「私は話を始める前に、サラとルッに大事なことが何か知っておいて欲しいし、サラがルッと同様冷静なままでいることを望む。ヨセフスが戻って来ている。ヴェスパシアヌス皇帝の公式の歴史家としてイスラエルを旅している」。サラが身を乗り出しました。

エッサイが笑って言いました。「個人的なボディーガードが約二百人付いている。どこまで話をしたっけ？　ああ、神殿の大集会のことだったな。ヨセフスがガリラヤに行こうとしていることが私には一目で分かった。ガリラヤのティベリアには素晴らしいローマ風の別荘があったから。イタリアで暮らすよりその方がずっと快適だ。また『選挙』なんて有名無実だったことを思い出して欲しい。指導者の選出は政府、長老、大祭司、それに最高法院サンヘドリンによって行なわれた。私はこの点についてある考えを抱いている。選ばれた人々は、あきらかに目的があった。事態の鎮静化を図り、彼らがひそかに暴動や反乱の洪水と呼んでいたものを止めることだ。国中がとんでもない道を歩もうとしていた。自殺への道だ。

大祭司アナニアや政府は愚かではなかった。ガリラヤ地方は騒然としており、失うものが一番多いこの地に生活する人々は実のところ非常に悩んでいた。そこで、お世辞をまことしやかに語り、富裕層の付き合いに慣れているヨセフは、ローマの力の目撃者であり、それを脅迫感をもって語るので、ヨセフが油を注ぐ者に選ばれた。彼はつねに王の側近であり、生まれつきの協力者であり、勝ち馬に乗ることへの偉大な嗅覚の持ち主だった。私そっくりだ。ヨセフは私の側の人間だ。私は自分が大事だ。ヨセフは活発な活動を中止する前にあちこちで自分のために役立つスタッフとして私を見いだした。私たちはとても親密になった。兄弟のように」

サラと私はほほ笑みを分かちあうと、サウルと老シメオンを一瞥しました。しかし、ほほ笑みはなく、エッサイにやや厳しく見える視線を向けていました。その視線には今や緊張と言ってもいいものが伺えました。

「その日から私たちはヨタパタの陥落までの約八カ月間、ガリラヤに留まった。ヨセフが行くところに私も行った。ヨセフが現れる前にその噂が流れ、革命派やレジスタンスのグループは一寸たりとも彼を信用しなかった。そうしたグループは各地にたくさん存在した。そして幾人かのグループを導く勇敢な男たちがいた。ギスカラのヨハネ、ティベリアのイエス、それからユストスもいた。私たちはこうした連中について順繰りに話をする。ルツ、あなたはそれを記録しなさい。ヨセフがこれらの事実を記録し終えたとき、連中は異なった様相を帯びて見えるだろう。そして、他の呼び名が使われるであろう。ギスカラのヨハネは、ヨセフの存在そのものを見て自分の見方を変えなかった。イドマヤのシモン・ベン・ギオラも変えなかった。私は最後にここエルサレムの地にいなかった。戦争捕虜だったのだ。しかし、ヨハネとシモンがあなたたちの側に与《くみ》するに値することを疑っていない」

サラが言いました。「そのとおりよ。二人は悪党です。しかし素晴らしい戦士です。この八カ月間、シモンは自分の配下の人間を引き連れてマサダに行き、そこで熱心党のグループに加わりました。その後、途中で数百名以上を集め、エルサレムへその勢力を連れて来ました。初めのうちヨハネとシモンもうまく行っていませんでした。しかし時が経つと二人は一緒に立ち上がりました」

エッサイは話を続ける前に思いがけないという表情を浮かべて、一息入れました。

「ヨセフを見くびるのは誤まっていることになるだろう。こうした事態の最初の八カ月間、私は何度もヨセフの評価を誤った。ヴェスパシアヌスがヨタパタを奪取してからはそんなことはずっと少なくなった。ヨセフは生き残る、という私の言葉を書きとめて置いてくれ。高貴なローマ人、皇帝の名誉ある友人だ」

私はためらいました。しかし、流れを指図することが大事でした。「エッサイ、八カ月間のことを少ししゃべって下さらない？　重要なんです」

「どのくらい多くのことを君はすでに知っているのかな？　私と比べて」

「ケスティウスが敗北した後、ネロの関心を引いたことは知っています。公式にはネロはケスティウスの失敗で、結局ユダヤ人の勇気のせいではないと叫び、大言壮語しました。ネロは怒りをあらわにし、軽蔑しましたが、悩み、状況を好転させるだれかを探し、ヴェスパシアヌスを選びました。ヴェスパシアヌスはゲルマン民族の反乱を制圧し、皇帝領にブリタニアと呼ばれる国を付け加えました」

「ブリタニア？」とサラが言いました。「そんな国聞いたことがないわ。どんな種類の国なの？　どこにあるの？」

「ずっと遠く。世界の果て。ほとんどの人がそんな国のこと知らないわ。奇妙な人々の原始的な国よ」

「続けなさい」とエッサイが言いました。「ヴェスパシアヌスについて」

「ヴェスパシアヌスは五十代後半でした。ネロはローマの軍団を結集させるために、そして近隣諸国の王に要請した軍隊の軍団を参加させるために、シリアにヴェスパシアヌスを送りました。近隣の王たちは、要請を拒める立場にはありませんでした。ヴェスパシアヌスの息子のティトスが、ネロによってアレクサンドリアに送り込まれて、父の軍団に加わるために第十五軍団を集中させ、軍団を北へ連れて行きました。プトレマイオスに集結し、ティトスはネロの指示を実行しました。ほとんど同じ数の輜重兵《しちょうへい》を伴った、約六万の騎兵と歩兵からなる巨大な軍隊でした。主要な攻撃が計画され組織されている間、ヴェスパシアヌスとティトスはプラシドゥスの手でガリラヤ一帯を一掃する攻撃をしかけながら、プトレマイオスに留まりました。プラシドゥスは、多くの町と村を焼き払い、何百人と殺戮しました。しかし、プラシドゥスはヨタパタで食い止められました。多くの人員と物資を失い、混乱の中に退却しました。もっと続けますか？」

「もっと知っているのかい？」とエッサイが言いました。「一番興味があるところだ。続けなさい」

私は赤面しました。「私の仕事は諜報です。ヴェスパシアヌスは自分が引き継ぐことを決意しました。準備を整えていました。実際に、強大な戦力を率いてプトレマイオスから進軍しました。騎兵、歩兵、それに破城衝角《しょうかく》、投石機、その他の機械を供給する土木工兵からなる大部隊でした。ラッパ手、神聖な鷲の軍旗、それにお手盛りの将軍の個人的な護衛兵。大部隊は国境を越え、脅威を与える戦術、『示威』のために停止しました」

「それは成功した」とエッサイがにやりと笑って言いました。「ヨセフと私とヨセフ配下の連中と部隊全体は、ヨタパタの南、セフォリスの近くのガリスに野営した。斥候が戻って来て、『示威』についての報告をした。わが軍は行って、見て、走った。わが軍はティベリアまで走った。というのは、そこにわれわれが見たのは全ローマ軍だったからだ。われわれは裸の子供のように感じた。続けてくれ、ルツ」

「ヴェスパシアヌスはガバラまで進軍し、問題なくそこを略取しました。ガバラがケスティウスの敗北に報いる復讐と懲罰の見せしめの地となりました。ヴェスパシアヌスは町ばかりではなく、近隣の小さな村落のすべてを焼き払いました。さらに数人の小さな子供を途方もない理由で残しただけで住民を皆殺しにしました。残された子供たちは両親が惨殺される姿を目撃させられました」

「冷静になりなさい、ルツ」とエッサイは言いました。「私の番だ。ヨセフと私はわが軍の左翼と共に今ティベリアにいる。わが軍の将兵は震え上がり、戦局の悪化を話し合った。ティベリアの住民たちは自分たちの知事があきらかに逃亡中のヨセフ・ベン・マタティヤフであることを見抜き、火のようにパニックが広がった。住民たちはヨセフが諦めてしまったこと、すべてを帳消しにしてしまったことを、彼の言動から感づいた。住民たちは正しかった。また、ヨセフは事態を膠着《こうちゃく》させそこでローマ軍に寝返れば、許されるだろうと確信していた。ヨセフは積極的だった。何度も私に語った。『私を捕虜にすることは』とヨセフは語った。『全ガリラヤを指揮する将軍を捕虜にすることになるだろう。住民にとってはきわめて幸運だ。位が捕虜はヴェスパシアヌスと同じだ。私たちは差し向かいで話し合える』」

「その話し合い方こそ、私がヨセフと話し合いたいやり方よ」とサラが言いました。「次に何が起こったの？」

「よろしい」とエッサイが言いました。「〝臆病ヨセフ〟の叫びが聞かれ始めた。というのは、ヨセフが何もしなかったからだ。そこでヨセフは手紙を書いた」

「手紙？」

「そう、おばちゃん、手紙を書いた。エルサレムに宛てて、状況を事細かに記し、返書によって答えを出してくれるように要請した。ヨセフは、もしエルサレムが条件交渉を請うならそれをしよう、またローマと彼が戦うことを望むならエルサレムは援軍を送って欲しいと言った。手紙は特急の飛脚によって配達された」

「あなたは冗談を言っているの？」とサラが尋ねました。「手紙ですって。ヴェスパシアヌスはおよそ十五マイル先にいるのに？　どんな変化を手紙はもたらすことが出来たの？」

「何一つ変わらなかった」

「私は一度も……」とサラが話し始めました。

「ヨセフを見くびるな」とエッサイが言いました。「その手紙は、作戦基地宛だった。最高司令部への厳しい要望であり、彼に四の五の言う人間を黙らせる決定的な行動だった。また彼は南北からの側面攻撃を許すティベリアまでの横断をヴェスパシアヌスが決行しないことを知っていた。どの道を選んでもティベリアまでの十五マイルは、山地によって切断されている。軍隊にとっては致命的な地勢だ。ヨセフは将軍の役割を演じ、それを巧みにこなした。ヨセフはローマ軍はまず、ティベリアにもっとも近い都市、ヨタパタを攻撃するだろうと正しく見抜いた」

「ヨタパタ」とサラが厳しい口調でつぶやきました。

「奪うことも撤退することもたやすい場所ではない」とエッサイが続けました。「高地。山の中だ。三つの側面がある、深い峡谷だ。北側は斜面の野原になっている。その面にすぐれて強固な防護壁がある。頼みになる塔があり、逃げ場のない勇敢な兵隊が沢山いる。ヴェスパシアヌスにとっては、ひとたびその斜面を占拠すれば理想の陣地になる。すべてが、すなわち包囲、封鎖、干乾し作戦が可能になる。というのも市の城壁内にはまともな泉がない。それに降雨がまったく期待できない五月だった。しかし、ヴェスパシアヌスはまず自軍をその山の上に駐留させなければならない。悪条件下、山の上まで歩兵を運ぶのはとても困難だし、騎兵には無理だ。そこでヴェスパシアヌスは作戦の前にまず道路を作るために部下を働かせた」

「この作戦の遅れを耳にするや否や、ヨセフはティベリアに自分の英雄的な決定を告げた。ヨタパタ防衛を指揮するために出動するという決定だ」

エッサイはサラに視線を当てて一息入れました。サラは一言も口にしませんでした。

「わが軍は斥候の小兵力と歩兵を使い、ローマ軍の反対側から町に近づいた。わが軍は歓迎され、ヨセフの勇気ある言辞に心を動かされた。

ヨセフは彼の高級幕僚の一人である私がしたと同じように、多くの勇気ある言葉を口にした。ヨタパタはお手上げだ、と。誰もが反論できなかった。十分な水も、大きな食料の蓄えも、いかなる種類の大きな兵器庫もなければ、包囲やほんものの戦争の本当の経験もなかった。ヴェスパシアヌスはすべてを持っていた上に時間の余裕まであった」

それからエッサイは沈黙し、私たちも沈黙しました。私は一種の同情を抱いてエッサイを見ていたサウルをちらっと盗み見ました。それからサラに視線を移すと、サラは眉を逆立てて座り、困惑していました。最初にサラが口を切りました。

「あなたはヨセフが自分の自由意思でチャンスのないヨタパタに行った、と言いました。戦うための道を作るのが不可能な場所、飲み水を供給することが不可能な場所、退却することが不可能な場所、何もかも不可能な場所ということね？」

エッサイは下を向いていましたが、まるで大変な重さの物を持ち上げるように頭を上げました。言葉は辛辣《しんらつ》でした。

「ヴェスパシアヌスに降伏することは可能だった」とエッサイは言いました。

サラははりつめた緊張を解き、それから話しました。

「最初は本当の戦争だった。時間を無駄にすることなく相手に襲いかかる。偶発ではない。計画。考え尽くされた決断。状況を巧みに操って。私はヨセフを見くびっていた。あの野郎！」

サラはいまや違った見方で、匕首《あいくち》を忍ばせているかのようにエッサイを見ていました。エッサイは待っていました。

「あなたはヨセフを支持した」

「私と彼の考えは同じだった」

「あなたは計画を知っていた」

「私は彼を理解していた」

「それに彼の考えの筋道も」

「私とヨセフの思考回路は同じだ」

「あなたがどういう風に考えたのか教えて下さい」

エッサイは淡々と公平に語りました。「司令官の個人的助手だと思っていた。高級将校だ。ヨセフより十歳年上で、いろいろな言語が操れる、ということだ。存在感を示す絶好のチャンスだった。多分、少しは出世願望もあったと思う。すべてが当然の考えだ。すべてが必然だった」エッサイの視線が再び落ちました。

サラが言いました。「私もヨタパタにいました。戦いにも加わり、捕虜にもなりました。しかし、脱走しました。脱走するために人を殺しました」

エッサイは消耗し、疲れ切った様子で背を引きました。サウルはエッサイの近くに寄り添いました。

「私も同じだよ、おばちゃん」とエッサイは言いました。「同じ人殺しだ。私はユダヤ人を殺した」

恐ろしいショックでした。サラは眼を円くし、凝視しました。私の心臓は早鐘を打ちました。それからシメオンのやさしい、高い声が響きました。

「もっと語るべきことがあります。語られ、記録される必要があり、言葉は注意深く選ぶべきです。そしてそれぞれの時代に特有の出来事があります。さもなければ、混乱と憎しみと——狂気が続いて起こるに違いない」

　エッサイはしばらく一言も言いませんでしたが、やがて深い疲れた声で話しはじめました。

「ヴェスパシアヌスが到着したとき、われわれは準備を終えていた。ヨタパタを攻めるのは容易ではなかった。堅固な城壁が張り巡らされていた。一度か二度、わが軍はローマ軍を撃退した。しかし、わが軍のような反乱軍を何度も粉砕した経験豊かな部隊とわが軍は戦っていた。ローマ軍はわが軍よりもはるかに軍略に長《た》けており、測り知れぬほど優れた武器を使っていた。ヨセフはいたるところに出没した。何から何までどの人物についてもよく知っていた。驚くべきことだった。いくつもの顔を持っていた。さまざまな話し方をした。彼の話す一語一語に説得力があった。二週間のうちに、ヨセフは市内の影響力のある人物すべてと知り合った（市の有力者たちに対してヨセフは違った言葉を用い、違った話し方をした）。そして、最強の要塞として彼らの家を調べ上げていた」

「ヨセフは町の有力者たちに何を言ったのですか？」

「町の有力者たちにとって、ヨセフは族長ヤコブの息子、ヨセフ同様の人物になった。神に導かれ、神の信頼を得た人物、夢の解釈者だ。ヨセフは、神がいまやローマ軍と共にましますことを彼に示し、ヨタパタで共に戦っているさまざまな反ローマのグループがどんなに勇猛で大胆不敵であろうとも、もう役に立たないことがはっきりしている、という徴や前兆をそれとなく口にした。聖なる書物から長々と引用し、予言的な意味を語った。神懸かりになり、自分自身の言葉を完全に信じ込み、それに酔いしれた」

「あなたもまた彼の言葉に酔ったのでしょう」とサラがぶっきらぼうに言いました。

「いや、全く違う。しかし、人の話に注意深く耳を傾けるのは私の習慣だ。あらゆる無意味なことがらの中でも、冷徹な自己防衛本能が働いていた。夢に現れたイメージの解釈が、約四十人の富裕で重要な人々は長期間の食糧の貯蔵を始めるべきで、ヨセフの超能力の助けを借りて、ほとんど見つけ出すことが不可能な掩蔽壕《えんたいごう》を選ぶべきだという夢のお告げを見いだしたとき、私は食料調達に忙殺されていた。タイミングはピッタリだった。四十人はヨタパタ陥落前夜に掩蔽壕に移動し、ヨセフと私は、ローマ軍が壁を乗り越えてやって来た夜明けの靄《もや》の中でその四十人に加わった」

「あなたは何かを言い残したわ」とサラが言いました。「ローマ軍は、脱走者たちから得た情報に基づいて朝靄《もや》をついてやって来た。脱走者たちは、われわれが立っていられないほど疲れ切っていたこと、夜の最後の見張りでさえも起きていられなかったことを伝えていた。それは真実だった、神よ助けたまえ、それは真実だった。街は私たちが眠気をふり払う前に朝靄を突いてやって来たローマ兵で溢れていた。あなたは何かを言い残した。私は城壁の塔の一つの守備を受け継いだグループと一緒にいた。靄が晴れ、陽が昇るにつれて、ローマ軍が作業をしている姿が見えた。町を横切っていた道路のほとんどが、峡谷の下へとなだれ落ちる崖淵で終わっている。それが計画だった。進むも地獄、退くも地獄だった。その最初の日に数百人が虐殺された。数百人。それから掃討作戦が始まった。それから焦土作戦、破壊作戦が続いた。虐殺された市民の数は数百人から数千人へと拡大した。私たちが立てこもっていた塔には時間が残されていなかった。私たちのうち五人は全員女、逃げ出し、捕虜として市場のある広場に円陣を組んでいる女たちの群れに紛れ込んだ」

「自衛本能だ」とサウルが優しく呟きました。

「もう一度戦うためよ！」とサラが叫びました。

「私を弁護しなくてもいいよ、サウル」エッサイが言いました。「事態はますます悪くなる」

エッサイはしばらく考え深げに、悲しみを湛《たた》えて私を見つめました。

「記録しなさい。歴史家。私はゆっくりとはっきりと話す。掩蔽壕の中で私たちは虐殺を見もしなければ聞きもしなかった。そこは一段低いところにある庭で、完全に隠されていた。探り出すことは不可能だった。あなたはそれがどこにあったか知るべきだった。よろしい、一つか二つのことを教えよう。通報者の一人は、最後の瞬間に、私たちに加わるために招かれなかった婦人だった。彼女が捕虜になったとき、何もかもしゃべり、ヴェスパシアヌスは、すぐにヨセフ将軍が生きて元気でいることを聞き出した。ヴェスパシアヌスはまた将軍の隠れている場所を正確に聞き出した。彼女が何をするかを正確に知って、彼女を壕に入れなかったのはヨセフであった。

私たちは掩蔽壕の中で安全に、温かく、食事にも不自由することなく隠れていた。三日目の午後、ローマ兵たちがやって来た。掩蔽壕の入り口は一度に一人だけ人が通れる硬い岩をくり抜いた狭い通路だった。ローマの将校たちは用心深く、トンネルの入り口の庭から、無条件でただちに降伏するようにという要求を叫んだ。大混乱が生じた。ヨセフは冷静だった。私も冷静だった。私はヨセフから目を離さなかった。ヨセフは大きな声で名乗ったが、降伏への返事はしなかった。将校たちは立ち去り、しばらく後、もう一人のはるかに階級が上のニカノールと呼ばれる将校と一緒に戻って来た。ニカノールはヴェスパシアヌスからの伝言を運ぶために、丸腰で、通路を通って行くと言った。『私はあなたを知っている』と将校は言った。『われわれはローマで顔を合わせている』と。ニカノールについては私も知っていた。正直な、私と同年の男だった。ニカノールはやって来て、非常に勇敢な指導者に対するヴェスパシアヌスの善意についてヨセフに請け合った。貴兄の武勇はローマ軍によって賛美されているとニカノールは言った。『恐れることはない』と言った。『ローマ軍は貴兄が生きて元気でいることを望み、貴兄の身の安全は保証されている。貴兄の死は無意味で不必要だ』。これがヴェスパシアヌスの言葉ですと」

「それから？」一瞬の後、サラが尋ねました。「他の人についてはどうだったの？　エッサイ、あなたについてはどうだったの？」

「ニカノールはわれわれについては何も言わなかったし、ヨセフもわれわれについては尋ねなかった。いや、眼を大きく見開き、青ざめて行き、予兆を感知し始め、神の言葉を話した。それは印象的だった。『すべてはいま明らかになり、私に示される』とヨセフは唸《うな》った。『すべて夢だ。すべて予言だ。すべて禁じられた言葉だ。いまや私は知る、主よ、あなたはユダヤ人の国をお造りになったが、それを塵に等しくすると決められてしまい、あなたの好意がローマ人に向けられたことを、私が主によって未来を予見するために選ばれたことを、進んでローマ軍に降り、生き抜くことを主が望んでおられることを私は知る。しかし、主よ、あなたは私の証人です』。ヨセフは大きなはっきりした声で言った。『私は裏切り者としてローマ軍に投ずるのではない、主がそれを望むから、主が私にそう告げるから』」

「分かったわ。それから」とサラが言いました。

「ヨセフは身の回りの少しばかりをまとめ始めた。突然、四十人が起き上がった。自分たちの指導者、予言者、夢の解読者が、恍惚状態から覚めて荷造りを始めている。大騒動になった。私は大騒動の中でいつも冷静だ。それが、あなたが知ってのとおり、うまく処する方法だ。ローマ軍に殺されることが間違いないと知っていた四十人は、自決することがより名誉ある道で、ヨセフはこの点においても指導力を発揮すべきだと決めた。四十人のうちでもっとも猛々しい男、大きな男がヨセフを罵って、自由のために死ぬことを何度も追い求めてきたことをヨセフに思い起こさせた。捕虜となるよりも死を。残りの男たちは同意し、加わった。『われわれに手本を示して下さい！』と四十人はヨセフに叫んだ。『ローマの奴隷として生きるよりもユダヤ人の将軍として死ぬ方がはるかにましだ』。そして大男は剣を手にした。

剣が出現したとき、武器を身に着けていなかったニカノールは神経質になった。もっと多くの剣が現れたとき、私はニカノールをトンネルまで連れて行った。私はそこでニカノールに、ヨセフについてはあまり心配するなということと、晩餐のための余分の二席を用意しておいてくれるようにと告げた。ヨセフに対する個人的な支援として、一緒に捕虜となり囚人となるつもりだった」

「どうしてあなたは知っていたのですか？　どうして確信できたのですか？」

「私は知らなかった、ルツ。私が知っていた唯一のことは、名誉を救うためのいかなる集団自殺にもヨセフは間違っても加わらないということだった。ゲームはまだ終わっておらず、ヨセフの技巧に較べれば、私自身のおぼつかないやり方は子供だましだと言ってもよかった」

「分かった」とサラが言いました。「そう。掩蔽壕は全員自殺を志願する人々の叫びで溢れていた。それでどうしたの？」

「いまやヨセフは理性的な、正直な、哲学的な言葉で私たちに話しかけている。なぜわれわれはかくまで自殺を望むのか？とヨセフは心身共に神懸かり状態になって尋ねる。『たしかに自由のために死ぬことは名誉なことだ』とヨセフは語った。しかし、『それは戦争においてだ。戦争ではないとき、戦争が終わったときは違う』。われわれは自由のために死のうとしているのだろうか、それともとにかく殺されることを恐れているから死のうとしているのだろうか？

ヨセフはこうした話を長々と続けた。率直に、荘重に、生き生きと、正直に語り続けた。『自殺は』とヨセフはわれわれに語った。『生きとし生けるものすべての本能に反する。それは不信心であり、神への反逆だ。自殺は人間に最大の贈り物を下さった神に対する侮辱だ。生命。最大の贈り物を返却する時を決めることは神のみに許される。生命は価値あるものであり、われわれの信仰であり、われわれに貸し与えられたものである。われわれに生命を犯すいかなる権利があるのか？　他人を殺した人々以上に自殺した人々の占める場所は天国にはない』

私は座って、ヨセフのこうした言葉のすべてが四十人にどう作用するかを見守っていた。万事がうまく行ったわけではない。この事態を察したヨセフは、立ち上がりもせず、急き込んで話すこともなかった。説教をする祭司になった。哲学の教師、論理と理性の師匠だ。ヨセフの自殺に関するさまざまな見解は尽きることがなく、湧き出るようだった。しかし、上首尾というわけではなかった。そこで、要約を始めた。

『同志諸君』とヨセフはわれわれに語った。『名誉を守ることがわれわれの義務である。われわれの受難に神への不信心を付け加えることが義務ではない。生命が与えられるときに生命を受け入れることが正しいと考えるならば、生きることを選ぼうではないか。われわれが自らの勇気を確信していることから生じるのであれば、生きることを認められることは、恥ではない。しかし、もし死を選ぶならば、どうして征服者の手にかかるよりましだと言えるであろうか』ヨセフの声は激しく、真剣で、躍動的なものだった。『私は私自身の裏切り者になるためにローマに寝返るわけではない』とヨセフは言った。『裏切り者になることはローマ人のもとに逃亡するよりもっと愚かしい。逃亡者にとっての意味ある生は、私にとっては死を、私自身の死を意味するだろう。私はローマ人が裏切り者をあぶり出すことを祈る。そして、もし私が裏切り者だとローマ人が言った後に私を殺すのであれば、そのような嘘の中に勝利よりも大きな慰めを見いだして幸せに死んでゆくだろう』」

「いったい、全員の最後の運命には、何が待っているの？」とサラが怒鳴るような口調で言いました。

「誰がそんなことを分かる？」とエッサイが言いました。「混乱が待っており、そのとおりになった。しかし、いまや四十人が一種の錯乱状態に陥っていた。剣や短剣が波打ち、偉大な誓約が叫ばれた。あらゆる種類の無意味な狂乱状態が噴き出した。どうすることも出来ない混乱だ。全員が合意している唯一のことは、ヨセフが裏切り者で、混乱に乗じて何とか逃げ出そうとしているということだけだった。四十人はヨセフを罵り、ぼろくそに言った。私は両手が空いていたので、左右の手に剣を握り、われわれ二人に注意を払っていた。この件に関して英雄的なことは何も起こらなかった。私はヨセフが、そして私が、窮地を脱することが出来ると信じて疑わなかった。

私は一隅にある食糧貯蔵庫を背にヨセフを立たせ、私がその前に立った。突然、ヨセフが叫び声をあげ、象牙製の箱をがたがた鳴らした。音は思ってもみない音で、叫び声は消えた。それが静まったとき、ヨセフが私の傍にやって来て、厳しく悲しげな声で『よろしい。みなさんの選択はわれわれ全員が死ぬべきだということだ。自殺は恐ろしく、神に背くことだ。そこでわれわれは、くじ引きをする。一番目の人が二番目の人に殺され、二番目の人は三番目の人に殺されるといった具合に繰り返すことになる。ただ、最後の一人だけは自殺することになるが、神は理解し、許してくれるだろう。ヨセフは箱を叩いた。『暇つぶしのために掩蔽壕までテーブル・ゲームを持ち込むように神はわれわれを導いた。ここに、すでに一から五十までの印の付いたカウンターと四組の〝一と十〟のゲームがある』。ヨセフは自分の手に箱を押しつけた。『エッサイがわれわれの組合せを数えるだろう。そこでわれわれは箱に入れた札を揺すって混ぜ合わせる。それから一人ひとりが自分の番号を引き当てる。これでどうだ？』

四十人は賛成だと叫んだ。私は連中をテーブルまで押し出し、カウンターを取りだし、その一つを選りわける作業に忙殺された。ヨセフは私のやや後ろ左側から少し離れて立った。ヨセフは四十人の感謝と賛辞を受け入れて頭を上げて立ち、四十人はいまやヨセフを自分たちがずっと恐れを知らぬユダヤの将軍として仰いで来た人物だと思っていた。

私が十列のうちの五列のカウンターを調べていると、男たちのうちの四人がカウンターを調べ、ヨセフを見た。ヨセフはそのときまた神懸かり状態になった。ヨセフは象牙の箱を取りあげ、自分の傍に私を立たせ、箱の中に五十の札を入れ、それを私に手渡した。ヨセフは祈るために頭を上げ、四十人は頭を下げた。『蓋《ふた》の内側だ』とヨセフが私の耳にささやいた。四枚の無印の札がある。二枚を取れ』と言ってヨセフは祈りを始めた」

エッサイは再び頭を傾け、サンダルのつま先に視線を落としました。みな黙ったままでした。

「たやすいことだった。白票は蓋に裏打ちされたポケットの中にあった。私は蓋を閉めるときに手に二枚白票を掴んだ。祈りが終わり、私は箱を揺すり、箱をテーブルに戻した。一人ひとり順番に自分の手を入れるのに十分なだけ蓋を持ち上げ、自分の番号を選ぶために小さな音を立てた。ヨセフと私は裏打ちの中の札を探り、私がヨセフに彼の白票を渡した。私たちは自分の掌に白票を付けて箱に手を入れ、指で白票をしっかりつかんで箱から手を出した。たやすいことだった」

サラの息が忙《せわ》しなくなりました。「全員が他人の喉に刃を当てるはずがない。四十人はどうなったの？」

「私は連中の手助けをした」

「四十番目の男は誰が『殺し』たの？」

「必要がなかった。四十番目の男とその前の二人は、自分たちの順番が来るまでにぶつぶつ訳のわからないことをしゃべる馬鹿になっていた。私たちは三人を残し、ローマ人のもとへ向かった」

「晩餐を愉しむために？」

エッサイは立ち上がりました。死んだように青ざめていました。「黙りなさい、お年寄り」エッサイの声はナイフのように鋭く響きました。「生きることは死ぬよりましだ。エッサイの性格を論ずるに際して、あなたが新しい見解を述べるとはとても思えない。私はすべてを論じ尽くした」

そしてエッサイは私たちを後に残して去りました。その日は突然鳥肌が立ち、明るい太陽が光を失い、凍り付きました。私は疲れ切りました。

しばらくして、シメオンがほとんど物思いにふけりながら自分自身に向かって語るように話し始めました。シメオンはテロ、恐怖、血についての出来事を回想しました。普通の人々の常軌を逸した悪夢のような状況での行動についての考えを声に出しました。シメオンは討議のための主題を差し出すことはしませんでした。それは眠気を誘う老人の繰り言でした。しかし、温和な明るい声は眠たげではありませんでした。聞いているうちに、立場と優先順位が甦《よみがえ》りました。しばらくして、サウルもまた席をはずしました。そして老シメオンは居眠りをしているようでした。

それからサラが立ち上がり、出て行き、音をたて、二人の老婦人の抗議を無視して台所でドスンと音をたてました。私は老祭司の近くに座り、心の平静を保つべく努力しました。「距離を置くことが基本だ」シルヴァが言っていました。

しばらくして弟が戻って来て、小さなテーブルの向かい側に座りました。

「エッサイは酒に酔わない」と弟は悲しげに言いました。「薬も飲まないし、生活のストレスを和らげるものがない。ほんの少ししか眠らず、いつも自分を抑え、どんな状況に置かれても自分を見失わない。エッサイは恐れられている。つまるところ、自分が恐れを知らないからだ。彼は恐れとは本当は死の恐怖であり、自分は死を歓迎するだろうと言う。私はエッサイを信じる。彼には平安はない。今日はこれ以上もう話さないが、晩餐には参加する」

「彼はどこにいるの？　多分わたしは……」

「馬と一緒にいるよ。彼を行かせてやりなさい」サウルの口調は厳しく、あれこれ論じることを望んでいませんでした。私は部屋に入りました。

13章　ヴェスパシアヌスの予言者

（反乱の）‘2年’の
銘のあるシェケル銀貨

夜の食事は愉しく、いつもどおりでした。エッサイは小さな子供を一番近くに座らせ、子供たち全員を引き連れてテーブルの中央に座っていました。小さなサミと少し年上のシモンはエッサイの言いなりでした。エッサイは子供たちを大人のように扱いました。双子にとってエッサイは、ローマの高級将校という印象はまったくと言っていいほどありませんでした。ユディトと色の黒い引っ込み思案のシムにとっては、口数の少ない二人に皮肉なほめ言葉や気を引くお世辞をいう存在でした。

テーブルの一方の端にはサウルが座り、明るい話題を提供しました。サラは、いつものとおりその場の空気を素早く察し、老女二人と懐旧談に耽り、シメオンが生涯独身を通していることをからかいました。

夜はあっという間に過ぎて行きました。エッサイがまずテーブルを離れました――「ローマ人とちょっと博打《ばくち》をしなきゃならない。過越しの祭りのプレゼントは高くついたから、それを取り戻さなきゃならない」

私の椅子の傍を過ぎるとき、エッサイは立ち止りました。「明日の朝十時に、全員庭に集まろう。ルツの記録のためにもっと話すべきことがある。ヴェスパシアヌスやティトスについて、戦争捕虜になった予言者のヨセフについてだ。お休み、歴史家さん」。そして出て行きました。

私とサラが、暗くなって、ベッドの支度をしに部屋に入ったとき、サラが言いました。「私はだめ。マサダでは澄んだ空気の中で暮らし、移動する部屋もあり、元気を取り戻す機会があった。私はたくさんのことを忘れた、ルツ、たくさんのことを。あの人を誰が助けられるの？　誰が裁けるの？　誰が有罪で、誰が無罪なの？」サラは私に口づけし、ベッドに入りました。しばらくして、「私にはエッサイが必要だわ。彼はヨセフの側にいる。もし私があの人を知っていれば、あの人は何もやりそこなうことはなかった。お休み、ルツ」

実際、エッサイは何もやりそこないませんでした。翌朝会ったとき、エッサイの眼には隈が出来、疲れた様子でしたが、礼儀正しく、自然で、私たちの模範でした。

「サラ、始めよう」とエッサイが言いました。「ヨタパタの陥落からだ。捕虜になった女たちは、さらなる命令を待つために町から移動した」

「私たちは夜まで待った」とサラが言いました。「それからエルサレムに向かった」

「それだけかい」とエッサイが言いました。

「それだけじゃないわ。しかし、ヨタパタ陥落のニュースはエルサレムまで届けなければならなかった。私は自分がグループの中でただ一人まだ生き残っていると思っていた。ローマの兵士たちはその年齢には関係なく、一団の女たちを軽く見過ぎていた。それから夜がやって来た。女たちを馬鹿にしていた兵士たちの心には隙があり、ナイフを隠している女がいるなんて考えもしなかった」

「そのとおり、エルサレムは何と言ったのかい？」

「私がエルサレムに到着した頃までにはニュースは知られていた。ヨタパタの東の村々から数人の戦士がニュースを運んで来ていた。私はそのニュースにいくつかの見聞を付け加えることができた。私が残した女たちの間には、ヨセフはいまやローマ人と手を結んでいるという噂が広がっていた。ヨセフが掩蔽壕《えんぺいごう》から送り出した女は、ヨセフのことをよく知っているようだった」

「女はヨセフをよく知っていた。エルサレムの反応はどうだった？」

「それほど大きな驚きはなかったけど、みなとても怒っていた。それが良い結果をもたらした。人々を団結させ、ヴェスパシアヌスによるヨタパタの扱いはエルサレムに起こると予想されることを教えてくれた。さて今度はあなたの番よ」

エッサイはどこから始めるべきか考えながらしばらく口ごもりました。それから明るい口調で話しました。「われわれは生贄を扱った祭司のように血まみれで掩蔽壕から出て行った。ニカノールと特務員は私たちをヴェスパシアヌスのところではなく、われわれの地位をまったく気にかけない捕虜を扱う将校のところに連れて行った。将校は我々の血まみれの衣服を無視し、鍛冶屋を呼び、われわれをお互いに鎖で結び付け、それから鎖をつなぎとめ、さらに鎖を取り出し、肥満した吐き気を催す聾唖の奴隷に結び付けた。それから屋外の青天井の独居房に入れられた。もう夕闇が迫っていた。中には守衛がおり、外は独居房だった。

翌朝、聾唖の奴隷をはじめ全員、ヴェスアパシアヌスとその息子のティトスの前につれて行かれた。われわれは汚れて血の匂いがしていた。われわれは陽光に曝されていたが、ローマの将校とその一団は日除けの下にいた。ヴェスパシアヌスは小柄だった。ヨタパタの攻略では多くのローマの兵士が死に、多くの点で高いものについたと語った。皇帝ネロが独立を求めるイスラエルの民衆が示したひどい忘恩の行為にとても怒っている、いまや永遠にその望みは打ち砕かれたとわれわれに告げた。ヨセフに、ネロのところに送られるまで、鎖につながれ、厳しい監禁下におかれると告げた。出来る限り速やかにこれは実行されることになっていた」

「あなたの期待どおりにはいかなかった」とサラが冷淡に言いました。

「実際は違った。私にもう一度話をさせなさい。おばちゃん。ヨセフ将軍を見くびってはいけない」

「鎖の端に聾唖のでぶとつながれ、臭いをたてていた。印象的だわ。先を話して」

「ヨセフは不思議な、神秘的な表情で眉をひそめ、ヴェスパシアヌスの顔を見つめながらまだ立っていた。『私が話すことはわずかしかない』とヨセフは言った。『しかしそれはあなたの耳にだけ入れなければならない』。まったく予想もしないことだった。一瞬の後、ヴェスパシアヌスは息子のティトスを除いて全員に退出を求め、ヴェスパシアヌス親子と二人の上級将校だけが残った。ヴェスパシアヌスは日除けに入るように前へ進めと身振りでわれわれに示した。ヨセフは動かず、私も身動きできなかった。このことを書き留めなさい、ルツ。

『偉大な将軍、これから起こることを告げる。あなたの目に映っているのは、同じような状況に置かれたローマ人同様勇敢に戦い、最後まで自分の義務を果したユダヤ人の司令官にすぎない。だが私はそれ以上の存在だ。私はあなたがもうじき偉大な存在になることをあなたに告げるために神ご自身によって送り込まれた使者だ。神はこの言葉をあなたに伝えるために、私の命を助けた。さもなければ、私はユダヤの将軍として部下と共に死んでいただろう。なぜならわれわれはこうして死んで往く、われわれユダヤの将軍は』。私は興味をそそられた」とエッサイは言いました。

「私たちも同じよ」とサラが言いました。「私たちもよ」

「私はヴェスパシアヌスも同じだったと思う」とエッサイは続けました。「表情に変化はなかったけれど。ヴェスパシアヌスは待ち、ヨセフは続けた。『あなたは私をネロのところに送るという。何のためです。もうじきネロは死にます。そしてネロの後継者が続き……、そしてあなたが皇帝になります。そしてあなたの後を、あなたの息子が継ぎます。海と陸と、さらに全世界の支配者です。これらの言葉は神からのものです。もしこの言葉が偽りであれば、私の鎖の重さを二倍にし、罰を重くしなさい』

ヴェスパシアヌスとティトスと二人の将校は視線を交わした。ティトスはヨセフとほぼ同い年か少し年上だったかもしれない。そしてヨセフの話に完全に洗脳されていた。ティトス親子はどう転んでも王位と血統で結びついてはいなかったが、軍事政府の枢軸にいた。ヴェスパシアヌスは偉大な帝国の建設者であった。こういうところが、ローマ人の思考法に対して驚くべき本能的嗅覚のあるヨセフの予言の中の、伸《の》るか反《そ》るかの大博打のすごさと言ってもいい。

二人の上級将校がまず口を切った。『神はヨタパタの陥落をあなたに告げなかったのか？』と将校は言った。『あなたが哀れな自らの命を救うために横たわり、鎖に繋がれるだろうということを神はあなたに告げなかったのか？』」

「良い所を突いているわ。それから何が起こったの？」とサラが言いました。

「『もう言うことはない』とヨセフは言った。『私の仲間をここに連れて来て、私の予言、夢の解釈、徴や予兆についての解釈について個人的に尋ねてごらんなさい。私は祭司であり、祭司の家系に生まれている。運命の力による民衆の指導者であり、戦士です』。話は終わった。鍛冶屋がやって来て鎖が切断され、ヨセフは解放された。

信じたがっている人々を信じさせることはたやすい。私は一連の流れを愉しんだ。ワインが運ばれて来た。われわれは日陰に座り、ローマの顔見知りの友人のことを話した。私が自分の悪臭を放つ状態を謝ると、揃った清潔な衣類が運ばれて来て、水が用意され、奴隷がそれを調えた。私はローマ人たちに真実を話した」

エッサイはいたずらっぽい笑みをたたえました。「私は自分がヨセフと永い間の知り合いであり、ヨセフをよく知っているとローマ人に話した。私たちがローマで出会い、そこで目にしたものに深い賛嘆の念を共有したことを話した。私は、ヨセフがイスラエルに戻って以来、彼が戦争の初期に生きたまま捕虜になるだろうということを実に正確に予言し、予知していたことを話した。私はガリラヤ中に、ローマ軍に敗北するというヨセフの予言が知れ渡り、全能の神から得た明らかな超能力のゆえにヨセフが抵抗グループの憎しみを買ったことをローマ人に伝えた。ヨタパタにいてさえ、ヨセフは自分ともう一人の男が、狂気と血に満ちた土地の地下から庭へと無傷で現れることをなんとなく知っていた、と私はローマ人たちに告げた。徴と予兆はヨセフの目の前に開かれた本だった、と私は言った。予兆と夢の解読は同じようにはっきりしていた。

『ヨセフを身近に置きなさい、偉大なるヴェスパシアス』と私は助言した。『ヨセフは普通の人間ではありません。皆が信じようとしないヨセフの言葉を馬鹿にしてはいけない。しばしば、予言的な恍惚状態で、普通の人生では彼の知るはずのないわけのわからない言語や方言を口にする。こうした言葉を翻訳することが私の仕事だった。というのも私が多言語を使える人間だったからだ。私はこの目的を遂げるためにヨセフの傍にいるように神によって遣わされた存在であるのかもしれない。いつでも』」

「どうしてそれがうまく行ったの」とサラが尋ねました。

「餌と釣り針と糸だ。まもなく，われわれは聾唖のでぶにつながれた鎖から自由になり、時間が経つにつれヨセフと親しくなったティトスとうまくやっていた。われわれには四六時中厳重な護衛が付いており、はじめの時は鎖にも繫がれた。

ヨタパタでの掃討戦の後に、ヴェスパシアヌスは戦力を結集し、プトレマイオスまで撤退し、それからカイサリアまで海沿いに下った。カイサリアは皆が知っているとおり、ほとんどの住民がギリシア人だった。大歓迎を受けた――憎悪の的であるユダヤ人の一員であるヨセフと私を殺すことにひどく熱狂的だった。私はギリシア人が好きではない。

ヴェスパシアヌスはある時期、配下の兵士を、カイサリアに二つの軍団を、スキトポリスに第十五軍団を休息させた。自身はフィリポ・カイサリアにいたアグリッパ王とベルニケに会いに行った。アグリッパ王は、ヴェスパシアヌスの名誉を賛える大きな祭りを行ない、ヴェスパシアヌスは大歓迎された。私の理解するところでは、ベルニケはヴェスパシアヌスに、お好きなようにと身を委ねた。聞くところによると、彼女はほぼ四十の、とても魅力的な貴婦人だった」

「あなたとヨセフは一緒に行かなかったの？」サラが尋ねました。

エッサイは笑いました。「ヨセフとヴェスパシアヌスが腹を割った友人になるのはもっとずっと後の事だ。ヴェスパシアヌスはわれわれに戸惑っていた。われわれはヴェスパシアヌスに皇帝への願望を見てとり始めた。世界の支配者になるという夢想だ。そして、ヴェスパシアヌスは、われわれが彼の願望に気が付いていることなどを知っていた。そこで、ヴェスパシアヌスはわれわれを避けた。カイサリアの海岸沿いの外の土地にわれわれを置き去りにした。厳重な警護つきだったが、待遇は素晴らしく良く、快適だった」

「ティトスはどこにいたの？」

「ティトスは父と一緒にアグリッパのところに行き、同じようにベルニケにもてなされていた。そこで物語が始まる。将校室の話だ。私には決まり切ったおなじみの噂話だった」。エッサイの声は嘲笑的でしたが、目の色は違いました。「私にはローマの将軍について考える時間がほとんどなかった。その公式政策は、名ばかりのユダヤ王の宮廷で、ある程度の豪華さを愉しみつつ、問題を起こすユダヤ人を出来る限り多く一掃することだった。君の本の中でも一、二行触れられることじゃないか、ルツ？」

「知っています。ノートしておきます。ヴェスパシアヌスがどのくらいの期間アグリッパ王と一緒に過ごしたかご存じですか？」

「三週間だ。勝利に対する神への犠牲を捧げ、(それはちょっと早すぎたが)、さまざまな他のお祭り気分を祝う宴会の期間だ。それからヴェスパシアヌスはティベリアとタリカエ全土が反乱を起こしたことを知らされ、愉しい時期を過ごしたことに感謝の念を抱き、二つの町を掃討しに出かけることをアグリッパ王に告げた。それが二カ月半の間に行なわれたことだ。そのことに関する資料を持っているかい、ルツ。私には少しある」

「十分あります。ティトスが大部隊を率いて参加した最初の戦争です。ティトスはよく戦いました。部隊がティトスに好意を抱いていたからです。ティトスはほぼ三十でした。父のヴェスパシアヌスは喜びました。二つの町で怖ろしい虐殺が繰り広げられました。ティベリアでは老人や病人が競技場に集められ、最後の一人まで殺されました。健康な数千人がネロのところに奴隷として送られました。さらに数千人以上がアグリッパによって奴隷として売り飛ばされました」

「それから何が起こった？」とエッサイが厳しい口調で尋ねました。

「もっと北に位置していたギスカラだけを除いて、ガリラヤ湖の西岸のすべての町がそのときに征服されました。ギスカラはヨハネの町です。はかない抵抗が無慈悲に壊滅させられました。多くの戦士が南へ、エルサレムへと逃げました。みな、私たちが最後まで残るだろうと知っていました。ガリラヤ湖の東岸のグアラニティスにある山上の町、ガムラだけが反ローマを宣言していました。ガムラはヨタパタよりもずっと進撃しにくく、住民は反ローマを決意し、勇敢でした。

包囲戦はひと月続きました。そしてとても多くの命が双方の側で失われました。エルサレムで私たちは、武力集団に対して準備を整えた高度な技術を持った工兵が緊急に必要だということを見て取りました」

「ガムラの後はどうなったのか？」とエッサイが同じような厳しい口調で問いました。

「ギスカラです。ヴェスパシアヌスはその地を攻略するためにティトスを派遣しました。自分はイスラエルの残りの地を壊滅させる計画のためにカイサリアに戻りました。ギスカラはたちまち制圧され、ヨハネは数人の戦士とともに逃げ出し、ここエルサレムにやって来ました。ヨハネは私たちに問題をもたらしましたが、私たちは彼を指導者として仰ぐことを喜びました。人々はヨハネに従いました。私たちはまた、あなたでもよかったのですよ、エッサイ。人々はあなたにも従ったでしょう」。私は口にした言葉を後悔しました。その言葉が傷口に触れたからです。必要もなく私は痛みを引き起こしました。エッサイは笑いました。

「ああ、そのとおりだ。しかし、もしそうなったら、私はあなたに予言者のヨセフと権力を握ったヴェスパシアヌスについて話すことはできなかっただろう。さあて。時は過ぎ、全土が制圧され、ヨセフは少しずつヴェスパシアヌスにとってもてあまし者でなくなったようだ。われわれは厳重に警護されていたが、その理由は定かではなかった。どう転んでもヨセフが逃げ出そうする危険はあり得なかった。そこでわれわれの居心地はますます良くなった。ティトスは都合がつくとわれわれを訪ねて来た。そしてわれわれはローマの将校たちの間に友人を作った。われわれには何が起こっているかについてはほとんど話をしてくれなかった。しかし事態を把握することは容易だった。ガムラが十月に陥落し、ギスカラが十一月に陥落し、それはガリラヤ全体が陥落したことだった。軍は冬期用営舎に入り、三月初旬に再び活動を始めた。ガダラが陥落し、軍は四散した。ペレアが服従し、それから南のユダとイドマヤが服従した。六月の半ばまで、ヴェスパシアヌスはエルサレムから十五マイルのエリコにいた」

「その間、予言者のヨセフに関しては何が起きたの？」とサラが言いました。「ヨタパタの陥落からエルサレムを除くすべての地の服従までどのくらいかかったの？　一年？」

「ほとんど一年だ。ヨセフは妻を娶《めと》った」

「奥さんですって！」

「妻だ。将校の水準と同じようにわれわれの居心地をさらに良くする一環として、女性が役に立つ。ヨセフは興味を十分示したが、予言者として、予兆の解読者として、さらに貴族的な祭司の一族としてこういう噂を立てられることは芳しくないと考えていた。そこで、ヴェスパシアヌスはヨセフの結婚相手に処女を送って寄こした。ヨタパタで捕虜になった素晴らしい子供だ。私のギャンブル相手の友人の将校が一人か二人で仕組んだ冗談かと思った。多分そうだったのだろう。しかし、ヨセフは機会がなかった。『もし偉大なヴェスパシアヌスが私のためにこの花嫁を選んだのなら、そのとおりになる』とちょっとした会食の席でヨセフは話した。そしてそのとおりになった。私はヨセフがまったく羨ましかった。家庭そのままの快適さを手に入れたのだ」

サラが口にしました。「偉大なヴェスパシアヌスはあなたにも処女を送ってこなかったの？」

「来なかった。ローマでは予言者と処女が結び付けられるようだ。もしあなたが誤解したなら、それは私の不器用な話し方のせいだ」

大笑いでした。いい話でした。

「ローマについてはもういい」とエッサイが言いました。「その年、ユダヤ人にとっては何が起きた？」

シメオンが身を乗り出し、目を丸くし、輝かせました。シメオンが言いました。「ルツ、エッサイは正しい。いまや、両方の立場を語ることが私たちにとって価値がある。ローマとローマ人の側のエッサイとエルサレムとマサダの側のわれわれの立場の両方だ」。弟は頷きました。

私はその計画に感謝しました。計画に対して弟たちがそう考えたことが明らかでした。

「サラはどうだい？」とエッサイが促しました。

「ギスカラは陥落し、ヨハネは十二月の初めか十一月の終わりにはエルサレムにいました」とサラが言いました。サラはヨハネの下で戦い、ヨハネを賛美していました。「ヨハネは役に立たない人物を除き、いわゆる指導者に選ばれたたくさんの人々を罷免した。正しい名分で物事を呼び始めた。エルサレムの市内で人々は安全を感じていた。大きな城壁、神殿にいる神、巨大な防衛のための塔。それにたくさんの人がいた。避難民が毎日到着していた。しかし、ヨハネは私たちがそんなに安全ではないということを悟らせた。ヨハネは弓矢から大きな石に至るまでのいろいろな種類の武器の貯蔵を始めた。訓練、見張り、警備勤務、配給について命令を発した。右にも左にも敵を作ったが、道理に適っていた。ルツ、ヨタパタの陥落と〝エルサレムだけが残った〟時期の間にはどれくらいの期間があったとあなたは言ったの？」

エッサイが言いました。「約一年。ヴェスパシアヌスは三月初旬から六月下旬にかけてマカエラスの要塞の攻略を始め、ヘロディウムとマサダは抵抗を続け、エルサレムは手つかずの状態だった」

「そうだ」とエッサイが言いました。「六月だ。大攻勢のためのすべての準備が整い、それからすべてを止めることが出来る唯一のことが起こった。そしてすべてが止まった。ネロの暗殺だ。この時期、イスラエルで起こったのと同じようにローマのいたるところで絶え間なく反乱が起きた。ガルバは皇帝になるためにスペインからローマへと引き返した。そしてヴェスパシアヌスはイスラエルについての指示を仰ぐためにガルバの下にティトスを派遣した。ティトスが海路、ローマへ急ぐ途中に、皇帝在位六カ月にしてガルバが殺され、オットーが後を継いだという知らせが届いた。そこでティトスは父のもとへ戻り、予言者のヨセフに決定的に期待する方法で、二人の前途を占わせた」

「ガルバの在位期間に」とサラが言いました。「シモン・ベン・ギオラはとても巧妙にケスティウスを敗北させ、非常に多くの戦利品と軍用品をエルサレムに持ち帰った。とても忙しかった。以前に、ヴェスパシアヌスがイドマヤとペレアを鎮圧するために軍隊を率いて南へ進軍したとき、多くのイドマヤの人々は丘陵地帯に難を避けに行った。そこには百万人が隠れることが出来た。マサダはそこから死海に降る山並みの一つにすぎなかった。全然大きな山ではなかった。

いまや、マサダを根拠地にすることで、シモンはイドマヤの人々を集め、彼らを軍隊に転用することに着手した。それからシモンは彼らをエルサレムまで連れて行った。およそ六カ月後にガルバが殺されるまでは実現しなかったけれども。

イドマヤの人々と共に、自分の戦士たちと一緒に、エレアザルがやって来た」

「重要な多事多難な半年だった」とエッサイが言いました。「ガルバの後を継いで、オットーが皇帝になったが、わずか三カ月皇帝位に就いただけだった。ヴィッテリウスとの戦闘に敗れた後、オットーは自殺した。ヴィッテリウスもまた皇帝になることを望み、彼が皇帝になることに賛成した多くの兵士を将軍にした。そこで、オットーが自殺した後に、皇帝になった。

ヴェスパシアヌスもたくさんの兵を率いる将軍だったが、気に入らなかった。自分が皇帝になることだけが正しいと思っていた。お抱えの予言者ヨセフは彼が皇帝になると言っていた。偉大なローマ帝国を明らかにその地位に値しない人物が手に入れようとしているとき、小さなイスラエルに専心することがどうして出来るだろうか。ヨセフと私が機会あるごとに声高に同意を求めていた見解だった。ゲームにはほとんど勝利していた。いいかい、ヴェスパシアヌスの将軍たちはそれほど説得する必要がなかった。あらゆる点からして、このヴィッテリウスを、我らの将軍と比較しようとする者は誰もいなかった。

そうだ。私はヨセフがヴェスパシアヌスを皇帝に推挙し始めるかどうか分からなかったが、まもなく、自分たちの将軍を皇帝と宣言する決定的な運動が、将軍たちの間で、実際には全軍隊の中で起こった。ヴィッテリウスは多くの悪名にまみれており、その兵士たちでさえ辟易していた。我らが将軍は突然、清潔な人生を生き、祖国を愛し、誉れ高い夫になり父になり、皇帝の位に全くふさわしい存在になった。ヨセフと私は二つの大きなスプーンに似ていた。私たちは決してかき混ぜることを止めなかった。

皇帝就任の大がかりな宣伝期間の全体を通じてヴェスアパシアヌスと行動を共にした上級幕僚たちのヴェスパシアヌス皇帝就任への要請が強まり、ヴェスパシアヌスは同意した。とりわけ、幕僚たちがヴェスパシアヌスの皇帝指名はほぼ三つの軍団によって後援されるだろうと指摘したとき、近隣の諸王そしてヴィッテリウスの支配の及ばないヨーロッパ全域の軍隊が味方についた。また幕僚たちは、イタリア中に、そしてローマの中に多くのヴェスパシアヌスの支持者が存在すると言った。実際、この困難な時期に、ヴェスパシアヌスの兄弟がローマの支配と皇帝候補者のための大きな資産の管理を委ねられていた」

「いまや」とエッサイは異なった声音で言いました。「私が思うに、ヴェスパシアヌスは、皇帝就任に直面したとき、それほど執着してはいなかった。皇帝は危険な仕事だった。また、ヴェスパシアヌスは六十に近づいており、宮廷や元老院での暮らしより戦場での暮らしにずっと慣れていた。しかし、ヴェスパシアヌスは第一級の戦略家であり、自分自身を皇帝と称するだけでは十分ではないことを熟知していた。そこで我々全員は、ローマではなく、アレクサンドリアへと向かった。イタリアではなく、エジプトへ行ったのだ」

「全員で？」とサラが聞きました。

「われわれは」とエッサイが応えました。「鎖をはずされ、個人的な護衛付きで、選出された皇帝の幕僚という漠然としているがはっきりしている確たる身分だった」

「ヨセフの若い奥さんはどうしたの？」

「離婚は出発前に済ませていた。ヨセフはそれが最善だと考えていた。ヨセフの新しい地位はさらに特別な女性を必要としていた。ヨセフはまったく正しかった。少女はエジプト行きからは幸運にも免れた。ショックを受けないでくれ、ルツ」

「なぜローマに行く代わりにアレクサンドリアに行ったのですか？」

「アレクサンドリアの支配者になることはエジプトの支配者になることだ。エジプトは、ローマに穀物を供給している。ヴェスパシアヌスは愚かではなかった。また、アレクサンドリアには、ヴェスパシアヌスの他の支持者全員に付け加えるにさらに二つの軍団が存在した。これ以上の事はない。もし事態が悪化すれば、ナイルデルタのその地域はヴィッテリウスとの戦闘に際して絶好の地形となる」

エッサイは再び言葉を止め、面白そうな視線を投げかけました。「運命の男、ヨセフは、計略に失敗することはない。ヨセフが穀物とエジプトについて聞いたとき、ただちに、自分と同名人物のヨセフ（注・創世記のヤコブの子）が現れるという幻影と七年の飢饉の年、七年の豊作の年、穀物、エジプト、親愛なる将軍の顔をした偉大な戦士の王の幻影を目にした。

われわれがアレクサンドリアに到着するまでに、アレクサンドリアの統治者は、一時期のユダヤのうまく行かなかった総督、ティベリウス・アレクサンドロスがすべてを治めていた。すべての民のヴェスパシアヌスに対する全面的忠誠。ヴェスパシアヌスはローマ皇帝であり、世界の君主だった」

サラが「ティベリウス・アレクサンドロスは」とゆっくり口にしました。「メナヘムの二人の兄弟を礫刑にした。ヨセフにピッタリの盟友よ。ローマではどうなったの?」

「ヴェスパシアヌスによって計画どおりローマに送られたムキアヌスによって、ヴィッテリウスとその軍隊はこっぱ微塵に打ち砕かれた。ヴィッテリウスは王宮の外で殺された。ヴィッテリウスはそのとき、酒を飲み、たらふく食べていた。約九カ月の皇帝だった。ムキアヌスは、ヴェスパシアヌスが到着するまで、王冠を暖めておくためにヴェスパシアヌスのもう一人の息子であるドミティアヌスに冠らせた。こうしたすべての知らせは、世界の残りの勢力が皇帝としてヴェスパシアヌスを受け入れたとほぼ見なされる時期にアレクサンドリアに届いた。最大の朗報とそれに見合う祝典が行なわれた。世界でローマに次ぐもっとも重要な都市であるアレクサンドリアは、そのような場合に応じて立派な祭典を行なうことができた。私がちょっと気に入ったのは、やや私的な祝典だった。そのとき、予言者のヨセフが、高級将校、数人の友人、息子のティトスと共に臨席するヴェスパシアヌスの前に連れて来られた。予言者とともにその翻訳者であり、囚人仲間のこのエッサイも同席した。新しい皇帝は言った。『私の皇帝就任を予言した、神の代弁者であるこの男が、いまだに囚人として捕虜として処遇されるべきだということは間違いだ。この男を自由にせよ』。それからティトスが前に進み出た。『父よ』とティトスは言った。『捕虜が自由になったことを示す伝統的な足枷の除去の代わりに、ここで鎖の切断を行なわせましょう。それは自由が許されたこと、あらゆる不名誉からの回復、すべての市民的権利の完全な授与を意味します』。ヴェスパシアヌスは良い考えだと言い、斧を持って来させ、鎖の端を半分に切断した」

「不名誉から回復するために、ローマ人はヨセフを斧で打つべきだった」とサラが言いました。

「もしもし」とエッサイが諭しました。「感情を入れないで。冷静に直視して。われわれの美しい記録者のように。話を続けようか、ルッ？」

「はい、どうぞ。ヴェスパシアヌスはアレクサンドリアでの祝典の後、ローマに行ったのですか？」

「いいや、すぐには行かなかった。イスラエル方面作戦――そう呼ばれていた――の最後の計画を練りながら、冬の間をアレクサンドリアで過ごした。そしてもちろん、臨席しなければならないヨセフの結婚式があった」

「もう一人の方はどうなったの?」とサラが言いました。「忙《せわ》しない小柄な男よ。私はヨタパタのあの少女妻について考えていたの。ヨセフはすでに結婚していた、ここエルサレムで。私の部隊の一人の女性がヨセフの妻の従姉妹だった」

「多分、ヨセフは自分の超能力によって分かっていた」とエッサイが言いました。「エルサレムを去るとき、戻ってこないだろうということを。あるいは、もはやエルサレムにいる妻を必要としないことを。アレクサンドリアで娶《めと》った妻とまだ一緒にいる。続けていいかい、ルツ?」

「どうしてあなたはヨセフがまだアレクサンドリアで娶った妻と一緒だということが分かるのですか?」

「後であなたに話そう。私たちはどこにいるのかい? そう。平定されるべき戦争のことだ。ティトスは連隊を率いてエルサレム攻撃の準備をしていた。ネロの死からほぼ一年半経っていた。休戦、エルサレムにとっては一息つける時期だった。ここでは一体何が起きていたのかい、ルツ?」

「指導の在り方についてとなすべき最善のことは何かということについての議論と不同意がありました。多くの人々が恐れていました。多くの人は戦争が起きないこと、ローマが、エジプトのモーセの時代の死の天使のように過ぎ越していくことを望んでいました。金持ちのかなり多くは土壇場でうまく行くだろう、ローマは金でうまく丸めこめるだろうと考えていました。シモンとヨハネはうまく行くとは思っていませんでした。同志や仲間は分派に別れ、多くの努力や精力が浪費されました。私たちはローマやアレクサンドリアで起こっていることやティトスが攻撃の準備をしていることを少しは知っていました。私たちは我が軍が撃破したティトス配下の第十二軍団が復讐のために戻って来ることも知っていました……」

「そうした考え方は、いかにもヴェスパシアヌスらしい考え方だ」とエッサイが言いました。

「話を続けてくれ」

「第十軍団がエリコから下って来ることと第五軍団がエマウスを横切って来ることを知っていました。ティトスが三軍団以上を率いてカイサリアからやって来ることは知りませんでした」

「さらにそれ以上の軍団がやって来た。エジプトやユーフラテスの兵営からの部隊が加わった。ルツ、ヨセフは、ティトスが一人白馬に跨《またが》った神の王子であるかのようにこの戦争を描こうとしている。しかし、私はティトスにはごくわずかしか機会がなかったことをあなたに話しておく。数千人、数千人の男たちだ。ローマ軍がカイサリアから出撃したとき、それは見事な光景だ、ルツ、見事な光景だった」

「それを話して下さい。どうぞ」

「まずローマの前衛部隊と同盟軍だ。次に道路建設隊の次に野営地の設営隊。その次が武装した護衛付きの将校たちの荷物だ。次に槍騎兵と騎兵を従えたティトスだ。それから、工兵、塔の建設者、投石機の発射台、衝角が続いた。次いで軍旗、皇帝の家紋の鷲だ。それから膨大な軍用品を携え、六列縦隊の果てしのない部隊。全軍の最後にローマの殿軍《しんがり》を伴った傭兵部隊だ。エルサレムまで二日の行進で、ゴフナで一夜を過ごした。ベース・キャンプはここから東に約三マイル半離れた茨の谷に設営された。ベース・キャンプ建設中の夜に、エマウスからの軍団、第五軍団がわが軍に加わり、そのすぐ後にエリコからの第十師団が加わった。ティトスはそれからエルサレムにもっと近づけて、しっかりと要塞化され、一マイルとは離れていないところに野営地を作るように命令を発した。野営地の一つは、オリーブ山のケドロンの谷を横切って建設された」

「私たちは知っている」とサラが言いました。「ほんのわずかの攻撃でその建設を邪魔した」

エッサイは続けました。「我が軍は私の好きな丘陵、スコーパス山の頂上で多くの計画を練り、エルサレムの町を見下ろした。この『町を見下ろしている』間に、ティトスは丘陵と町の間を水平にし、すべての土地を整地しようと決めて、土木工兵が作業を始めた。私はおばちゃんに告げなければならない。有能なティトスは戦うために城壁の外に出て来る御しがたいユダヤ人にしばしば手を焼いた。ティトスは真剣に『力の誇示』が死ぬほどユダヤ人たちを驚かすだろうと考えていた」

サラは笑いました。「私たちは驚いた。そして野営地がより近くに建設されると、その強力な全容を目にし、城壁の中の議論はすべて魔法にかかったように止んだ。エルサレムから、エッサイ、この三つの野営地はとても良く見えた。野営地自体が都市さながらだった。東、西、そして北にあった」

エッサイが頷きました。「われわれは西の野営地にいた。軍の司令部だ。軍の司令官がわれわれの古い友人の総督、ティベリウス・アレクサンドロスだったと知ることに、ルツ、あなたは興味を覚えるかもしれない。私はなぜか知らない。ティベリウス・アレクサンドロスは軍人でなかったのに。多分、もしティトスが失敗したら、ティベリウスがその責めを負う人物になっていたということだ。皇帝の息子は、間違ってはならないといったことだったのだろう」

「なぜあなたとヨセフはティトスと一緒だったのですか?」

「予言の能力を持った特別顧問と、それを助け翻訳をする人間ということだ。ヨセフ自身がエルサレムの攻略にもっとも英雄的な役割を果たしたということは、ヨセフの歴史書が明らかにするだろう。ヨセフは皇帝の演説の草稿の作り手であり、城壁の中の度し難い連中に抵抗の望みが断たれたことを説き、神がローマの側にいるという事実を説き、神に守られたローマ人の親切心と慈悲深さを説いた」

「本当かしら?」とサラが言いました。「そのとき城壁の内では飢餓が始まっていたけど、そうした親切で慈悲深いローマ人は、食物を探して谷を降りて来るユダヤ人たちを待ち受け、城壁の前で磔刑にした。しかし、すぐにではない。まずローマ人はユダヤ人を拷問にかけ、それから天罰を与えると言って皮膚をほとんどはぎ取った。このとき使った十字架がたくさん残っている」

14章　エルサレムの最後

私たちは話し合いました。太陽の降り注ぐ庭で寛《くつろ》いで。恐ろしい時期を思い出しました。三年を隔て、異なった観点からです。正確を期すためでした。私はエルサレムの戦闘の要素と要因についていろいろ考えました。私たちを打ち負かしたのはローマの建築家と技術者でした。彼らは攻撃塔とその上に据え付ける装置類を作りました。彼らは弩弓《どきゅう》と投石機を回転させる強力な台車を作り上げました。城壁まで達する道を作り、城壁に穴を空ける強力な破城槌《つい》を作りました。作業は素早く、とても巧みで、道を普請している部隊を矢と盾で守りました。

ローマ軍が最初に突破しようとした城壁は、旧市街からは距離のある北の城壁でした。城壁はアグリッパ一世によって作り始められ、ローマによって一時期、建設を中断されました。しかし何年もかかって作り終え、強力なものになっていました。祖父のヘロデ大王同様の建設者であったアグリッパ一世は、街を広げるために大きな半円の城壁を作り、人々の生活空間を広

青銅の鍋と水差し

げるための新しい空間を提供しました。

城壁はローマの軍団到着後三週間で破られ、新しい領域の新市街から、数千人が持てる限りのものを持って、旧市街にやって来ました。避難民が内壁の安全地帯に殺到すると、ユダヤの戦士たちはローマ軍と相まみえるために避難民の間を抜けて行きました。

新市街は愉しい場所でした。布が織られ、屋台や小さな店で売られ、金細工師が技術の粋を尽くした製品を仕上げていました。小さな果樹園があり、木材の市場があり、生贄《いけにえ》の羊のための牧草地や檻があり、羊や家畜を水浴びさせる天蓋付きの池があり、ヤンナイオスやヒルカノスの銅像をきれいに保存する準備が整っていました。神殿の丘の北の斜面には日陰のある庭付きの素晴らしい邸宅が立ち並んでいました。信じ難いことに、そのすべてがいまや瓦礫だけの荒れ地になってしまいました。

サラは「新市街での戦闘は凄惨《せいさん》だった」と言いました。サラはどの戦闘にも参加し、良い判断をしました。「しかし四日でローマ軍は二番目の城壁に穴を空け、四つの台車を作り始めた。われわれが旧市街の城壁と神殿から連中を遠ざけている間に、アントニア門に向けて二つ、三つの塔の谷を横切って二つ。私たちは五日間、旧市街と神殿の外で戦った。だが台車の建設を中止させるには至らなかった。台車は、私たちがいままでに目にした最大の破城槌を使うために建設された。悪夢を見るようだった、そうでしょ、ルツ」

文字通り悪夢でした。人間の背の高さと同じ太さの木の幹が、木製の塔の間に水平に吊るされるために鎖で支えられていました。そして突かれました。塔そのものは、大きな車輪付きの台車に乗せられていました。破城槌の壁にぶつける先端部分は円形にした鉄で覆われていました。順番に槌の後部を引っ張る部隊の兵士たちが、城壁に向かって大きな音を立てて進む破城槌全体を後ろに揺り戻すと、たちまち巨大な一撃がもたらされました。鉄で覆われた先端部分が前方の城壁にぶつかる衝撃音が、街の至る所で聞こえ、さながら神の鉄拳でした。

　しかし、ギスカラのヨハネは事態を素早く呑み込みました。ヨハネにぴったり寄り添うエレアザルとシモンも遅滞なく理解しました。アントニアの要塞の外側で攻撃用の台車が建設されていると、街の中では、トンネル掘りの作業員たちが、ピッチと瀝青《れきせい》を染み込ませた材木を支柱にした地下の通路を台車の下に掘り進める作業を始めました。準備万端整うと、トンネルの支柱に火が点火され、トンネルが崩壊し、ローマ軍の造った台車が裂け目に崩れ落ち、炎に包まれました。空に黒煙を噴き上げる、見事な感動的な成功でした。ローマ軍の攻勢はこれでほとんど終息しました。なぜ

破城槌

なら、使用する立木が足りなくなったからです。二日後、シモンとエレアザルは、他の二つの台車の上に破城槌が乗せられるのを待って、上の街の外側に巨大な松明《たいまつ》による攻撃を仕掛けました。そして、破城槌と台車、それにたくさんのローマ軍を焼き払いました。

サラが言いました。「私たちはローマ軍の野営地のすぐ傍でその戦いを行ないました。ローマ人たちに大きなショックを与えた、あの戦いは！　私たちはあの日、偉大な戦士を失った。『障害者』です。湾曲した足と巨人のような肩。彼はピッチを染み込ませた松明を両手に持って、破城槌の台車の間を通り抜けた。焼き払うことのできなかった台車を死ぬまで棍棒でたたき続けた。そして熱心党が彼の志を受け継いだ。大事なことです。大事なことです」

エッサイが「あの夜、あの小競り合いに関して軍法会議が開かれた」と笑いを浮かべて言いました。「ティトスは、ユダヤ人の城壁の攻撃を命じられた兵士たちが、一日のうちのかなりの時間を割いて、自分たちの作った壁の防御にかかりきりにならなければならないことに、いささか苛立《いらだ》った。ティトスは多くの部下を失っており、彼の言葉によれば、材木の欠乏はますますひどくなっていた。冷静になったときに、ティトスは全体会議を招集した。すべてのことが討議された。数人のとても経験豊富な高級将校によってあらゆる助言が提起された。もっと多くの台車、街全体をとり巻く人の輪、飢えによって街を去らせる作戦が語られた。ヨセフは、城壁の中でユダヤ人同士が殺し合うさまざまな内紛を想定した。『われわれが行なうべきすべては待つことだ』とヨセフは言った。ヨセフに好意を抱いていないローマ人の一人が演壇で、ユダヤ人は城壁の内側では喧嘩をするが、城壁の外では悪魔さながらに連携を密にして戦うという観察を述べた。ティトスは決心した。『駄目だ』と言った。『待っていては駄目だ。一瞬で台車は破壊され、材木は消える。人間の輪もだめだ。人間の輪は奇襲攻撃に曝された、人間の細い線を意味するに過ぎない……』」

「それでわれわれは壁を作る」とサラがローマ人の結論を述べました。

「街をぐるっと取り巻く」とエッサイは言いました。「それぞれ単独の兵士や土木工兵や作業員が全員で分担して作る。街の周り全部に。およそ四マイル半の長さだ。丘の上から谷の下までだ。非常に厳しい訓練と軍団同士、中隊同士の競合を組み合わせて実施された。大変な懸賞が与えられ、不注意には厳罰と不名誉が与えられた。ティトスは栄誉とこれ以上ない父ヴェシパシアヌスの称賛が欲しかった。戦うことよりも壁を作ることが大事だった」

少しの沈黙があり、私の弟が半ば自問自答するように、半ばエッサイに対して語りかけるように話しました。「壁が出来始めると、私たちは鎮圧されることを考えるようになり、近くのどこからも食料を十分手に入れられなくなると考えるようになった気がする。新市街の生産物や城壁内の地域の集荷市場はとっくに消え去っていた。私たちは飢餓にさらされ始めていた。街には新市街や市場地域の人々ばかりではなく、過越しの祭りのためにエルサレムにやって来た人々や、ローマ軍の到着によって街を出られなくなった人々が溢れていた。それに他の地域からの避難民もいた」

サラが言いました。「壁と飢餓は盾の裏表だった。戦闘は、先行きのみじめな死がはっきりしていたので、最後まで戦うことで、それ以上失うものは何もないことを示していた。壁が建設されている間にヨセフがそれとなく私たちを訪ねて来た。私はヘロデ王の宮殿の真南の城壁の上の部隊に属していた。ヨセフは西の壁の建設作業員の中から進み出て、一種の演説を開始した。私が仲間を静かにさせると、ヨセフは近づいて来た。そこでわれわれの仲間の投石の名人が、ヨセフの右の耳間近に石を投げた。ヨセフは雄牛のように転げ落ちた。最高の瞬間でした。ヨセフを殺したと私は確信した。城壁の右手に快哉《かいさい》の叫びがあがった。少年たちが数人、出て行ってヨセフを捕まえようとしたが、ローマ軍の方が素早く動いた。少年たちがここエルサレムでヨセフの母親に知らせたとき、母親は動転しなかったという話だった。母親は、息子のヨセフのことをよく知っていたと私は思う」

サラの言葉にもかかわらず、飢餓が精神を高尚にすることなどあり得ません。非常に多くの恥知らずの行為が存在しました。人口過剰の共同体で食物が尽きると、生き残るための非常に原始的な法則が幅を利かせます。

たくさんの人々が街を去りました。人々はわれわれの城壁とローマ軍の造った壁の間の空き地を横切り、投降しました。ほとんどの人が殺され、身ぐるみはがれました。エッサイは、ユダヤ人の多くは金を飲み込んだり隠したりし、シリア人やアラブ人の傭兵、それにローマの兵士も一緒になって、何百人ものユダヤ人の体を切り開いたという噂が広がり始めたことを私たちに話しました。

秩序を保つことを最優先に考えることで共通していた、ヨハネとシモンは、神殿の聖なる穀物や聖なる油が開放され、配給されるべきだという命令を発しました。退蔵や便乗値上げは死刑に処せられました。命の値段は軽く、多くの人が死にました。人々は希望を捨て、死がやって来るまで無関心で座っていました。埋葬はごくわずかでした。人々には埋葬作業する力がなく、そのための用地も不足していました。死体には祈りがささげられ、神殿の東の壁越しに投げ捨てられました。そこにはケデロンの深い谷が走っており、反対側はオリーブ山で堤になっていました。美しい谷には死体の山が築かれ、腐敗し、悪臭を放っていました。

エッサイが言いました。「ひとたび包囲壁の建設がうまく行くと、多くのローマ兵と作業部隊が木材の調達に送り出された。アントニア要塞に対する総攻撃が計画され、四つ以上の壁が建設されることになったからだ」

サラが言いました。「私たちは一度ならず、台車まで出て行った。しかし、どの台車にもたどり着けなかった。ローマ軍はわれわれを火攻めにした。完全武装した部隊の背後から火を投げつけて来た。ローマ軍ははじめ七月に破城槌を作り上げ、ひと月後に壁を作り始め、作り上げた。私たちはローマ軍にあらゆるものを投げつけた。火、矢、石、煮えたぎる油、何もかもを！　ローマ軍は盾の覆いの下で、工兵が基礎部分を掘り続け、壁づくりを続けた。ローマ軍は賢く、最初にわれわれが掘ったトンネルを探し、やがてトンネルを見つけ活用し、まずアントニア要塞の外壁の一つを弱体化し倒壊させ、それから三日後にはすぐ近くに迫って来た。ローマ軍は夜間に猫のように静かに忍び寄ってきた。しかしラッパ手を連れており、ラッパの合図とともに混乱が起き、突然、無敵のはずのアントニア要塞がもはや無敵ではなくなった」

実際にそのとおりでした。いまや神殿の丘の北西隅に立つ建物はローマ軍と騒音で溢れか

た。

えっていました。飢えと絶望の中で、一インチをめぐる攻防が行なわれました。これがエルサレムの戦いの終わりの始まりでした。ローマ軍はいまや内側、神殿の敷地の中に入り込み、神殿の敷地の四方に張り巡らされた二階建ての柱廊に次いでアントニア要塞が戦場と化しました。柱廊の平らな土地も平たい屋根も、アントニア要塞の出口と入口に当たっていました。そこからローマ軍が雪崩《なだれ》込むことができ、私たちの要塞だった神殿を取り囲むことが出来ました。

「それで私たちはローマ軍が入り込むのを止めるために、割れ目を焼き払った」とサラが言いました。「そうすると、ローマ軍は、私たちが入り込むのを防ぐために、他の割れ目を焼き払った。しかし、やつらはやって来た。何度も何度も」

それから間もなく美しい柱廊はすべて焼けて黒焦げの残骸となり、戦いは神殿自体に迫ってきました。城壁の外では毎日、破城槌が轟音をたて、恐怖が空中に張りつめました。神殿地域を取り巻く巨大な壁は保持されていましたが、そのいくつもの門が火の通り道になり、炎が吼《ほ》え声を立て、すべてを呑み尽くしていました。壁の内側の柱廊が新たに焼け落ちました。アントニア要塞の壊滅までのほとんど一カ月間、太陽が沈むと、神殿は火に取り巻かれました。私たちが気づいたように、ローマ軍はその翌日に神殿が崩壊することをまるで知っているかのように、アントニア要塞に入り込んだり、壁から離れたり、出入りしました。数百年前の同じ日に、神殿はバビロニアのネブカドネツァル王の前で崩壊しました。

「我らがヨセフは自分のティトス崇拝の歴史書において言うだろう」とエッサイはゆっくり

言いました。「神殿はティトスの意に反して壊されたと。バカバカしく、無意味なことだ。ティトスはネブカドネツァル王について何もかも、そして神殿崩壊の記念日についても知っていた。ティトスはヨセフからその事実を聴いていた。ヨセフがそのような観察を誤ることはまずあり得ない。ティトスは自分をローマのネブカドネツァル王になぞらえることにそれほど一生懸命になる必要がなかった。また、部下たちは、もしユダヤ人たちを執拗《しつよう》に戦わせるのが神殿であるならば、神殿の崩壊が早ければ早いほど良い結果が生まれると、攻撃に賛成した」

神殿は火によって、――復讐の念に燃えたローマ人によって壊滅させられました。何千何万というローマ人が復讐に駆られて。神殿の炎が天を焦がすと、エルサレム中から叫びが、敗北の切羽詰まった叫びが上がりました。そして人々は神殿の丘の斜面を登り始めました。普通の人々、哀れな人々、飢えた非武装の人々でした。神殿の中の、中庭や部屋、広間には群衆が隠れていました。神の聖所に避難して、安全を感じている大勢の人々がいました。巨大な複合建築物のなかには数百人の戦士が立て籠もっていました。その非常に堅牢なところが、要塞に役立ちました。アントニアに対峙する唯一の要塞でした。

神殿の中の多勢の人が焼かれることになりました。炎が大勢の人を閉じ込め、その人々の苦悶の叫びが丘全体からこだまして来る物音の悪夢に加わりました。ローマ軍は狂った獣さながら、すべてを略奪し、一人残らず殺しました。神殿全域、丘全体が死体で埋め尽くされました。シメオンが一種不思議な高い声で語りました。「私は神殿を去りたくなかったが、サウルが去るべき時が来たと言った。私は神殿の外での生活をほんのわずかしか知らなかった。神殿が私にとってはすべてだった。神殿の中で生きることは美しさに取り巻かれて生きることだった。ルツさん、上の街へと戦線を突破する——それは多くの人を救った——前に、私が目にした最後のものは、私の二人の友人、どちらも優しい祭司が、神殿の屋根からローマ人に向けて装飾用の手すりの尖った破片を投げつける姿だった。それから二人は、自ら選んだことだと私は思うが、地獄へとまっさかさまに墜落して行った」

〝突破〟は、すべての門が塞がれていたので、エレアザル指揮下の主だった熱心党の一群が、神殿域内の壁の内側を取り囲む巨大なローマ軍の一団を押し分けて行なわれました。

「もし突破していなければ」とサラが言いました。「ローマ軍はヨハネとシモン、さらにエレアザルも捕えていただろう。戦闘はまだ終わっていなかった。神殿は陥落したが、まだ上の街も下の街も残っていた。まだ殺すべきローマ軍は大勢存在した」

「熱心党は上の街に横断する途中で戦い、私たちは最後の要塞となった、三つの塔の近くにある宮殿に自らバリケードとなって立て籠もった。ローマ軍は下の街を掃討し、恐るべき大虐殺が行なわれた。巨大な破城槌がいまや西の城壁近くまで運び込まれ、宮殿の壁に向けて打ち込まれた。その後ローマ軍は虐殺を続けながら上の街まで登って来て、宮殿を取り巻いた。

八月も末だった。

そのとき、エレアザルは宮殿の豪華なサロンの一つで会議を招集した。七つの熱心党の部隊が出席した。約四百名の男女が出席した。エレアザルの話は短かった。

『エルサレムは終わりだ』とエレアザルが言った。『しかし、ここエルサレムにあったもの、つねにここに存在したもの、そしてわれわれの唯一の王が神であるという信仰は続くだろう。抵抗は続ける。ヘロディウム、マカエラス、マサダにおいて。熱心党や暗殺団《シカリ》のグループはすでにそこに結集している。数週の間にもっと多くの戦士がそこに向かった。三つの場所すべては要塞化され、食糧が十分蓄えられた。武器は大丈夫だ。われわれは今夜と明日の夜に脱出する。ローマ軍の知らない地下通路、下水道を使う。下水道は城壁の向こうに通じている。リストが作られた。あなたがたは、両親と子供、家族全員がリストに記載されていることを知るだろう。誤りはない。私はマサダの司令官になる。私の弟のユダはマカエラスの要塞まで分遣隊を率いて行き、そこで指揮を分担する。弟のシモンはヘロディウムの防衛を援助するために行くことになっていたが、彼は死んだ。何か質問はないか？』」

私はエレアザルに関してほとんど何も言って来ませんでした。これはエレアザルの物語ではないからです。あれから長い時が経った今も私はエレアザルについて気安く語れません。ローマに対する反乱の最初の積極的な行動から街の破壊に至る五年の間、エルサレムは溶鉱炉でした。そこで人々は変わり、作り直され、鍛えられました。指導者が現れました。卑怯者が、裏切り者が、英雄が現れたように。穏やかな人が戦士としての自分を発見しました。学究肌の人が戦略家である自分に気がつきました。孤独好きな人が、チームの、部隊の、小隊の一員としての新しい生活を見いだしました。

エレアザルはヤイールの息子の三人兄弟のうちの一人でした。ヤイールは私の母の従兄弟でした。エレアザルは長男で、大人しく、学問が大好きでした。三男のシモンは眼のぱっちりした好男子で、笑い上戸、家族の人気者でした。ユダと呼ばれた二男は、筋骨たくましく、優しく、ユーモアのセンスに富んだ人物で、少しはにかみ屋でした。

私たちの家族とは親戚でしたが、大人になるまで兄弟たちと会う機会はほとんどありませんでした。私の父は、優しいユーモアに富み、とても賢い人物でしたが、本質的に孤独な人間で、兄弟とはほとんど没交渉で暮らしていました。母が死んでしばらくの間、すぐれた仲人であることを自負する女の親戚や友人たちとの行き来がありましたが、そのうち彼らは落胆し、家に来なくなってしまいました。好き好んで独身でいることは、普通ではない、ほとんど瀆神《とくしん》に近いことでしたが、私の兄弟姉妹にとっては、父に不足はありませんでした。

私はエルサレムの陥落の七年前に熱心党員になりましたが、エレアザルは私の二カ月後に熱心党員になりました。私はエレアザルや彼の兄弟に会ったことはありませんでしたが、彼らは数年の間に同じ時期に熱心党員になりました。すぐにエレアザル兄弟は行動グループで活躍し出しましたが、その間、私は諜報部、徴募部、「サンダル店の総司令部」に残ったままでした。メナヘムがマサダを奪い、武器を運び込み、また死海地域の男たちを連れて来たとき、エレアザルとその兄弟がメナヘムと一緒でした。ローマ総督のケスティウスがエルサレムの陥落前に敗走したとき、メナヘムやエレアザルは男たちの首領であり、指導者でした。ヨハネがギスカラからエルサレムにやって来る途中で戦いに遭遇したとき、エレアザルは一緒に戦いました。シモンがマサダ周辺の丘陵のイドマヤ人を集め、訓練を施していたとき、エレアザル兄弟の名はマサダを根拠地に轟《とどろ》いていました。彼らはまずバラバラになることはなく、稀に見る狡知《こうち》に長け、技術を有していたからです。私の二年後にサラと人好きのする孫のセツが熱心党に加わったとき、参加理由の一部は「ヤイールの息子たち」に指導された人々の間にいることを望んだからでした。一年後のケスティウスを追走した戦いにおいて、サラは市場で働くおばあさんが、どれだけ兵役に熟達できるか身をもって示しました。

サラの孫は、エレアザルの兄弟を敬愛しており、ローマ軍がアントニア要塞を抜けて襲って来た時の神殿周辺の恐ろしい肉弾戦に際して、彼らの傍で戦いました。シモンとユダの傍で戦い、シモンと共に死にました。サラはその日怖ろしい復讐を遂げ、その後、血まみれになり疲れ切って神殿に戻り、迷子のように私の腕の中で泣き崩れました。それからエレアザルが死人のような眼をしてやって来て、その日親しい人を失った人々やサラを慰めました。七月の初旬のことで、神殿が焼き払われる一カ月ほど前でした。ひと月後、私たちは下水道を通って、王宮とエルサレムを後にし、ヘロデのもう一つの宮殿に居場所を変えました。

戦争の恐怖のすべてに勝《まさ》って、下水道を抜ける旅は最悪でした。私たちが、下水道を隠れ場所や避難場所や抜け道として考えた最初ではありませんでした。あるいは死に場所としても。飢えて死にかけた人々が穴や裂け目や隅まで最後の力を振り絞って這って行った様を私は何度も目にしました。下水道はあらゆる年齢の人間の膨らんだ死体で埋め尽くされていました。私たちが松明《たいまつ》の煙っぽい明りを頼りに通り道を探っていると、そうした死体の眼が私たちをじっと見つめていました。松明は鼻をつく臭いを放ち――私たちは感謝しました――そのために涙ぐみ、ものはかすんで見えました。私たちは神にあらためて感謝しました。

私たちは覆いのない溝になる寸前の下水道から枝分かれし、新しく掘り抜かれた下水道を通り、シロアムの池のずっと下に抜け出しました。低い丘陵の木の茂ったところで、羊が草を食《は》んでいました。夜が明けたばかりで寒気が漂っていました。私たちは筆舌に尽くし難いほど汚れて染みだらけでした。歩哨を置き、私たちはその日のほとんどを死んだように眠りました。夜になると小さなグループに分かれて、再び移動を始めました。危険はほとんどありませんでした。国中に私たちが移動しているのと同じように移動する人々が溢れていました。家を失った人々、流民、避難民でした。地方にいるローマの警備兵は僅かでした。私たちは異なったルートを選び、通り過ぎる小さな集落や村々で食べ物に不自由することはありませんでした。エルサレムの陥落や神殿の崩壊のニュースを村人たちに伝え、愛する人が死んだように涙する村人たちに食物を与えられました。

こうして私たちはマサダまでやって来ました。

15章　生き残りについて、そしてマサダ

マサダの最初の日々についての話し合いから、私はほんの少し身を引きます。実のところ、マサダでの生活のすべては、私にとっては言うに言われぬ、注意深く触れなければならない質《たち》のものです。そこで、父の家の庭にもう少し留まり、平穏で陽の降り注ぐ他の日々と同じような一日だった第五日目の話を聴くことにしましょう。エルサレムの城壁の内側についての物語に静かに強い関心を示して耳を傾けるエッサイと共に、私たちは多くの事柄を一遍に明るみに出しました。

シメオンは、神殿の崩壊について私たちが語るとき、涙が頬を伝うに任せていましたが、あの喜ばしい朝についてまず話しました。

「私たちの心は神殿の崩壊とともに死んだ。すべてが終わったのです。何千人もの捕虜がローマ軍によって捕縛された。どの捕虜もまるで抵抗を組織した張本人であるかのように見なされ

マサダ宮殿別荘に残る
石工のサイン

て、殺された。老人と弱者は殺された。殺されると告げられた人々が殺され、ローマ人に指名された人々が殺した。背が高く見栄えの良い捕虜たちは、ローマでの凱旋行進に使うために選り分けられた。他の人々について言えば、十七歳以上の人々は、鉄鎖につながれ、エジプトでの重労働に送り出された。十七歳以下の人々は、奴隷として売り払うために取って置かれた。数千を超える人々が、その当時私たちは分かっていなかったのだが、いわば、新しく神殿の外に設置された『見せしめ』のための巨大な捕虜収容所に収監された。エッサイは私たちにヨセフの、予兆や『徴』に対する愛着について話した」と老祭司は言いました。

「そうです。ヨセフはエルサレムの生き残りの人々や、エルサレムから他の場所に連れて行かれた奴隷たちが記憶している多くの予兆や徴を見つけるでしょう。戦争が近づくにつれて、ありとあらゆる声、ありとあらゆる種類の物語が耳に入った。広刃《ひろは》の刀のような大きな星が、街を見下ろしていたということを耳にした。他の例を言えば、過越しの祭りの宵の闇に、祭壇と聖域の周りに真昼の太陽のように明るい光が現れたと語られた。同じ過越しの祭りの間に、生贄になることを待っていた雄牛が子羊を生んだという物語が広がった。他の人々は、真夜中に、神殿の東門がひとりでに開くのを目撃したと、他の人々に語った。青銅で出来たその門は、動かすためには二十人のたくましい男が必要とされ、鉄で石にぴったり固定されていた。戦車や連隊が群衆の目の前を先を急いで通り過ぎて行ったことを、自分たちの言っていることに嘘偽りはないと誓って人々は口にした。ルツ、このことを書き留めているかい？」

「はい。あなたは自分が言ったことがすべて真実だと誓いますか。あなたの経験は一体、何だったんですか？」

「大きな音がして足下の地面が動いた。五旬節《ペンテコステ》には、たしかに、心は不思議なことを受け入れやすくなる。私たちは神殿の中で夜、最後の祈りの儀式を捧げていた。足下の動きと大きな物音は、半ば雷のようで、半ば人の声のようだった。内の神殿にいた二十四人の祭司がこれを経験した。他には誰もいなかった」

すぐ後に、これが百回目と言ってもいいのですが、私はサウルに、とりわけ、虐殺と奴隷化、さらには勝利の凱旋行進のための選別の話とともに、ローマ軍によって行なわれた生存者の殺戮処分について知ったいま、サウルの命が救われたことは奇跡だったということを話しました。

「命がけのゲームについて言えば」とエッサイが言いました。「ルツ、あなたの優しい弟さんは、自分自身の生き残りの問題に関しては口が堅い。サウルがその祭司らしい善良さの中にいささか老いたるエッサイの抜け目の無さを有していたと言えなくもないんじゃないか？」

サウルは微笑みました。それから真剣になりました。「たしかに、祭司であっても、もしくは祭司らしくふるまっても、あの最後の数日間は何の保護にもならなかった」。サウルは悲しげに言いました。「しかし、死体になることは、何でもないことで、数千人の外の人々のいるなかで、目立たないことだった。上の街では、最後の戦闘の間、そしてその一日か二日後、ローマ兵は狂犬のようになりあらゆる命令を無視した。あるいは命令は発せられなかった。そこであの狂気と虐殺の日々、生き残るためには、死んだふりをした。金持ちの死体は身ぐるみ剥がされ略奪された。そこで私は自分で見つけたもっとも貧しい人々の死体の間に横たわった。私はこの計略を思いついた最初の者ではない。死体のある家には、ときによって死んだ人と同じくらい多くの生きている人がいた。私はまた、ローマ兵にはネズミを怖がる迷信のあることに気がついた。そこでいつも胸の上に死んで目をむいたネズミを置いて横たわった」

「エッサイに匹敵する見事な計略だわ」とサラがまじめに賛嘆の声を発しました。「あなたも同じことをしたの、老祭司さん？」とサラはシメオンに尋ねました。

シメオンは頷きました。「シムも同じだった。シムは傷つき、世話されなければならなかった」

「立っている家を見つけることは、神の笑顔に出会うようだった」とサウルは言いました。「一団がマサダに去った後で、上の街ではひどい戦いがあった。私たちは自己流のやり方で戦い、それから別れ別れになった。私はシメオンと少女とあちこちに隠した他の一人か二人を探しに行った。そして私たちは死体と一緒に生活を始めた。何日間も。ひどい時期だった。計画は、真ん中の城壁の内側を谷の門まで下り、我が家が残っているだろうと考えた場所まで他側を登る道を何とか進むことだった。なぜなら、戦いが終わった後、奴隷の選別、役に立たない人間の殺戮、街と神殿の残骸の破壊が始まったからだ。しかし、我が家はまだ立っていた。奇跡だった」サウルはサラに向き直りました。「あなたが私たちを救った。家が病院になったとき、あなたは屋根裏に油や穀物を隠した。私たちはそのことを覚えていて見つけ出した。私たちは屋根裏で一週間半、生活した。それから下に降りて行って、掃除を始めた。第十軍団は血に飢えた一団だったが、いまや占領軍であり規律に復していた。私たちは干渉されることがなくなった。街の破壊は緩慢になり、あらゆる部分が何らかのかたちで損傷を受けると、破壊は止んだ。それとともに人々が生気のない虫のように穴から這い出して来た。やらなければならないことは沢山あった。その後はあなたがご存じのとおりだ」サウルは笑いました。「私の話はもうおしまいだ。エッサイに『命がけのゲーム』が何を意味するのか尋ねなさい、ルツ。私は十分話した」

ここでの死や破壊、略奪品や戦利品に対する人間の狂気に関するありとあらゆることが、太陽が燦々と降り注ぎ、鳥の鳴き声が満ちる庭で話題になりました。そうしたことは実際の体験をして来た私たちにとってさえも非現実的でしたから、他の人々にとっては一層現実離れした話だったでしょう。

「ティトスの命令によって街と神殿の廃墟が取り壊された」とエッサイが言いました。「もしも反抗でもすれば、強大で文明化されたローマがやってのける事を示すためだった。それから手当たり次第に昇進や勲章や祝賀行事を与えながら、総司令部において巨大な祝典が行なわれた。さまざまな神々に生贄がささげられ、大がかりな祝宴が行なわれた。祝典は約三日間続いた。それから歩兵軍団に第十軍団はエルサレムに留まるといった命令が通知された。われわれは海岸に向かい、カイサリアまで戻った。ヨハネとシモンは二人とも生きたまま捕虜になった。注意深く選別された捕虜全員と一緒になっての凱旋行進のためのローマへの二人の旅が手配されることになった。何が凱旋行進のための戦勝記念碑にふさわしいか、何が現金に換えられるかを調べるために、すべての戦利品が選り分けられなければならなかった。大勢の要員が必要だった。細かいところまでは行き届かなかった。ルツ」

「命がけのゲームのために選ばれた捕虜、とあなたが言った意味はどういうことですか？」

「そう、海路でローマに行くには夏が終わるととても危険が伴った。そこでティトスはちょっとした行進と自分を誇示する見世物を行なうことにした。そのような見世物はローマの伝統的な娯楽だ。大観衆が競技場を取り巻いてのんき気に座り、一団の人々が野獣に襲われたときどう対処するかを見守った。あるいは死ぬまで戦うことを強制された人々がどううまく戦いぬくかを見守った。勝者は生きることを許され、後日戦うことになる。この種の娯楽には大勢の人間が浪費された。そこでユダヤ人の捕虜たちは、この目的のための理想的な存在だった。捕虜たちはニュースになっており、ニュースは観衆の期待を膨らませ、また、捕虜は大勢いたからだ。ときによっては興業の趣向を変えるために、捕虜たちの一団が生きたまま焼かれた。ティトスはこうした大がかりな興業をしばしば催した。フィリポ・カイサリアやカイサリアの沿岸地方で。また、ベイルートでも催した。いろいろのことを祝うためだ。兄弟のドミティアヌスの誕生日を祝ったり、父の誕生日を祝ったりするためにだ。十分だろう、ルツ？」

「十分です。ティトスの父親のヴェスパシアヌスに関してはどうでしたか？」

「ローマでの大がかりな歓迎の式典は、ユダヤとの戦争の後、ティトスの立場をだれもが認め、安定したものになったことを示した。征服者ティトスのローマへの帰還は、エルサレム陥落後の年の半ばに手配されていた。この七、八カ月の間、われわれの旅と式典が続いた。アレクサンドリアで終わる長旅で、その途中で荒廃したエルサレムをもう一度目にすることになった。ティトスと友人のヨセフスは、廃墟の上で、長い哲学的な演説を行なった。ヨセフスは二人の大げさな演説を記録にとどめた。

アレクサンドリアでの大がかりな準備が、ローマへ向かう航海のために行なわれた。背の一番高い最高の美男美女の捕虜、七百人が送り出され、その後、ありとあらゆる種類の戦利品の船荷が積み出された。これらの略奪品とともに、半病人で栄養失調の様子のシモンとヨハネが、特別の監視付きで出航した。

われわれがティトスの信頼に足る部下として乗船し、帆走したティトスの船は、堂々たる帆船だった。航海に際して、天候は申し分なかった。ローマに到着すると、誇り高い父のヴェスパシアヌスと元老院全員に引き合わされた。その日に、すでに凱旋行進が予定されていた。このことをもっと聞きたいか、ルツ？　顔色が悪いぞ」

サラが語気荒く話しました。「他の機会にして。とても我慢できない。偉大な歴史家のヨセフスが、その件に関して微に入り細に入り書き留めることは疑いないわ。その凱旋行進でローマ人がシモンとヨハネを殺したの？」

「ユピテル・カピトリヌス神殿でシモンだけ殺された。ヨハネは生きて鎖に繋がれたままだった。その後まもなく、ヴェスパシアヌスは、平和の神殿を建てる計画を発表した。そこではエルサレムの神殿から略奪した宝物を始め、世界中から集めた宝物を展示することになっていた。黄金の器や燭台、壺やランプなどだった。しかし、ヴェスパシアヌスは、内側の神殿の深紅のカーテン、トーラー（律法）の巻物は宮殿で安全に保管されるだろうと語った」

話は途切れ、しばらくの沈黙と重苦しい雰囲気がありました。それからサラが、シルヴァを思い出しながら、そのローマでの「凱旋」の期間に、街の名の改名や凱旋門やアーケードの建設が行なわれたかどうか、エッサイに尋ねました。「改名も建設もあった」とエッサイは言いました。「標準的に実行された。勝利を記念するために」

「しかしまだ、マサダでは勝利を得ていなかった」

「そのとおり」とエッサイはサラに心遣いを示しました。「マサダが重要だと考えられ始めるほんの少し前の時期だった。未完成の仕事だった。ちょっと面子《めんつ》が潰れた。未実行の掃討作戦の一つだった。順を追って。ヘロディウムとマカエラスの掃討作戦の後にマサダだ」

マカエラス。そこは、熱心党がもっとも勇敢な仲間の一人の命を救うために、街の上の要塞を放棄した場所であり、ローマ人が下の街に入り込み、二千人近い住民を虐殺したところでした。そこのヤルデスの森の中で、ローマ軍はマカエラスの熱心党の残党を罠にかけ、皆殺しにしました。そこでは、熱心党が、エレアザルの弟、『息子たち』の第二子、私の優しい従兄弟のユダに率いられ、最後の一人になるまで戦いました。

ルキリウス・バッススがヘロディウムとマカエラスを奪取しました。バッススはイスラエルの総督となり、イスラエルで死にました。

弟のサウルが言いました。「バッススは、イスラエルのすべてのユダヤ人がそれまで神殿に払ってきた貢物をローマに支払うべし、というヴェスパシアヌスの要求を実行するに十分なだけ長生きした。もはや貢物ではなく、税金だった。容赦なく取り立てられた」

「バッススの後任ついては深く思いめぐらされた」とエッサイが言いました。「イスラエルはゲルマニアやさまざまなガリア諸国と同じ国の一つとしてみなされていたが、重要度は低かった。ゲルマニアやガリア諸国にもまた反乱が起きたが、服属させられていた。イスラエルは新しい総督として行政官あるいは軍人のいずれを置くべきか。そのとき、ある人々は、マサダについての最近の報告を思い出していた。マサダはすぐ近くのマカエラス同様、山の上の難攻不落の要塞だった。しかし、マカエラスと違って、征服されていなかった。食糧供給に不足がないように見える、熱心党の住居であるとともに、抵抗の象徴だった。そして誰に聞いても経験豊富なゲリラの戦士たちの集団だった。ティトスが晩餐での会話において『全世界の強大な征服者』として語られる際に、マサダの攻略の遅れが宮廷での悪い評判になった。そこで軍人が選ばれた。フラヴィウス・シルヴァ将軍だ。私は一度もシルヴァと会ったことがない。あなたとサラは私より先に彼に会っている。私に関していえば、当時、ローマはもうたくさんだった。私は、時間をかけて多くのことを見ながら、短い航海でほとんどは陸路を経て、イスラエルに帰って来た。帰還までに約二年の時間が経過していた。その頃シルヴァは約一カ月、マサダに下っていた。いまはカイサリアにいる。シルヴァはエルサレムにはやって来なかった」

宮廷で「こそこそささやかれる悪意」に満ちた話題を一掃するために「軍人」が指揮官に指名されたことを明るい声で語ったことで生まれた、私とサラの二人の悲しみに気を遣いつつ、エッサイはその声の調子をエッサイにはもっともふさわしからぬものに、ほとんど優しいと言っていいものに変えました。

「マサダについて私に話して下さい」とエッサイは言いました。「最初に見た印象を。その美しさについて、そこでの生活について話して下さい。私はそこでの死については知っている。最初の日にあなたはそこで何を見ましたか？　どんな一日でしたか？　私に話して下さい。サラ、あなたには話すことがあるはずだ。ルツにもまた話すことがあるはずだ。良い思い出を分かち合えば、悪い記憶は少しは薄れるだろう」

声の温かさとマサダへのこうした関心は思いもかけないものでした。私は涙ぐみ、鼻を詰まらせました。サラもすぐに同じように鼻を詰まらせはじめました。心なごむ瞬間で、私たちは泣き笑いの表情を浮かべました。

「私たちは、夜が明けると初めてマサダの山を目にした」とサラが語りました。「私たちの小さな集団は、エレアザルに指示されたルートを取った。ヘブロンの真近まで行き、死海沿岸のエンゲディまで川床に沿って進んだ。それから死海の沿岸に続く丘陵の低い斜面をほとんど一日辿りながら進み、小さな村で数時間眠った。そしてまだ暗いうちに出発した。空が明るむにつれて、私たちは山々の全容を目にした。そのうちの一つがマサダで、他の山々と変わらぬ姿だった。近づくにつれて、エンゲディから私たちを引率して来た二人の熱心党員が、私たちが目指している山を教えてくれた。平らな頂上、壁、頂上の周囲の見張り塔が目に入った」

二人の熱心党員のうちの年長の男は、筋骨たくましく頑丈そうな外見で、若くはありませんでしたが、背が高く、静かな男でした。しかし礼儀正しく、私たちの一団の若者にも優しく接しました。私たちは四人の孤児と母親を連れたユディトを入れて約二十人前後の一行でした。内陸部を歩きはじめて山の麓まで来ると、筋骨たくましい男が立ち止りました。山の頂上の外郭は、いまや太陽の光を浴び、なだらかな斜面は夜明けのピンク色に染まっていました。

「御覧なさい」と私たちのすぐ近くの平らな頂上を指して男が言いました。「空の宮殿です」。最初、私は男が山そのものを隠れ家だと言っているのだと思いました。実のところ、私はそのとき以来、心の中では山を隠れ家と呼びました。山頂の外郭の壁と塔は、あまりにも高く聳え立って見えました。しかしそのとき、私は目にしたのです。宙吊りの宮殿。宮殿は岩を切り開き、平らな頂上にある壁の下に三段に建てられていました。はるか離れたところ、ずっと下から、私たちのいるところからでさえも、宮殿の大きさと美しさを知ることが出来ました。大理石の柱や欄干《らんかん》が光り輝いていました。金属がキラリと光っていました。壁の上の方の装飾してある部分や屋根には鮮やかな色が塗られていました。

サラが不平たらたらで、両手に子供たちの手を取っていました。「一つの宮殿からもう一つの宮殿まで。子供たちよ、おいで。上りはきつそうだわ。頂上に登ってから景色を眺めましょう」

きつい登りでしたが、しばしば休憩しました。道はでこぼこで、何度も折れ曲がり、始終太陽に全身を照りつけられていました。九月の太陽は、間もなくとても暑くなりました。とりわけ、海抜零メートル以下と言われている死海地域ではひどい暑さでした。

アブロムという名前の筋骨たくましい男が、妊娠し、ごく最近夫を殺されたユディトの母親を献身的に助けていましたが、わずかな日陰で私たちが休憩している間に、ヘロデ大王がマサダをいまある豪華な要塞にしたことを私に話してくれました。「しかし、ヘロデ大王がマサダを要塞にしようとした最初の人ではない」とアブロムは説明しました。「岩からマサダという名がついた。最初に、ユダ・マカバイ（偉大な金槌のユダの意）の血統に連なるヨナタンによって要塞にされた。ヨナタンの精神は、私は誓ってもいいが、エレアザルの中に生きている。エレアザルはあなたたちをエルサレムから連れ出した。メナヘムが来て、ローマ軍からマサダを奪ったとき、メナヘムの『権威と支柱』は、彼の甥たち、エレアザルと彼の兄弟、ヤイールの息子たちだった。シモンの死を耳にすることは自分の兄弟を失ったに等しかった。しかし、死海を横切り、――アブロムははるか下にある静かな湖を手振りで示し――マカエラスで、我らがユダは持ち応えている」

私たちが頂上に着いたときはほとんど正午で、太陽が真上から照りつけていました。私たちは日干しのようになり、埃《ほこり》まみれでした。道はほんの少しの間、平らになり、木と鉄で出来た高い門で途切れました。門は私たちが到着すると開かれました。多くの仲間を連れて、エレアザル自身がそこに立っていました。私たちは取り囲まれ、まっすぐ屋根の下に連れて行かれ、食物と水を与えられました。

「あれは私が今まで飲んだ水の中で一番おいしい水だった」とサラが言いました。「大空の中の陽に焼かれる平らな土地の上で、飲料にし、体を洗い、調理する水で歓迎されることは、場所が場所だけに大きな驚きだった。私たちはマサダで三年近く暮らしたが、水が不足することは決してなかった。ヘロデ大王の建築家たちは、天才たちだった。雨は一年におそらく十二回降った。しかし、私たちのために天が空っぽになるほど。無駄になる水はほとんど無かった。硬い岩を掘り抜いて山腹を利用して巨大な地下の貯水槽に雨水を集める、水路と水道があった。五百人の人がそこで立てるほどの大きさの、大きく聳え立つ広間に、水が満たされた。奇跡じゃない、ルツ？」

そのとおり、そのとおり。私たちユダヤ人の歴史にはどれだけ多く、水が奇跡に際して登場するでしょう。偉大なるモーセは、岩から水を打ち出し、海の水を分断しました。ヨシュアもまた水の奇跡を起こしました。エリシャは鉄の斧を水に浮かべ、また苦い水を甘い味に変えました。水浴によって心と身を浄めることは私たちの律法の一部です。

「とても多くの奇跡が起きている」とサラが言いました。「エッサイ、ご存じのように、シメオンはある種の誇張を用いることでヨセフスは有名になったと言う。そのような誇張を用いていると思われることなく、マサダを一度も見たことのない人にマサダを伝えることは難しい。あの山の平たい頂上は、本当に王様にふさわしい場所です。王様とその宮廷、召使い、それに将軍たちと兵隊にふさわしい場所。まがいものは一つもない。あるいは、おおよそ『すべてが手に届くところに』にある。すべてが計画され、注意深く建てられ、美しく仕上げられている。下は砂漠で、人里離れた、塩分が濃すぎてなにも生息できない大きな湖の上に、ヘロデ大王は、大王にさほど好意を寄せていない人々からも、帝国への野望を抱いているクレオパトラからも、逃げ出すための場所を用意した。マサダはあらゆる意味で、家庭の外の家庭、要塞の王室になった。私たちが眺めて感嘆するのは当然でしょう、ねえルツ？」

マサダはまったくこの世のものとは思えない場所でした。何日も何週間もそのまま心に焼き付けられました。私たちはテロル、戦い、火災、煙、それに絶え間のない騒音から逃れてやって来ました。マサダは静かでした。とても静かでした。エルサレムは城壁の外の別の丘陵地帯から望める丘陵にある場所でした。マサダの外壁と塔の内側では、空だけが目に入りました。私たちは大空に、宮殿に、宮殿の中の宮殿で生活しました。新来者はすべて同じような感動を味わいました。変化は広範囲に及び、夢のようで、あまりに大きすぎて、うまく呑み込むことが出来ませんでした。とりわけ、私たちのように、栄養失調と疲労に苦しみ、心の中の光を求めて来た人間には。壁画や見事に仕上げられた石彫の一つの前に夢見心地で佇《たたず》みながら、振り返り、もう一度、さらにもう一度空を見上げると、同じ感動に捉われました。

「……巨大な貯蔵庫」とサラは言っていました。「石について言えば、それぞれに異なった用途がある。これは穀物用、これはワイン用、これはナツメヤシ用、乾燥果実用、野菜用、オリーブオイル用、オイルの圧搾用、といった具合だった。オイルはもう一つの貯蔵庫に保存されていた。マサダにはあらゆる種類の住居があった。兵舎から宮殿まで。山頂ぎりぎりに立つ隔壁そのものが家だった。窓と屋根が内側の壁にも、外側の壁にもついていた。大きな部屋と小さな部屋があった。数え切れないほどたくさん部屋があった。私たちはそうした部屋を使った。広いテラスと一休みするための階段の付いたとても深い水泳用のプールがあった。とても温度の高くなる部屋と涼しくなる部屋のあるローマ風の浴室があった。それに、飛び込み用の小さなプールがあった。すべてにタイルが貼られ、壁には絵が描かれていた。豪華だった。私たちはローマ風に裸になって体にオイルを塗ったりすることはなかったが、体を温める場所として座るために熱い部屋を使った。住民の中にカイサリアでローマ風の風呂を作る手伝いをした男がいて、部屋を熱くする方法を知っていた」

16章　中空の宮殿

マサダ宮殿別荘の
コリント式柱頭

マサダの熱心党の人々が、どうして美しい別荘や宮殿で生活するよりもむしろ隔壁がむき出しになった部屋で生活する方を好んだのか、不思議でした。または、別荘や宮殿を使う際に、サロンの一隅や中庭の一部を使う方を好んだことも不思議でした。その理由を説明することは困難です。たしかに、熱心党員は、規律や一定の信条に忠実な態度を必要としていました。宗教上と生活上の観点から、見せびらかしや虚飾を馬鹿にしていました。ヘロデ大王の生活の仕方にまつわる必要以上の「きらびやかさ」を蔑《さげす》みました。エレアザルはいつも実際的でした。「生活したいところで生活しなさい」と言っていました。「ただし、呼べば応えられるところ、風を避けられるところ、屋根の下、水の側、他の人の近くで。すべては配給され、すべての必要は満たされる。だれもが共通の善に向けて働く。だれもが規律に則って生活する。なければならないから規律がある。しかし、それらの規律は良識に従い、全員の合意によるものだ」

実際、私たちは見事な調和の中で生活しました。エレアザルの「良識に従った」規則はわずかでしたが、はっきりしていました。私たちはエレアザルの味方でした。マサダは「哀れな避難民」の隠れ家ではありません。反ローマの戦士たちが最後の抵抗を行なう場所でした。このことはローマ人にとって周知の事実でした。私たちの間の不統一は最も愚かなことでした。エレアザルが私たちに優しく思い出させたとおり、反乱の初期には不統一が目立ちました。「私の伯父は」とよくエレアザルは言いました。「偉大なメナヘムは、ローマ人からマサダを奪って、そこの武器をエルサレムに提供したが、自分たちの生活の仕方に危険であるとメナヘムを見なしたエルサレムの人々によって殺された。多分、私の伯父は、国の指導や準備についての考え方においていくつかの誤りを犯したのだと思う。しかし勇敢な同志のみなさん、メナヘムの恐ろしい死は、不統一の結果だった」

賢明なエレアザルは冷静に、激することなく、簡単に、問題点を指摘しました。そして賢いエッサイは私たちにマサダのことを話させようとしていました。言葉が溢れました。心は記憶を探り、その中から話すべき、そして共有すべき記憶を選び出しました。エッサイは間違っていませんでした。私たちは、最初の日々について、それから悪夢のような最後の日々について話しました。私たちは、親切な歓迎の意、共同体の中の居場所を探すための手助け、同行した孤児たちの流した涙について思い出しました。孤児たちはすぐに、全員、自分たちの子供を持ち愛を分け合う用意のある何人もの両親たちに安住の場所を見いだしました。読者のみなさん、マサダには愛が溢れていました。私たち全員は小さな一団となってエルサレムから無一物で到着し、すでにそこにいた熱心党の守備隊に合流しました。熱心党のマサダ守備隊自体、戦争開始以来、ケスティウスの敗走以来、四年を超えるローマ軍の度重なる大虐殺の生き残りたちでした。

私たちは虐殺を生きて逃れることが出来た幸運な者たちでした。私たちのうちの有名な金持ちもここでは無一物の人々と同じでした。マサダの岩の上には狡《ずる》さを生かす場所はありませんでした。統治は非利己的に行なわれていました。分かち合いと気配り、それが私たちの生活態度でした。私たちは聖人ではありません。それぞれの気質や気分がありました。しかしまた、私たちにはエレアザルがいました。エレアザルは、仲裁したり、裁定したり、傾聴したりする間合いに対する奇跡的な本能の持ち主でした。あるいは、いがみ合いや涙と呪いの大騒ぎが最高潮に達するまで議論させ、それから彼の裁定に従い、新しい結末や笑い声に至らせることが出来る奇跡的な本能の持ち主でした。

「壁の内側では、なすべきこと、見るべきこと、考えるべきことがとても沢山あった」とサラは回想しました。「私がそう呼んでいた、中空の宮殿を思い出すのさえもほぼ一カ月かかった。中空の宮殿は壁の外側だったのよ」

サラは真実を語りました。中空の宮殿――他の名が思いつきません――を、下から、埃まみれで、疲れ切って、最初に目にしたとき、夢のような印象が残っていましたが、マサダでの最初の数週間で消え去りました。というのは山頂の平らな台地からは、中空の宮殿は目にすることが出来ません。平らな台地の端に、貯蔵庫とローマ風の浴室と司令部の建物がありました。

それらのすぐ近くにいつもいた隔壁と塔がありました。宮殿は壁の反対側にあって、しかも、壁の下にあるので、目に入りませんでした。夢のような印象が心から消えてしまえば、宮殿が現実にそこにあってこの目で見たという実感を取り戻すことは出来ませんでした。

他にも「目で見て考えるべき」多くのことをサラは話しました。ダイアモンドの形になっている台地の反対側に、二つ目の大きなプールがあり、そのすぐ近くに、そこまで長い階段を下りてたどり着く巨大な地下の貯水槽がありました。壁の中で歩いて行ける唯一の貯水槽でした。私たちがローマ軍の到来を待って、待機していた場所です。壁が台地の南端で合流する場所で、守備隊がその頂上から何マイルも先まで見渡せる頑丈な作りの要塞がありました。

「私は自分なりに神と共に生きて来た」とサラが言いました。「しかし、マサダでは、礼拝と祈りに関しては何事も注意深くなければならなかった。シナゴーグ（注・ユダヤ教会堂）は、多少なりともエルサレムにもっとも近い場所、北西の壁に向かって建てられていた。シナゴーグは、ヘロデ大王が作り、ローマ軍が傷つけ、私たちが修理し、いくらか改善した。私たちは信仰に厳格だったが、数人のクムランの信仰者たちが彼らの居住地からマサダを訪ねて死海の沿岸にやって来たとき、彼らは私たちを異教徒のように感じさせた。驚くような連中だった。一日に分刻みで規則と教訓があり、私たちがそうであるように、神が彼らの唯一の王だった。そして私たちと同じように、もし必要であれば、戦う。マカエラスの陥落後、彼らは居住地を捨てて、四散した。彼らのうちの幾人かがわれわれに合流し、彼らの聖なる巻物を持参して来た。それを十分神聖な唯一の場所として、シナゴーグの特別な小さな部屋で保管していた」

クムランのこうした人々は、その秘儀的な生活の仕方と寓喩《アレゴリー》に満ちた話し方とで、何とも不思議な人々でした。神の御旨《みむね》を求める者ら、義の教師ら、恐れるべき者ら、宗規要覧、光と子らと闇の子らについて、クムランの人々は語りました。悲しいことに、こうしたことを、クムランの人々が私に語ることはありませんでした。私が女であるゆえに彼らの秘儀の圏外にいるからです。信頼がないか、さもなければ実際にあまりに多くを見て来たからでした。残念でした。クムランの人々に興味津々だったからです。メナヘムがクムランの人々の思いの中に英雄として場所を占めていることを聞いたのは他の人々からです。直接的な関係によって、エレアザルも同様でした。

「さて、私たちは、水に関してヘロデが浪費したように浪費することはなかった」とサラは言いました。「ヘロデは水を運び上げるために数百人の召使に山を上り下りさせた。しかし、ともかく私たちはうまくやっていけた。儀式の水浴も忘れられることはなかった。二つの素晴らしい『ミクヴェ』があった。熱心党の人たちが作ったものだ。そこで、浸水用の水槽のすぐ隣の小さな水槽に集められた雨水の数滴で、〝直接流れる〟水として〝たくわえた〟水を浄化した（注・儀式水浴は、流れる水でしなければならない掟があった）。賢明でもっともな方法だった。あなた方は知っていた？」それからサラは大きな声で言った。「あらっ、あなた方三人のうち二人は祭司ですよね」。サラは、出来事を生き生きと甦らせる、持って生まれた才能で、次から次に物語を語り続けました。

一呼吸置いて、エッサイが言いました。「中空の宮殿について話してくれ、ルツ」。私は自分がその話をしていないことに、そしてその話をすることに気乗りしないことに気がつき、驚きました。それは一瞬のことでした。そして自分が西の宮殿を語ることをどう感じているかに繋がっていたと思います。西の宮殿でマサダは死に、私たちが孤児たちとともに待機していた大貯水槽は生き続けました。マサダをそのような記憶に結び付けることは、奇妙なことでした。中空の宮殿は、悲劇や悲しみの響きとは無関係に私の心に立っていました。むしろ甘美な響きを伴っていました。私はエレアザルとたった二人だけで、涼しい朝に、太陽の光を浴びて銀色に輝く、中空の宮殿を初めて目にしたからです。

その朝の思い出は話をする際に力になりました。しかし、誰が、中空の宮殿を声に出して語ったり、ペンで記したりして表現できるでしょうか。台地に立つ西の宮殿は、ヘロデ大王の「公式」の官邸だと言われていました。そこでヘロデは、実務をこなし、王様のように統治しました。しかし、三つのテラスのある中空の宮殿では、ヘロデは休息し、寛ぎ、愉楽《ゆらく》に耽りました。無理なく信じられました。なんせ、眼にまばゆく、心を蘇らせる三層の別荘です。テラスはいつも日除けがあり、山全体で風を防ぎました。空気は静謐《せいひつ》で芳香を放っているようでした。静かになると、中空の宮殿は不思議でした。上の方で、頂上で、下からの物音がはっきり聞こえました。

私たちは、うっかり見過ごしかねない、飾りのついた小さな門をくぐって上層のテラスに着きました。小さな門は、大きな貯蔵庫とローマ風の浴室の背後に立っていました。ひとたび門をくぐると、たちまち、異なった感じ、すべてのデザインがやや明るくなった感触を抱きました。柱はより細くなり、アーチは一層繊細になり、金属細工はより空想をかき立てるものになりました。私たちは、天井のない中庭を囲む、白いモザイクで表面がおおわれた壁の一群の小さい部屋に入って行きました。部屋の中には光が差し込んでいました。それぞれの壁にはとても見事な壁画が描かれていました。壁画の主題はそれぞれ異なっていました。床は多くの色を使った象眼模様で装飾されていました。私たちは腰の高さの手すりの付いた半円形のバルコニーを出たり入ったりし、息をのむ景色に目を凝らしました。遥か下には死海が青灰色にきらめきながら、遠くに延びていました。エレアザルは遥か彼方のエリコの平野に連なる、エンゲディの白い屋根を私に指し示しました。

私とエレアザルは手すりから身を乗り出し、下を眺め、二層下の別荘を目にしました。私たちのすぐ下の別荘は、円形で空に面しており、背後に家と同じ大きさの屋根の付いた部分があり、それが岩肌に繋がっていました。エレアザルは私の腕を取り、一群の部屋の中の一つの外壁へと手すりが後方にカーブしている所まで、私たちは歩いて行きました。下へと降りる階段まで続くアーチ門のある通路がありました。小さな床面があり、そこから階段がくり抜かれた固い岩の間を、螺旋状に降っていました。山腹へと切り通しになった狭い裂け目以外からは明かりが射し込まず、注意して歩かなければなりませんでした。

私たちは、二つの部屋の間にある土地の間、先に上から見下ろした屋根つきの中庭へと入って行きましたが、そこは装飾のある壁で支えられていました。日陰になった中庭の柱は、アカンサスの葉飾りのついた柱頭と素晴らしい基礎に支えられた、細部がローマ風の柱でした。

こうした形は、岩面から湾曲して連なっている半円形の柱にもそっくり採り入れられていました。柱の間の壁は完全に平らで、田園の景色が描かれていました。その出来映えは、名人芸でした。中庭を取り巻く柱同様、壁の柱は、どっしりと据え付けられていました。柱が、湾曲した材木で出来た目を引きつける屋根と重い粘土のタイルを支えているからでした。

テラスの空に面した円形の部分は、二つの低い壁に取り囲まれていました。低い壁の上には、屋根を支えている柱と同じデザインですが、それぞれの細部はもっと軽快でもっと繊細なデザインの柱が間隔を置いて配置されていました。柱は湾曲した彫刻のある小壁を支えるだけでしたが、屋根を支える柱や二つの壁同様、白い漆喰で仕上げられており、空の青さと砂漠や山々の明るいこげ茶色をより豊かに、より生き生きとしたものに見せていました。

私たちは別荘の雰囲気とお互いの気分にふさわしく黙ったままでした。再び降り、もう一度螺旋階段を下って行きましたが、今度下った螺旋階段は岩の外面を削り取り、同じ石で出来た湾曲した壁で取り囲まれていました。石工たちは冷静な神経の持ち主だったに違いありません。壁が垂直に削られていたからです。

最下段のテラスは三つある中でももっともけばけばしく飾り立てられており、野心に満ちたものでした。作り上げるのに一番苦心したに違いありません。山の頂上から百フィートを超える下にあり、上の二つのテラスより、ずっと空間に広がりがありました。

「この一番下のテラスは」とエレアザルが私に言いました。「私がヘロデ大王を知りたいと思うようになった理由の一つだ。マサダの全貌は驚異に満ちている。そしてあの山の不思議な部分へと下るのがこの別荘だ。名建築家だったヘロデは、七十歳で死んだ。ヘロデは病に倒れ、憎悪の的になり、気が狂って死んだ。けれども、ヘロデの心が完璧に仕上げられた美しい構造物と壮麗な建物ではちきれそうになっていた時期があった」

「なぜあなたはこの最下段のテラスをそれほど誉めそやすのですか？」と私は尋ねました。

「見回してごらん、ルッ。あなたは四方に柱廊のある真ん中の中庭に立っている。回廊の一方の側にはローマ風の柱廊、絵の描かれた天井、湾曲した石がある。柱廊のうちの三つは外に向かって開かれている。上のテラス同様、山に面している一つのテラスは、柱に合わせて湾曲してえぐられ、天井画を描く画家のためのキャンバスとなる岩を使っている。この一番下のテラスの設計は、上のテラスの円形の設計とその上のテラスの半円形の設計を完全なものにするために正方形になっている。この正方形のテラスは、当初の予定より大きく、広く設計されている。しかし、この正方形のテラスは、狭い山の尾根に身を乗り出すように建っている。まったく不可能だとは言えないが、砂漠のごつごつした岩の頂上に建てることがほとんど不可能に近い建築物だ。どれだけ多くの建築技術のベテランたちが、一番下のテラスの建築は不可能だ、あるいは必要ない、もしくはもっと狭く、小さく作るべきだとヘロデに進言しなければならなかったか、想像してごらん！　しかし、進言は聞き入れられなかった。テラスはヘロデの望みどおり作られた。その下にもう一つの『不可能』をリストに付け加えるかのように、ヘロデ用の浴室が建てられている。冷水のプール、低温の部屋、熱い部屋の三室によって構成される浴室だ！　熱する方法は上にある浴室と同じ方法が採用され、上の浴室よりさらに高価な装飾が施されている。行って、見せてあげよう」

浴室は美しく、どこまでも晴れたその日の朝と同様、私の心に刻みつけられました。私たちはテラスをゆっくり通り過ぎ、第二の奇跡に遭遇しました。二人は、別荘へと続く小さな門の近くの石の座席の上にしばらく座り、エレアザルはもう一度ヘロデについて話をしました。

「一人の人間の中に多くの人間がいる。荒野に聳えたつ山を選んだ人間。どういうものになるか、心の中にはっきり姿を描く人間。そしてそのとおり実現させる人間だ。そのような心を持つ人間に実現できないものがあるだろうか。マサダ全体が、奇想天外な頑固さの記念物だ」

エレアザルはそれからしばらく沈黙し、それまでとは違った口調で話し出しました。「マサダの建築物を作り、それをたえまなく運営するために数百人が死んだと言われている。多くの人間を殺したヘロデはマサダを滅ぼし、未だにここに潜み、山の上に生活する人々から定期的に使用料を取り立てているという伝説がある」

私はエッサイや他の人にはマサダの伝説についてエレアザルの語った話を伝えませんでした。どんな目的のためだったのでしょうか。エレアザルはしばしば私に死や死ぬことについて話しました。私たちはとても多くの死を見て来ました。威厳や静謐を奪われた死、大きな暴力もしくは飢餓による死は、本当に目にすることが怖ろしいものです。私にとって死は、青ざめた流し眼、血を滴らせた口、それに悪臭を放ちながらの絶叫です。私などが経験したよりはるかに多くの死に立ち会い、自らも人を殺し、血と悪臭の中で生きて来たエレアザルにとっての死は、そのようなイメージではありませんでした。

「私たちは生と死の生起を理解出来ない」とかつてエレアザルは言いました。「どうしてわれわれに理解出来ようか。神だけが生と死を決める。もし人が死ぬことになったら、その死に方はたいしたことではない。時期が来たのだ。その人間の終わりが来たのだ。聖書に記されていることだ。長老たちが大きな罪だと言っている自殺でさえも、神が人間の心を自殺に導かなかったとどうして確信できるだろうか」

こうしたエレアザルの言葉についても私は庭では黙っていました。エッサイはほとんどが百年は経っているマサダの建物の修復の状態について尋ねました。

「驚くべきよ」とサラが言いました。「空気がとても乾燥しているせいに違いない。あるいは何かあるに違いない。みな、すべての建造物が永久に存在し続けるという感じを抱く。おそらく、すべての建物が最善の工法で、入念に仕上げられているからよ。驚くべきよ。少しは欠け、少しはみすぼらしく、少しは形が崩れていたけど、決して廃墟じゃなかった。あちこちに欠けた破片があった。熱心党の人々は、自分たちの住む建物を修理するために破片を集めた。しかも、何もかもがまだ使える。マサダは百年経過しているかもしれないが、つねにそこで生活している人がいた、と言われている。無理なく信じられる。数マイル四方で、水が手に入る唯一の場所だから！　水があればどんな植物でも砂漠で成長するし、マサダには良い土壌があっただけでなく、優秀な農民がたくさんいた。蜂蜜が大好きなので、蜂がいないのが寂しく、花を栽培しようとする人がいた」

サラは話し続けました。日々の生活、共同体の集会、子供たちの授業、当番制の見張りの義務、特別な必要や情報を求めてすぐ近くの居住地まで小グループで山を下りて出かける遠征などを。配給制、安息日や祝日、断食の注意深い遵守についても語りました。それからサラは少し悲し気になり、まずヘロディウム、それからすぐのマカエラスの陥落の知らせを黙って受け入れたことを話しました。マカエラスの陥落に際しては、私たちの間では名を知られた、エレアザルの弟、愉快な性格のユダの死が知らされました。

ユダの死の報がもたらされた日、エレアザルはいつも使っている西の宮殿にある部屋に、一日中何もせずに座っていました。私たちは遠ざかっていました。突然、戦争が再び身近に迫って来ました。私たちは黙ったまま、心の中の最大の関心事を避けていました。例によって、沈黙して過ごした日の後、私たちを一緒に集めて、考えを口に出したのはエレアザルでした。

「マサダだけは屈しない」とエレアザルは言いました。「次はわれわれの番だ。ルキリウス・バッススはマカエラスを奪ったが、どうみても病人だ。そこでわれわれには時間がある。水も漏らさぬ防御の仕方を検討し、恐れを抱かぬことだ。マサダは要塞で、すぐれた武器があるし、自立出来る。われわれはマサダの城壁の強さに匹敵するだけの強さを自ら身につけなければならない」

その日から斥候と使者が毎日、異なった方向に出されました。そして私は諜報の仕事に戻りました。マカエラスはずっと北になる、死海の彼方の岸辺にある別の要塞でした。ローマによって掃討されたグループの再結集の時期になっており、その運動が死海の北岸やヨルダンにまたがって、あちこちで起きていました。丘陵地帯でも、砂漠地帯でも。

バッススの死と予想される代わりの人間の情報が入って来ました。

「あなた方の『軍人』は」とエッサイに向かって強い口調でサラが言いました。「フラヴィウス・シルヴァ将軍。私たちに対して練られることになっていた作戦の規模について、私たちは多くの助言を与えられました。私自身について言うと、その助言をさほど重要視しなかった。あるいはそうした助言をまとめて役立てることに十分注意を払わなかった。そうじゃない、ルツ？」

「はい、エルサレムとマサダは別物でした。私たちは砂漠の中の要塞にいました」

「どんな助言だったのかい、ルツ？」とエッサイが尋ねました。

「ローマ軍の偵察隊が、ナバテアからマサダの南まで散らばり始めて、強制労働の要員をかき集めていました。多い少ないはあるにせよ、どの場所でも労働者の提供が命じられていました。農業労働者、石工、パン焼き人、あらゆる種類の人々でした。それから、マサダの周囲全体、あらゆる方角にローマ軍が突然、重圧をかけて来ました。もっとも軽くて、『種類を問わない強制労働要員』をかき集めるという処罰が下されました。どの場所でも、占領軍が増えるに従い、イドマヤや低地ユダヤの占領軍に納める賦課《ふか》が増えることになると言われていました。おまけに、ローマ軍の補給係が、日付と場所を空白にしたままの引き渡しということで、穀物を集め、まあまあの価格を支払う巡行を始めました。材木商人は、ローマ軍の命令で全在庫を没収されました」

「おそらく」とサラが言いました。「私たちは二つの土地を指揮下に置くことも一つにまとめることにも気が進まなかった。マサダ自体が多忙を極めた。私たちは弾丸にするための石を切り出していた。小さい石は投石器用に、大きい石は城壁越しに落下させるために。弓を射るに十分な歳の全員が、弓の使用法を手ほどきされた。十分な量の矢を作った。出来るだけ多くの弓が集められた。油を浸みこませた松明が束にして用意された。油を煮えたぎらせる大釜とともに、焜炉《こんろ》が狭間《はざま》付き胸壁に配置された。エッサイはご存じでしょう」とサラが言いました。

「煮えたぎる油の、敵を防ぐ絶大な効果を私たちが信じていることを」

エッサイはとても好意的な視線をサラに向けました。「私も同意見だ。おばちゃん。私も同じだよ。ローマとマサダが戦ったのは、戦闘を開始したのは何時だったんだい？　ルツ」

「エルサレムが陥落して、およそ二十カ月後に、私は初めて山の下にローマ軍を目にしました。はるか遠くででした。ごく少人数の小さなグループでした。偵察か探索をしていたのでしょう。およそ四日後になるとローマ軍はあらゆる角度から私たちを調べ始めました。ローマ軍がもっとも近付いたのは、ホワイト・クリフを守るために山の西側斜面の下にヘロデが築いた塔まででした。ホワイト・クリフは頂上から五百フィート以内に隆起している西の峡谷を渡るための唯一の自然の岩で出来た橋でした。私たちは塔に人員を配置しませんでした。谷の入り口から頂上までの五百フィートを登攀《とうはん》することは困難を極め、防御がたやすかったからです」

「偵察隊が去った後で何が起きたのかい？」と弟が尋ねました。

「何も起こらなかった。約十日間、多分二週間は」

「それから何が起こったの？」

「毎日毎日無人の砂漠を見下ろすことを習慣にすることを想像してごらんなさい」とサラはニコリともせずに言いました。「マサダ同様の近くの山々、その間にある深い谷と小渓谷。東は死海、西は砂漠。それがある朝、見張り全員から同じ報告が届いた。大部隊が接近して来ると。死海の沿岸に沿ってエンゲディから下って来る部隊。ナバテア方面からやって来る部隊。そして西の三方面、ベエルシェバ、ヘブロン、エルサレム・エリコ方面からやって来る部隊。最大の部隊はエルサレム・エリコ方面からの部隊だった。遥か遠くの大勢の人間を見下ろすことの奇妙な感じを知っているでしょう。埃の切れ端や尻尾をまとって移動するしみ。しみは台車の一種だった。このとおりでしょ、ルツ？」

「そのとおり」サラと私はエレアザルとエレアザルが〝百人隊長〟と呼んでいた部下の十人の指揮官たちと一緒に壁の頂上の狭間胸壁を巡っていました。百人隊長とは、それぞれが百人に対して責任を負う、というのが正しい定義です。私たちは静かに見守っていました。同じ方法、同じ壁で、私たちはエルサレムを取り囲む敵の集結を見守っていました。しかし、連なる丘や木々、建築物の角に妨げられて、目に入る多くはぼやけて見えました。マサダには視界をふさぐ妨害物はありませんでした。私たちはすべてを見ました。

時間が経ち、しみは膨大な人間の群れになりました。ヘブロン方面とエルサレム方面の部隊は、陽光の下、きらめき輝いていました。

「おなじみの敵よ」とサラが言いました。「第十フレテンシス軍団。それに補助部隊と全国から集めた多くの奴隷労働者たち。探索はベテランによって実行されたに違いなかった。数百人の部隊と労働者がマサダの周囲八カ所に配置されて移動し、野営地の建物がただちに建設され始めた。とても高いところにいたので、奇妙な感じだった。まるですべての活動が私たちとは関係ないようだった。この感覚は続き、数日間、払い除けることが出来なかった。眼下で動く数千人が、ほとんど私たちには目もくれないという感じを抱いた。野営地の中のただ一つが私を当惑させた。それは、私たちより標高の高い台地の頂上に、深い谷を挟んで南に配置された小さな野営地だった。ローマ軍が私たちを見渡し、見下ろすことが出来た。四分の一マイルとは離れていなかった。私はその野営地が気に入らなかった」

野営地の建設は急ピッチでした。非常に接近して二つの野営地が、塔からさほど遠くないホワイト・クリフの近くの平原に建設されました。マサダの他の側、死海に面した側には三つの野営地、一つの大きな野営地と小さな二つの野営地が一群となって建設されました。もう一つの野営地が、中空の宮殿の下、北側に配置されました。

17章　包囲戦

私たちに対してローマ軍は何の行動も起こしませんでした。シルヴァ自身が私たちに話しかけましたが、それはずっと後のことでした。マサダとそこでの生活の特質の一つは静寂です。遥か下を飛ぶ鳥の鳴き声が聞こえ、その鳴き声に心ゆくまで耳を澄ませました。私たちは空中の静寂の中で生活したのです。仲間のほとんどは都市の出身者で、騒音に慣れていました。マサダで私たちは静かな声で、簡単に話すようになりました。

しかし、鳥の鳴き声を完璧に聞き分けられるようになると、下からの物音もすべて耳に入って来るようになりました。鋭い聴覚を持った私たちの仲間は壁での新種の見張り役となりました。「眼を閉じた斥候」とエレアザルは、彼らを呼んでいました。しかし、彼らの情報収集能力はたいしたものでした。強制労働中の叫び声の数々、堪え難い喉の渇きを訴える声が、聞こえて来ました。下の連中には、水が決定的に不足していました。土地に頼って生活することも

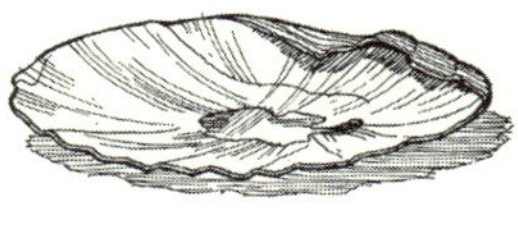

化粧用パレット
（紅海産の貝）

出来ません。食料と飲み水を遠くから運び込まなければなりませんでした。奴隷労働者の多くはユダヤ人で、数千人の男と女がいました。

野営地はローマ風の設計の正方形で、すぐに出来上がり、ローマ軍の規律に従った生活がすぐに始まりました。私は八つの野営地の戦略的な位置づけを推論することが出来ず、それが大きな問題になりました。野営地は決して等距離に建てられませんでした。実際に、東に大きな野営地が、他の二つの野営地の背後に建設されました。エレアザル自身困惑していました。というのは、月の明るい夜であれば、山道を降れるたくさんの逃げ道を私たちは知っていたからです。

一人目と二人目の聴覚による斥候が謎を解明しました。「壁だ。周り全部を囲む。六つの野営地をつなぐ。二つの最大の野営地は壁の外にある」

壁の建設は二日後に始まり、数千人が建設に従事しました。東側、死海に面した側は、私たちの秘密の間道がある場所ですが、壁には数百ヤード間隔で塔が立てられました。壁は私たちを完全に包囲し、山羊も通れない山の斜面のあちこちに作られました。

エレアザルが私たちを招集しました。「これはエルサレムの包囲攻撃とは違う。眼下の敵よりわれわれの方がずっと有利だからだ。われわれには水も多くの食料の蓄えもあるし、食糧を増産できる。これは包囲戦ではない。敵は夏の太陽に焼かれ、夜には凍える寒さに曝される。野営地と壁のすべてをもってしても、ホワイト・クリフはまだわれわれの五百フィート下にある。だからエルサレムで敵が使い慣れた投石機も破城槌も射手用の塔も役に立たない。しかし敵はここでわれわれを一掃しようとしている。失策は許されない。包囲は、人間の命の代価、努力の代価をものともしない作戦だ。敵の準備は完璧ではない。完璧ではありえない」

「完璧な包囲作戦」は同じ週のうちに始まりました。ホワイト・クリフは、峡谷を挟んで標高の低い砂漠と我らが山の西側を繋げていましたが、その上に建設されることになりました。ホワイト・クリフは巨大な斜面、斜道の基盤になるはずでした。人造の丘です。

斜道は驚くべき速さで、休むことなく建設されました。ごみや瓦礫の堆積ではありませんでした。山腹に生える成長を妨げられた灌木から、幅の広いのこぎりで切断された厚板に至るまで、あらゆる種類の材木の膨大な荷が、不毛の涸《か》れ谷のある砂漠に到着し始めました。土と砂の堆積が高くなるに従って、材木の巨大な量が束ねられて、熟練の技術を利用し、さまざまな用途に使われました。

エレアザルは、ほとんどものを言わず、すべてを見て取りました。ローマの工匠たちは斜面の一番下の十分に離れた場所にいました。数千人が、一列になったり、群れになったり、集団になったりして行なう蟻のような活動は、奴隷労働者の強制労働によって完遂されました。労働者のほとんどがユダヤ人でした。私たちは石も転がさず、矢も射らず、油を注ぎかけることもしませんでした。私たちは見守り、そして待ちました。

「見守り、そして待つ」とエレアザルは言いました。「眼下のあらゆる新しい活動が報告されなければならない。多くの石工、鉄工、鍛冶屋、大工が強制労働に駆り立てられている。第十軍団そのものがそうした職人たちの大勢力を抱えている。エルサレム以来、知ってのとおりだ。なぜそれ以上の勢力が駆り出されているのか。見守り、私に何もかも報告してくれ」

約三週間後に、エレアザルが再び言いました。「斜面の傾斜は深くないし、まだわれわれがいる頂上の遥か下の点にしか過ぎない。道路と同じで、地表にあり、直線で、軟弱だ。誰か説明することはないか」

アブサという、〝百人隊長〟で石の彫刻師が言いました。「斜道の右側の一番下にある石の大きなブロックは、採石されると、大体、正方形になる。それは非常に大きい。滑車が働き、ローラーが回転する。そこにいるユダヤ人たちは、ピラミッドを造りにエジプトに戻っているとでも考えているに違いない」

もっと若い男たちの中の一人が、鷲《わし》の視力で、言いました。「小丘の向こう、斜道のはずれに、木製のトンネルが建設されている。四角い区画になっている。端だけを目にすることが出来る。他の端よりその端は大きくなっていると私は思う。建築中の音から、木と同じように金属が使われていることが分かる。鍛冶屋が木の円盤に鉄の縁を付けている。車輪かもしれない」

サラが不意に口を開きました。「破城槌がここに来る」と言って振り向きました。眼は真剣でした。もしサラがそう主張しているならば、そのとおりでした。サラは自分に確信がない限り、自説を強く主張しません。「私は確実にそうだと思う」と言いました。「それはロバが引っ張って来た低い荷台の上にあり、木の枝や他の廃棄物の下に隠されているけど、昨日その目隠しがややずれ落ちて、頭部の鉄が見えた。私は一週間近く、あの荷台が怪しいと睨《にら》んでいた。

その荷台は遥か彼方、斜面の北側の大きな野営地、シルヴァの野営地の近くに置いてある」

それが問題でした。というのは斜道が私たちのすぐ下の地点まで迫っていたからです。もし破城槌が、エルサレムで使われたのと同じ衝撃を与えるものであったら、山腹に対しては打撃を与えることはないからでした。

まもなく疑問は解決されました。石の大きなブロックが斜道の表面に積まれました。石のブロック自体の重さがその背後にある石のブロックに自らを据え付け、押さえつけていました。作業が一番下から始まったからです。表面が頂上に向けて近付くと、もう一つのコースがその頂上に設定され、それからさらにもう一つのコースがその上に設定されました。石工の一人が意見を述べました。「石の表面が高くなりつつあるが、まだ十分ではない。もし頂上の高さが、われわれの視線と等しくなれば、こっちの高さに達することになる。違うのは、表面が石で出来ていることだ。大きな重さがかかることになるからだ」

私たちは見守り、待ちました。石のブロックを斜面の頂上まで転がし、それを頂上に据え付けるには、並外れた人力の動員を必要としました。敵の作業が私たちに近づくにつれて、敵の作業を食い止めるための行動を起こす準備をしました。いまや、蟻の大群が、クレーン、滑車、ロープを携えて、小さな丘の周りを蠢《うごめ》いていました。マサダのユダヤ人全員がその日、外壁に立っていました。

そして、小さな丘の背後にあった木造のトンネルがゆっくりと荷台とローラーに乗せられて私たちの視界に現れ、前方に進んで来ました。木造のトンネルは、石で表面のおおわれた斜面の私たちに最も近く狭い場所に置かれました。それからロープとレバーと滑車を使った作業が新しく始まり、木造のトンネルがゆっくりと立ち上がり、巨大な塔になりました。塔は、小さな丘の斜道の角度に合わせて、側面と基盤に傾斜をつけられて、車輪の上に乗っていました。射手の立つ台と矢を射る装置を備え付けた鉄板で武装されていました。塔は投石機を備え、高い三層目が、前後の空いたアーチ状になっていました。

「あそこで」とエルサレムでの苦い記憶を思い出して大工の一人が口にしました。「破城槌を使う気だ」

石工がもう一度目測して、石工でなくとも分かることを確認しました。破城槌はいまやこちらの壁にまっすぐ向けられていました。

計画の意図は明らかでした。塔は、石で小さな丘の斜面を舗装する際に、そして石で舗装され一ヤードずつ斜道がせり上がって来る際に、作業する労働者を守るためのものでした。塔にいる射手は、壁の上にいる私たちの最小限の活動を危機に陥れました。投石機は警告なしに私たちのいる場所まで石を投げつけました。目のいい子供たちの一人が、合図を交換するシステムが南の野営地との間にあることに気が付きました。南側の野営地は私たちを見下ろせましたが、塔は壁越しに内を見ることが出来ませんでした。私たちにはこの監視を避ける術《すべ》がありませんでした。私たちの高い建物は頂上の他のはずれに建っていたからです。

「忌々しい塔だ」とサラが言いました。「塔自体が一種の怪物のような性格を持っている。前途に準備されている次の段階を待つ武装した巨人だ。すべての準備が整うと、配下の軍隊の小人たちが巨人を引っ張り出し、技術者たちが巨人の背後に巨大なくさびを移動させ、巨人は水平にされるまで次の段階を待つ。それから破城槌が牽《ひ》き出され、アーチに吊るされ、黒い口からとびきり大きな舌を出す日がやって来た」

弟が「あなたは詩人だね、サラ」と優しく言いました。

「そんなことはないわ」とサラが言いました。「しかし最後の数日間は悪夢、気が狂う夢の連続だった。エルサレムでは、私たちは戦うために城壁の外に出て行き、敵に火をつけ、計画をひっくり返し、敵を引きずり下ろした。マサダでは、こうした攻撃をすることが出来なかった。私のような性格の人間には耐えられなかった」

「エレアザルは何をしたんだい、ルツ？」エッサイが尋ねました。

「エレアザルはいつもどおり理詰めでものを考えた。『破城槌は前後に動かせる』と私たちに語った。『われわれは破城槌がどこを撃とうと狙っているか正確に分かる。こっちの壁は二重で、間に空間がある。壁と壁の間の空間には、腕の長さほど隔てて、材木の厚板の壁が挟まっており、大体、土で壁との間の空間を塞いである。外側の石の壁が崩れると、破城槌は毎回少しずつ土地を固め、打撃があるたびに強化される構造物を撃つことになる。そうすると塔がこっちの壁に非常に接近することになる。ローマ軍は壁に到達するためには塔を利用しなければならない。他の方法はない。塔が連中の攻撃場所で、ただ一つしかない』」

「しかし、上って来る兵士たちはそれぞれが鉄の甲冑で身を固めている」

「そのとおり」

「その数は数千人だ」

「そのとおり」

「破城槌の上には、矢を射る装置や投石機がある」

「そのとおり」

「登攀《とうはん》用の梯子も用意している」

「そのとおり」

「破城槌が据えられると、塔の先端が砦の壁よりずっと上になる」

「そのとおり」

「奇襲の機会はない」

「機会はない」

「壁の外で戦う機会もない」

「機会はない」

エッサイは視線を私からサラに移しました。「まったく勝機がない。おばちゃん」

サラはにやりとしましたが、心のそこからの笑みではありませんでした。「ローマ兵を殺すだけよ」

エッサイが言いました。「あなたたちが降伏の勧告を受けた時期はいつだった？　ルツ」

「はい。シルヴァによって、土の斜道がほとんど完成したときに申し出られました。私たちはその勧告を拒否しました」

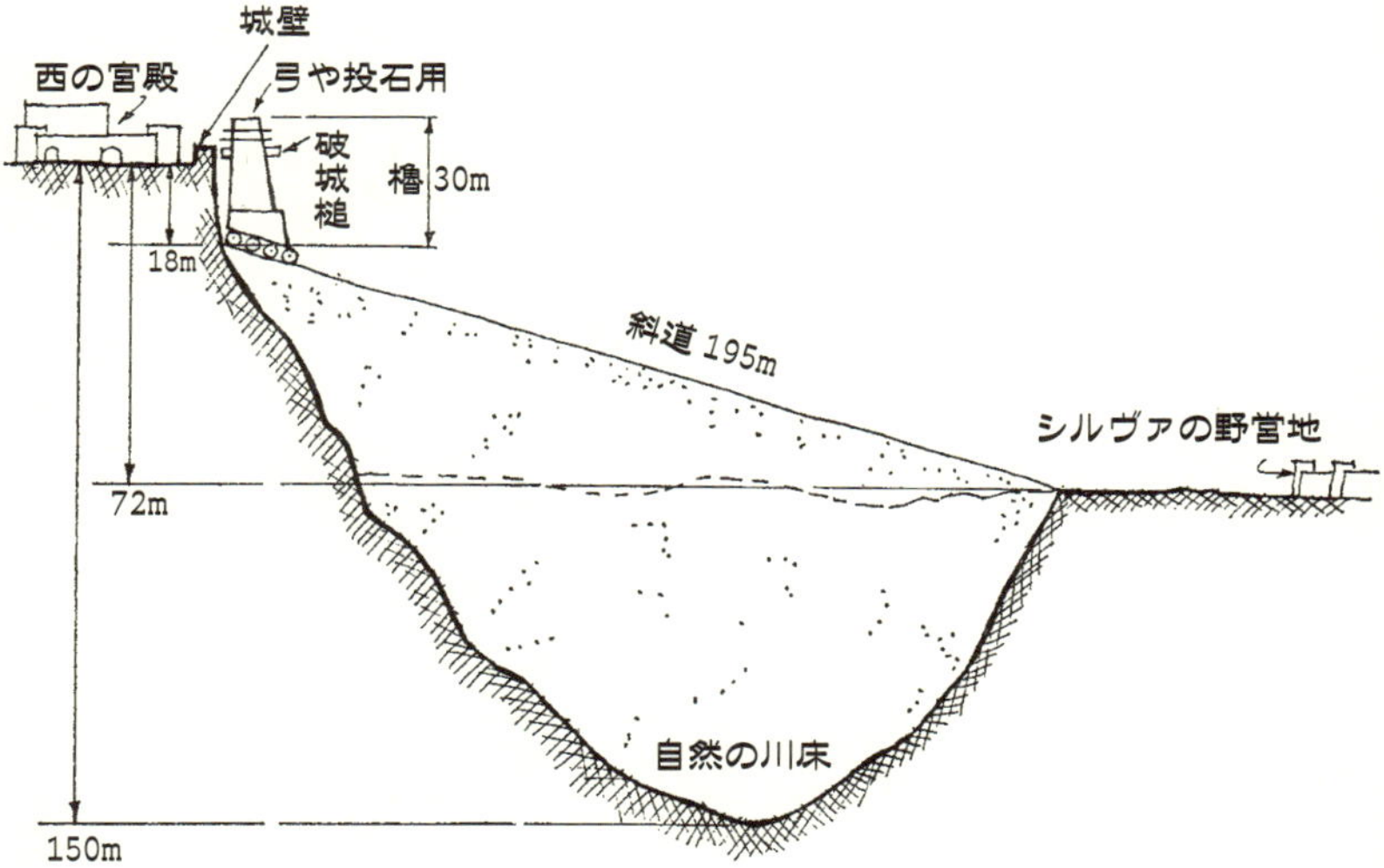
城壁
西の宮殿
弓や投石用
破城槌
櫓
30m
18m
斜道 195m
シルヴァの野営地
72m
自然の川床
150m

斜道の断面図

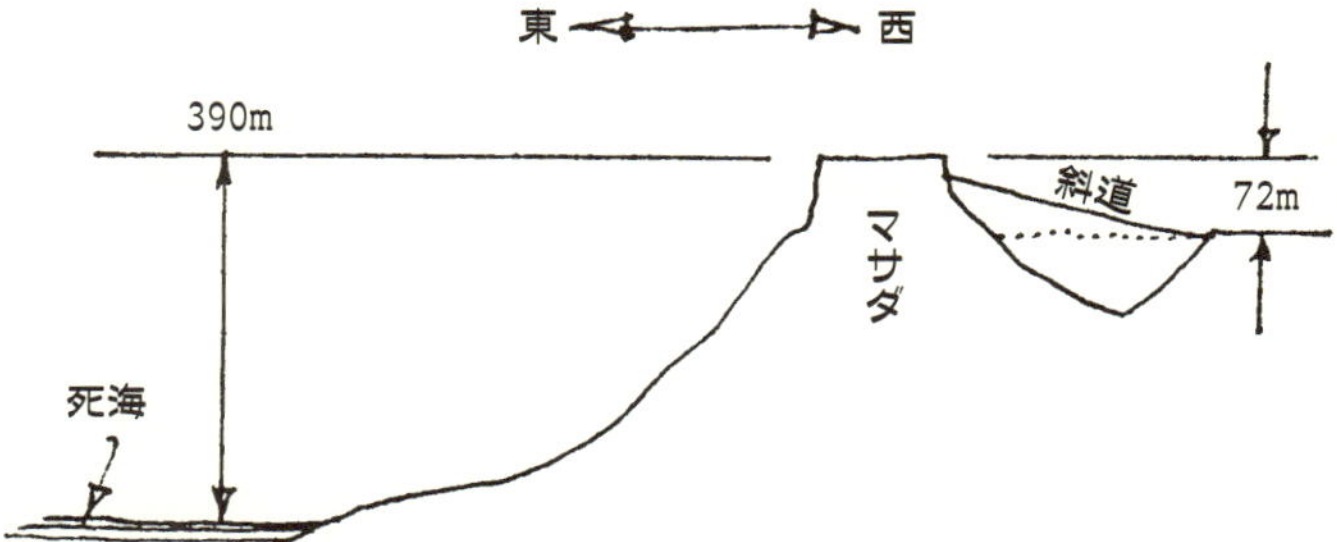
東
西
390m
斜道
72m
マサダ
死海

エッサイはしばらく間を置きました。「あなたたちの土と材木の壁は予想どおりの効果を発揮したかい？」

「はい、石の壁は崩れ落ち、材木と土の塊が姿を現しました。敵がそれほど驚くことはありませんでした。敵が私たちの動きの一つ一つを目撃できる南側の野営地で観察していたことを私たちは忘れてしまっていました。敵は破城槌にこだわって時間を浪費するようなことはしませんでした。矢がたくさん運び込まれ、タールを浸みこませたぼろきれで包まれ、われわれの木の壁に隙間なく射込まれ、それから射手が交替で射込み続けました。壁はすでに燃えていました。火はたちまち燃え広がりました。材木は土を詰め込んでいたためとても乾いていました。私たちは、壁の一番上の塔のもう一方の側から一部始終を見守っていました」

「エレアザルは……」とエッサイが尋ねました。

「エレアザルは頭を上げ、軽く一方に傾げ、立っていました。『風だ』と言いました。『風だ』と。すると、まるでエレアザルが呼び寄せたかのように、風が吹き出し、どこからともなくやって来た四月の風が、あらゆる方向に向かって、子犬のように砂漠を転げまわりました。強い風でした。風は私たちのいる山の上を東から西へと横切り、塔の真後ろに迫った炎を吹き飛ばし、神の激しい息遣いさながら敵の兵士たちに吼えかかり、舐《な》め始めました。私たちは活気づき、歓声を挙げ、自分たちの姿を見せ始めました。こちらの矢を射かけ、投石を始めました。矢と石は正確に敵を捕らえました。陽の光が消え始めました。午後遅くでした」

「そのとき風向きが変わった」とサラがにべもなく言いました。「風がちょっと止まり、煙がまっすぐにたちのぼり、それから再び反対方向から同じ強さで吹き始めた。呪われた、砂漠の風、留まるところを知らない風だった」

私はすべてを目にしました。私はシナゴーグと斜道の上の塔との間、壁の円い先端が前方に突き出している部分に立っていました。私はまず木の壁が灰になり、崩れ落ち、その背後の土が溢れだし、次の木の壁が剥《む》き出しになり、風に乗って唸り声をあげて吹きつける炎にたちまち火を吹く様を目撃しました。あたりが埃だらけになり始めました。

ローマ軍の兵士たちは攻城用の梯子を位置に着けようとせず、他のいかなる行動も起こしませんでした。炎の吼える音の上から命令を発する叫び声が聞こえ、射手台は無人になりました。さらに敵は命令を発し、石弓の発射係と破城槌の係が塔の中からガチャガチャ音を立てて、引き揚げました。炎は激しく音を立てて燃え盛り、壁に噛みつき、壁を引き裂きました。風は止まず、強く吹いていました。甲冑《かっちゅう》に身を固めた射手の夜警が塔の一番上の歩廊に姿を現し、高位の将校が黙ったまま怖ろしい勢いで燃え盛る防御壁を観察していました。数分後に将校は姿を消しました。遥か下で、塔の一番下の開口部から出て来た兵士たちが、「朝になったらユダヤ人はおしまいだ」、「本当の剣の戦いを熱心党の奴らに思い知らせてやる」、「短剣を使った新しい技をいくつか暗殺団《シカリ》にも見せてやる」と言ったことを騒がしく叫んでいました。いやというほどはっきり兵士たちの声は私たちの耳に入りました。「女も少女も上にはいるぞ！」と兵士たちは叫びました。「いろんな殺し方をしてやる。将校から先、なんてことはない！」卑猥《ひわい》な言葉が微に入り細に入り、臆することなく語られていました。この翌日、分担した持ち場で寝ることになりました。私たちは静かに耳を澄ませました。「全部合わせておよそ千人だけだ。南の野営地の連中が言っている。女子供を含めてだ。千人だ。朝飯前の仕事だ。おまけに火がおれたちに壁を開けてくれている」。声が消え、陽が沈みました。

私たちは千人ではありません。九百六十七人でした。大きな都市や小さな村の出身者でした。学者や祭司、それに牛飼いや農夫でした。金細工人や木工、貴石の販売人もいれば、宮廷の理髪師、それに宝石細工人もいました。ラバ使いは、ラバを失って悲しんでいましたが、神の道を小さな子供たちに教える勤勉な先生になりました。写本の筆記者や数学者、それに読み書きが出来ない人が八人いました。香水を調合する人、配管工、籠《かご》を編む人、衣類の染色人がいました。私たちは異なりながら、合意し、一つのことで結ばれていました。一度にあるいは別のときにマサダの全住民は誓約をし、神に対する熱情を示す宣言をしていました。熱心党になることを！

18章　ヨセフス

黄金の指輪

マサダの最後の晩の夕陽について語っていると、父の家の庭で私たちが見ていた夕陽も沈み始めました。冷気が大気に満ちると悲しみもまた満ちて来ました。サラは青ざめ気分が滅入った様子で、私は手足に緊張と疲れを覚えました。男たちは心労のあまり、むっつりと黙り込んで座っていました。静かでした。

優しい老祭司のシメオンが古い傷口（古いですって、とんでもない。古くありません、決して古くなんかありません、決して癒えることはありません）を開くことを止める方法を見つけました。シメオンが立ち上がりました。

「話を聞くと、とてもくたびれることに気がついた。少し休憩を取れば夕飯はいっそう愉しくなるだろう。夕飯の前に全員でちょっと休憩しよう。夕飯の席では子供たちや老嬢たちと一緒にもっと明るい話題を愉《たの》しもうじゃないか。過越しの祭りの歌を歌い、もっと穏やかに熱心党の歌を歌おう。夕飯の前の休憩と私の食前の祈りの後に、われわれ全員のための短いお祈りを付け加えよう」

シメオンの「短い祈り」は、シメオンらしいものでした。優しい、気の張らない、柔らかい声のお祈りでした。「短い祈り」とともに、シメオンは私たちが家庭で過ごした日々に何度となく聞いた、祝福の祈祷を唱えました。子供たちはシメオンのお祈りがとても気に入りました。シメオンは驚くほど若い人たちと心を通わせる術に長《た》けていました。あるとき、エッサイはシメオンの幼きものの祈りの一つの終わりに、「老師、あなたのお祈りは素晴らしい。あなたが子供たちにお話をしている間、私たち大人もテーブルに同席させて下さい。いろんなことを学ぶことが出来る」と言いました。

シメオンの食前の祈りは短く、食後の神への感謝はずっと楽しいものでした。「子供は年齢を問わず、お腹が一杯になると、神様にずっと辛抱強くなる」

シメオンは紛《まご》うことなく、子供のような純真さを示す無垢の目で、顔を赤らめ、笑みを浮かべて立ちあがりました。

「主よ」とシメオンは言いました。「おいしい夕飯が食べられることをあなたに感謝します。それからラヘルとレアにそれを作る活力と勤勉さを与えてくれたことを感謝します。二人もまたあなたに感謝します。主よ、さらに、アベルも感謝します。アベルは二人分食べましたが、今日は二人分の仕事をしました。私たちのテーブルに、子供たちと二人の美しいお嬢さん、シムとユディトが共に着いていることを感謝します」

「さて、主よ、私たち大人についての祈りを捧げます。私たち全員は恐ろしかった時期を知っています。物事はいまでさえ素晴らしいことばかりではありません。私たちは人間の残酷さと愚行の思い出に取り巻かれています。神ご自身の素晴らしい神殿の丘は瓦礫の山と化し、神ご自身の場所、聖なる中の聖なる場所も消えうせました。主よ、神ご自身も消えてしまうという考えから私たちをお守り下さい。主よ、ときどき、訳が分からなくなります。訳が分からない私たちをお助け下さい。ただこの頃、神の御意《みこころ》が理解の彼方にあります。理解しようとする試みを止めるように私たちをお助け下さい。明日への希望とともに今日を生きられるように、私たちをお助け下さい。そして主よ、あまりに多く求めませんが、昨日を少しぼやけさせて下さい。記憶という贈り物に関して、主よ、感謝します。しかし、記憶を消す方法もまた役に立ちます。サラとルツには苦痛がやって来ます。主よ、それは、思い出したくないことも思い出さなければならないからです……」。サラは頭を挙げ、私たちと見つめ合いました。私たちはエッサイを見ましたが、普通とは違った信心深さで自分の両手を見下ろしていました。「……苦痛は過去と、悪かった時期と少し関係があります。主よ、彼らを支え、寛容と強さを見いださせて下さい。アーメン」

テーブルの周りにいた全員が唱和しました。「アーメン」

サラが言いました。「苦痛って何、なぜ寛容が必要なの？　私たちには強さがある。なぜ寛容が必要なの？」

エッサイがワインを注ぎながら言いました。「おばちゃん、後で。われわれは、子供たちと謎かけ遊びをする約束をした。子供たちの謎々が先で、おばちゃんの話は後で」

私はテーブル越しに弟を見ました。弟は眉をあげ、少し戸惑った表情で私を見ていました。私は座り、子供たちのゲームの一部である目印の推測と事実の収集に加わりました。二人の老女とアベルは、サラの手助けと私の同情の一瞥を断り、席をはずしました。サラは半ば立ち上がり、老女たちの後を追おうとしましたが、シメオンが呟《つぶや》きました。「あの人たちは知らないことだ」。サラは不機嫌に、再び腰を下ろしました。

ユディトはその美貌に負けず劣らず賢明でしたが、庭でゲームが終わればアベルが参加できると、窓のそばで子供たちに言いました。シムは暗い顔をしてさらにシメオンの近くに移りました。しかしユディトがシムの手を取り、子供たち全員を庭に連れ出しました。

サラは猛々しい様子でした。エッサイが私を見ました。

「質問があるかい、ルツ?」

「はい、マサダについてヨセフスと話さなければならないということですか?」

「そう、そのとおり」

「ヨセフスはほとんど地方にいるとあなたは話しました。私があなたに尋ねたとき、どうしてあなたは言わなかったのですか?　確かなことを知っていたのですか?」

「私は後でと言った」

「今がその後で、なのですか」

「そうだ」

サラが荒っぽく言いました。「これは何、何かのゲームなの。地方にいるけしからん奴。どこに奴はいるの」

「カイサリアだ」

「それで」

「あなたとルツはヨセフスのところに行き、ヨセフスの記す歴史のためにマサダについての事実を提供することになっている。シルヴァ将軍の副署のあるヴェスパシアヌスの出した公式の命令だ」

「どうしてあなたは知っているの」

「私はほぼ十日前、ヨセフスと一日中過ごした。カイサリアは過越しの祭りのプレゼントとしては格好の場所だ」

「それに、旧友に会う場所としても」

エッサイは穏やかだった。「サラ、冷静に。ヨセフスは私の敵ではない。私たちは多くの経験を共にして来た。私は他の人たちよりヨセフスをずっとよく知っている。私たちはお互いの命を救うために手を握った。お互いの命を救うために手を握ったことは、いま彼らがしていることより私にとってはずっと意味がある。御覧のとおり、私とヨセフスは多くの点でそっくりだ。さらにもう一つのこと……」

「それで」試すようにサラが尋ねた。

エッサイはにやりとした。「あなたたちはむしろローマの歩兵部隊と一緒に二頭の軍用のロバに乗ってカイサリアまで行きますか、それとも私が手配した方法で行きますか？　あなたたちの護衛として私も一緒に行く。よこしまで狡猾なエッサイはすべてを手配出来る。他に質問はないか、ルツ」

「はい。あなたはヨセフスについてとても多くの事を知っています。あなたの身に危険が及ぶことはないのですか？」

「ヨセフスによって？」

「そうです」

「私の立場はバカバカしい立場だ。ヨセフスは自分で造ったイメージを信じている。ヨセフスの驚くべき超能力の経験を共有する、神に選ばれた人間以外として私を見ることは、ヨセフスにとっては不可能なことだ」

サラは怒りを口調に現し、早口にしゃべりました。「しかし、ヨセフスは、あなたが言った……」

「ここにいるシメオンは少年時代のヨセフスを知っていた」とエッサイは公平に言った。「自分のどの言葉も第三の語り手によるものだと信じて事実を曲げてペラペラしゃべり、空想にふける少年だった。ヨセフスは自分を疑うことを知らない男だ。罪もしくは後悔といったものとは無縁の男だ。驚嘆すべき、複雑な性格を持っている。人並み外れている。自分で確かめてみなさい。ルツ、ヨセフスが私の身に危険を及ぼすことも、私が彼の身に危険を及ぼすこともない。彼にとってはあなたの方がずっと危険だ。——もし、あなたの書く本が、ヨセフスは神の道具だと信じている人々に読まれると。私はありそうもないことだと思うけれど」エッサイは一息つきました。「黙っているね、ルツ」

「いつ私たちは出かけるのですか」

「出来るだけ早く。議論の余地はない。議論は後回しだ。私たちは明後日出発する。お針子のヨヘベッドが女性の介添え役としてあなたたちと一緒に行く。あなたたちは馬に牽《ひ》かれる幌《ほろ》付きの乗り物で旅をする。全員紳士の四人の将校の機動的な護衛もつく。四人は数日の未消化の休暇を得ている。彼らの従卒は私たちが十分面倒を見てもらっていることを知っている。私たちは急がず、アンティパトリスで一晩泊まる」

サラはくすくす笑いました。「二人とも熱心党の前科がある、市場の婆さんと一文無しの若いお嬢さんには少し大げさね」

「それは違う。おばちゃん」とエッサイは言いました。「私がヨセフスの世話をしている軍司令官に指摘したとおり、あなたたちは、二人ともシルヴァ将軍の知遇を得ている。シルヴァと一緒に会食をした。あなた方のうちの一人は、バカバカしいことだが、ローマ人によってその名声を称賛されているメナヘムの一族だ。多分、ローマ人は、ユダヤ人に殺されたメナヘムの事を、自分たちの場合と非常によく似ている、王族のような存在だと感じている。それにサラ、あなたは、私が優秀な軍司令官に思い起こさせたとおり、エルサレムにおける有名な女性闘士の一人だ」

「有名ですって。私が？　誰が私を有名にしたの、あなたが？」

「敵の側からでさえ、少しは認められていることはここでは場違いではない」とエッサイは好意的に言いました。「そうは思わないかい、ルツ」

「そのとおり、あなたって本当に煮ても焼いても食えない人ね」

「多分そうだ。私は本能で動くセールスマンだ。それに私の友人をやや誇りに思っている。お嬢さん、いろいろのことに関して私がローマ人の思考法に精通していることが分かっただろう。ローマ人はわれわれの小さな行列の到着を愉しみにしている。非難しては駄目だ、ルツ。私がここにヨセフスを連れて来ることはたやすい。だが、カイサリアはここより素晴らしい。一年でこの時期が美しい。二人とも海の空気をちょっぴり味わえる。とても有益だ」

サウルとシメオンはいまやニュースを知り、緊張を解き、仲間に加わり、話は簡単になりました。私たちはヨセフスの事は話しませんでしたが、旅の事、カイサリアの事を話しました。カイサリアはマサダと同じくヘロデによって作られた街ですが、一度も見たことがありませんでした。港町で、フロルス総督の下でユダヤ人の大虐殺が行なわれた場所であり、らい病の辱めが起きた場所でした。私たちはテーブルを間もなく後にしました。

私たちの寝室で、サラは物思いに耽《ふけ》り、私はサラの沈黙をそのままにしておきました。実のところ、私自身があれこれ考えていたのです。私たちの旅の四年近くの間で、初めて子供たちと別れて暮らすことになります。神経を悩ます思いが心のうちに芽生えました。

「私は少し神経質になった気がする」と私の分身である、サラが口にしました。「自分の気質を除いては、恐れてはいない。もし機会があれば、間違いなく、ヨセフスを殺す。いいえ、恐れてなんかいない。攻撃の前、あるいは城壁の外への突撃の前と同じように、武者震いを覚える。あなたはどう？」

「まったく怖くない。私たちが何かの終わりに近づいているという気がしているの。私の弟やシメオンやエッサイにマサダについて語ったことは、一つの事。ヨセフスに話すことはもう別の事になる」

サラは深刻な顔をして私を見ました。「あなたは誰にもすべてを話していない。シルヴァにも、あなたの弟にも、エッサイにも。それが私の悩みの種」

私は答えませんでした。何も必要がありませんでした。人は心の中に言いたいことを仕舞い込むことが出来ます。しかし、鍵となる人物を仕舞い込むわけにはいきません。サラはそのことを追求しませんでした。そこで、

「ヨセフスに話すことについて別の事があります」

「何？」

「マサダの名誉を傷つけます」

「そういうことはあり得るけれど、真実で裏付けられなければならない。ヨセフスの歴史はローマの記録になる。さもなければ、名声を追い求める人物だから、自分で刊行するだろう。歴史はかくして周知の事実になる」

「私たちの記録は公刊されないの？」

「誰が分かるというの？　その歴史は記され、存在する。現在の体制の下では、私たちの書

いた歴史は、もっとも危険な種類の革命的な記録になる」

「そう、そのとおり。私には思いつかなかったけれど」

サラは再び沈黙し、私たちは寝る用意をしました。サラは〝神に少しばかり語りかけるために〟窓まで行きました。私はベッドに腰掛け、サラの横顔を見守りました。短い灰色の髪、引き締まった顎、がっしりした体。私はサラが大好きでした。


　サラの短い祈りには来るべき私たちの旅の事が含まれていました――「どうぞ、子供たちから目を離さないでください」。ヨセフスとの会合のことも――「私たちがはっきりと話が出来るように助けて下さい、主よ、裏切り者の犬をただちにやっつけてやる手助けをして下さい」。サラは祈りを終えると、体をベッドに伸ばしました。しばらくすると、

「エッサイは私たちがヨセフスと話をするときに同席するのかしら」

「エッサイは言わなかったけれど私はそう願います」

「私も同じ。お休みなさい、ルツ」


　私たちの小さな「行列」は、素晴らしい馬に跨がった将校たち、速歩の歩兵小隊、私たちの乗った乗り物、四台の車輪の付いた乗り物、自分の黒いアラブ馬に乗った堂々たるエッサイといった、絵に描かれたような行列になりました。将校たちはエッサイから派手になりすぎないように求められていましたが、両腕とともに、胸の武具や兜が光り輝いていました。将校たちの羊毛の袖なしマントや革紐の付いたブーツにはしみ一つありませんでした。将校たちは交代

で側に付き、親しくなり、会話を交わしました。食事のための休憩とアンティパトリスでの一泊で、私たちは昵懇《じっこん》の間柄になりました。

（注・使徒パウロも、エルサレムからカイサリアへ護送される途上、アンティパトリスに一泊した）

アンティパトリスは樹木の多い、興味深い土地でした。私たちは一番大きな宿で眠り、そこでは期待されていました。私たちは奇異の目で見られていました。ヨヘベッドの腕の良さにもかかわらず、私たちは抵抗し、この上なく不器用にカットした、飾りのない衣装を身に着けていたからです（サラはエッサイに言いました。「私たちは喪中なのだとあのおばちゃんに言いなさい！」）。こうして私たちにははっきりした格付けが出来なくなりました。戦争捕虜には、自分たちの乗り物、自分たちの女の仲間、自分たちの寝室がありません。私たちが「女性将校」ではないことが誰の目にも明らかになったに違いありません。そう、ほとんどの人の目に。

私たちの寝室は大きくて薄暗く、ヨヘベッドの部屋に隣り合わせのやや小さい部屋が付いていました。ヨヘベッドはいつも楽しそうでした。やがて、私たちが何者か知って覚悟した、しかめ面をした筋骨たくましい男によって、わたしたちは部屋に招き入れられました。サラは男の後ろでにやりと笑い、自分の唇に指を当てました。私たちは何も言わず、男に街で使われるギリシア語ではなく、生っ粋のギリシア語で礼を述べました。男は私たちがしたと同じように、ヘブライ語で自分の名前をぼそぼそ口にしました。それから暗殺団《シカリ》の戦闘の歌の口笛を軽く吹きながら、サラが男の真正面に立ちふさがったので、男は踵《きびす》を返そうとしましたが、サラの手の小さなナイフに目を止めると、後ずさりしました。サラは男の肩をたたき、男と同じヘブライ語でユダヤ人同士の馴れ馴れしさで話しかけました。どこからどこまでもローマ風になったエッサイはドアの近くでこれを見ていました。男はひどく困惑した様子で立ち去りました。

四人の将校の中でもっとも若い将校はアエリウスという名前で、ユーモアが好きではにかみ屋のところと背格好が、サラの孫のセツとどこか似ていました。セツは神殿が焼け落ちた日に、私の従兄弟のシモンと共に死にました。私は注意深く若い将校とセツが似ていることに言及しないようにしました。しかし、サラは大声で「あの一番若い将校は、セツとちょっと似ている。私はあの子が好きになった」と言いました。

他の三人の将校はもう少し年上で、いかめしい様子でした。四人の印象は淡いものでした。じつのところ、私たちの心がほとんどヨセフスとの会合のことで占められていたからです。将校たちは礼儀正しく機知に富み、すべて、いままで知ることのなかったエッサイの望みどおりのふるまいをしました。エッサイは元老院議員の権威を備えており、とても緻密でした。決して深入りすることはなく、距離を置き過ぎることもありませんでした。エッサイはいかなる種類の休息も取ることがないように見えました。

私たちは夕方、カイサリアに入り、二人の百人隊長に検問所まで連れて行かれました。二人の百人隊長は、私たちを海沿いの平野にある政府のやや小さい建物の一つに連れて行く命令にぶつくさ文句を言っていました。

私たちがローマ人のよく手入れされた土地に建つ一階建ての白い邸宅に近づくと、エッサイは傍らで手綱を引きました。

「ローマからの重要な訪問者のために使用する小さな一種の宮殿だ。ヨセフスは自分をそうするにふさわしい人物であるとみなし、そう見なすことを好んでいる。そうすることだけが唯一正しいと考えている」

「それだけが正しい」とサラがにやりとして言いました。「ルツと私は宮殿に慣れている」

敷地を取り巻く外壁にある門で、形式的な儀礼を交わし、四人の将校は次々に去って行きました。一番若いアエリウスは、一番最後に去りました。アエリウスはサラが彼に好意を抱いたのと同じように、明らかにサラに好意を抱いていました。「夕食にいらっしゃい。エッサイは私たちがどこにいるか知っています」とアエリウスに告げました。

私たちの馬車と御者だけ残して、将校たちは部下の兵士と乗り物とともに去って行きました。

私たちは彼らが去って行くのを見守り、エッサイは鞍の向きを変えました。

「今晩は何もない。明日の朝、九時頃だ。ここはとても居心地がいい。入浴後、休憩し、太陽が沈んだら晩餐がもっと小さなサロンで供される。美しい部屋だ。あなたたちが私を晩餐の仲間に加えてくれれば、私はとてもうれしいんですがね、淑女のお二人さん」

「私たちも愉しいわ」

「ありがとう、ルツ。それでいいかい、おばちゃん？」

「いつも愉しいわよ、ローマ人さん。ここの食事は美味しいの？」

「とびきりだ。シェフが私の友人だ。シリアのユダヤ人だ。ローマ軍が彼のレストランを焼き払い、私が彼をここに雇った。彼の厨房のスタッフは、彼の家族だ。彼らはここで生活している。十分満足して。行こう」

私たちの部屋は、四角い庭の周りに配された一群の部屋の一つでした。部屋の照明は、柔らかく、あきらかに女性用に設計されていました。エッサイは私たちが落ち着くと「ヴェスパシアヌスの予言者の側近にふさわしい特別の部屋だ。とても豪華で、ギリシア人のマッサージ師も申し分ない。これ以上の部屋は見つからないほどだ。晩餐を見てごらん。二時間かかる」

私たちが晩餐を摂った小さなサロンは、細い柱と大理石の天井のある美しい部屋でした。壁と天井は薄青く塗られ、金をたくさん使った装飾がありました。テーブル、椅子それに他の家具は、銀の装飾の付いた黒檀でした。グラスや食卓用刃物には、繊細なデザインが施され、眼と手をこれ以上ないほど愉しませてくれました。晩餐には生き生きとしたヨヘベッドが加わり、エッサイの勧めもあって、宮廷生活の物語で私たちを存分にもてなしてくれました。「理髪師やお酌と同様、お針子に目を止める人はいません。いくつかの驚くべき物語があります。とても参考になります」ヨヘベッドは私たちにベルニケについて話しました。「あの女は並大抵の女じゃありません、ベルニケは。すべてに自分流のルールを押しつけます。一度私は彼女が、兄と、なんと恋人のティトスをめぐってひどい痴話喧嘩をしたことを耳にしました」

エッサイは、ローマの高級将校たちの仲間内の生活についての意地悪な、面白い噂話を付け加えました。サラも明日の話には関係ないゲームに加わり、市場についての著しく正義に反する話をしました。食事とワインは素晴らしいものでしたが、長い一日だったので、突然眠気に襲われ、ベッドが用意されました。私たちはエッサイと別れましたが、エッサイは明日の朝の指定された時刻の数分前に私たちを迎えに来ると約束しました。

19章　エレアザル

私はよく眠り、生き返ったようになって目覚めました。エッサイが昨夜の晩餐での会話を取り仕切るに際して示したと同じきっぱりとした態度で、私のグラスにワインをいつもより多く何度も満たしてくれたことを心の中で、感謝しました。私は早めに起きて、しばらく鳥の鳴き声に耳を澄ませました。自分が寝室にいることが不思議に思えました。サラは隣の部屋で寝ており、サラと反対側の隣の部屋にはヨヘベッドが寝ていました。静けさの中で私は来るべき会見に備えて気持ちを整理しました。私はヨセフスを詳しく思い出せないことに気がつきました。大神殿での会議では、ヨセフスは遠くにおり、選挙が終わるとすぐに立ち去りました。ヨセフスと共にした経験についてのエッサイの話は、何とも生き生きとしていました。数千人の深い憎しみを負った男の物語でした。だが、私はヨセフスについての自分の思いに拘泥《こうでい》しないように最善を尽くしました。難しいことでしたけれど。

木製の櫛《くし》

私はマサダでの最後の晩とそこに至る数年間について考えました。そしてマサダについて考えるときいつも生じる、深い悲しみを味わいました。「無駄だった」とシルヴァは冷淡に言い放ちました。私は祈りました。神よ、全能の父なる神よ、マサダを無駄にしないで下さい。マサダが何だったのか、何であるのかを教えて下さい。主よ、多くの誤り、多くの愚行を犯しました。多くの血が流れ、多くの悲惨なことが起こりました。主よ、あなたの神殿、あなたの至聖所、あなたの祭壇が消えうせました。しかし、マサダは事の終わりだったのでしょうか、主よ。マサダを無駄にしないでください、事の終わりにしないでください、主よ。もし私たちがマサダで罪を犯したのであれば、主よ、お赦《ゆる》しください。私たちをあなたの思《おぼ》し召しのままに、なさるままに扱って下さい、主よ。しかし、マサダを無駄にしないで下さい。

サラが頬笑みを浮かべて部屋に入って来ました。そしてあっという間に傍に来て、私の頭を胸に抱いていました。

「泣いていたの、ルツ。山に帰っていたの？　マサダには誰も手を触れることが出来ない、誰も汚すことが出来ない。私はずっとある考えを抱いて来た。聖書は歴史よ、ルツ、学者さん」

「そのとおり」

「正確に、注意深く、書かれたり、話されたりして来た。公にされたり、隠されたり」

「そのとおり」

「それじゃあ、私たちは歴史よ。私たちは聖書よ。あることが起こり、私たちはそれを伝える。書いたり、書かなかったりして。子供たちは信じ切っている。私たちは聖書よ」

サラは大喜びで、静かにしていられませんでした。髪を乱したヨヘベッドが、自分を呼んだかどうか尋ねて、姿を現しました。

静かになり、私たちは朝食を摂って、準備をしました。ヨヘベッドは、最後に離れて、私たちを頭のてっぺんから足の先まで、物言いたげに見渡しました。

「優雅じゃないわ。だけど一種の威厳がある。これでいいわ。あなたたちが出かけている間に私が片付けます」

サラは笑みを浮かべ、これでいいというように視線を上げ、私を見回しました。エッサイが中庭を横切ってやって来ました。重い銀のベルトが付いた、肩に留め金のある、全身を覆うトーガを着ていました。

「エッサイを祝福しましょう」とサラが呟きました。「我がユダヤの元老院議員を」

エッサイはいつもどおりの皮肉な笑みを浮かべてやって来ましたが、私たちの顔を見ると目を瞬かせ、何もかも見通しました。エッサイは私たちが十分に休息を取り、食事をし、準備を整えたことを確認しました。そして私たちは出かけました。

庭を横切りながら、エッサイが言いました。「サラ、あなたは調べられることになる。ルツ、あなたは検査されることに従うかどうか、尋ねられることになる。会見が延長されることはなく、元老院の部屋で行なわれる。勇敢なヨセフスとあなたたち暗殺者との間には大きくて重いテーブルがある。四人のアレクサンドリア出身のヨセフスの個人的な護衛が同席することになる。連中は無視しなさい。ヘブライ語だけでしゃべりなさい。私もずっと同席する。二人の筆記者も同席する」

やや戸惑いながら、中年の百人隊長が私たちを控えの間に案内しました。百人隊長は慎重で、礼儀正しく、服を脱いでの身体検査は行なわないことをはっきり断言しました。百人隊長は私より背が低く、それが彼をいっそう困惑させていました。私は隊長に私の髪の毛を優しく探れるように頭を差し出しました。隊長は私を自由に調べられたことで気楽になりました。サラは笑いながら明るい目をして、街のギリシア語を話しながら、驚くほど粗野な素振りで隊長に対しました。隊長と若い将校たちは赤面し、サラは喉を鳴らして笑い出しました。エッサイがサラの態度を苦々しげにバカにし、頭を振りながらやって来ました。私たちは、けばけばしい装飾のある扉に向かって短い回廊をエッサイの後に従って行きました。扉は私たちが近づくと、内側に開きました。

部屋は大きく、色と備品が公式の場であることを強調し、良く整えられていました。周囲の壁には多くの彫刻が施され、ローマ帝国を象徴する鷲の紋章の付いた椅子を引き立たせていました。部屋の中でもっとも大きい家具は、巨大な幅の広いテーブルで、部屋に入った私たちから最も離れたところに置かれていました。ほとんど壁から壁まで達する大きさでした。明らかに部屋の中央に置かれていたテーブルが、そこに移されていたことが分かりました。サラは私との間に立つエッサイを一瞬見上げましたが、エッサイはまっすぐ前を見ていました。

テーブルの両端には筆記用具を揃えて、書記が座っていました。テーブルの後ろには、低い壇の上の玉座のような椅子の片方の端に、槍を手にした重装備のいかめしい顔をした四人の男がいました。

椅子にはヨセフスが座っていました。

私は、翌日まで、ヨセフスと私が同じ三十七歳であることを思い出しませんでした。身ごなし、容貌、姿勢の点で、ヨセフスは私より十五歳年上と言ってもおかしくありませんでした。中肉中背で、エッサイと同じような装いをしていました。しかし、トーガの色は白というよりもやや薄いベージュで、材質はやや厚手でした。髪を肩まで垂らし、たくさんの髭を生やしていました。髪と髭は白髪混じりで、全体が拡がっているというより筋状になっていました（サラはわざとそうしていると思っていました）。両目は濃い眉毛の下にくぼんでいました。両目は奇妙で人を引き付けるところがありましたが、額と眉についてはしかめ面のようでした。わざとそうしているようでした。肌はとても青白く滑らかで、両手は慎重にテーブルに置かれ、マニキュアが施されて白く、ほとんど指の付け根まで肌毛で覆われていました。

私たちはテーブルから少し離れて置かれた三脚の椅子のちょうど前のヨセフスの前に立ちました。

エッサイが言いました。「こちらがマサダの二人の女性です」そして身振りで椅子に座るように私たちを促しました。ヨセフスは私たちが着席すると、サラから私へと視線を前後させる以外、意思を示しませんでした。ヨセフスは私の顔と同様、体をじっと見つめていました。私は中央の椅子に座り、サラは私の左隣に、エッサイは私の右隣に座りました。

ヨセフスは自分の動作を十分自制できる、静かな男でした。永い間、何かの書類に目を落とし、それから顔を上げ、サラと私の間の空間のどこか、また私たちの頭上の空間に向けて口を開きました。

「私の友人があなたたちにはっきり伝えたかもしれないが、私は最近の戦争の歴史にもっぱら専念している。戦争の時期が長きに及ぶので、私はこのようなインタビューをたくさんこなすことになる。私の目的は、正確さと真実にある。偉大なるヴェスパシアヌスがこの年代記作成に深い関心を示している。勇敢なるティトスもまたこの仕事に同様の関心を示している。こうしたインタビューは、いわば、この国についての、年代記に含まれる時期についての私の個人的な知識の欠落を、戦争に関する知識の欠落を補うものになると考えられる。また私は戦争のあった一地域にいた以上に、戦争に積極的に関与して来た幸運な立場にある」

「一方の側だけでなく、もう一方の側にも」とサラが、同意するように言いました。

ヨセフスの目は一瞬の問いかけに反応しませんでした。サラの批評をヨセフスは完全に無視しました。「私はあなたたちが二人とも、エルサレムでの最初の戦闘の経験者であることを知っている。しかし、エルサレムの戦闘の経験者はたくさん存在する。私はその戦闘に関する質問であなたたちを煩わせる気はない。そう、このインタビューの主題は、マサダの最後の晩についての話にある」

「あなたはヨタパタについては何か知る必要はありませんか?」とサラが助言するように尋ねました。「それとも十分なのですか?」

ヨセフスは、サラの視線に合わせて自分の視線を落としました。「私がこれまで行なって来たインタビューにおいて、あなたたちの場合のように、目撃者が二人いるとき、一人の目撃者から十分に聞き出し、もう一人は付け加えるべき細部、見落としている細部を補うために利用することが最善であることに気がついた。私たちはここでも同じ手順を踏むことになる」ヨセフスは私を見ました。「あなたが出来る限りたくさん、あの晩についてどうぞ話して下さい。そしてあなたの友人は必要な細部を付け加えることになる。私はあなたがた二人について、このような組み合わせでインタビューを行なうことが最善だろうという忠告をシルヴァ将軍から得ている」

「シルヴァ将軍はお元気ですか?」とサラが尋ねました。「それからすぐれたルキウス、素敵な若い女性と若い画家。みな元気ですか」

ヨセフスは無表情で答えず、サラに目を向けました。サラはまったく気にかけず、しゃべり続けました。「もちろん、シルヴァ将軍は、マサダの最後の数日について多くの事を告げることが出来るでしょう。将軍はとても勘のいい人です。それに尊敬できる人です。……あなたはシルヴァから多くを学べる」

ヨセフスの無表情な視線は私に移りました。「好きな時に始めて下さい」。声は調子が変わり、慣れた調子でしたが、温かみはありませんでした。

私は黙ったままでしたが、突然、大きな緊張とこわばりを体内に感じました。冷たい身震いが私を襲い、目に見える形で体が震え出し、サラが気づいてこちらに頭を向け、心配そうに鋭い目で私を見ました。

私の両手は震え、話すことが出来そうにありませんでした。私は話そうとしました。二度。しかし言葉が出て来ませんでした。私はサラを見、それからエッサイを見ましたが、助けは期待できませんでした。

「すぐれたヨセフスは」とエッサイが言いました。「自分自身で多くの事を経験して来たので、大きな、そして悲劇的な出来事の回想が引き起こす精神的なストレスを十分理解している」

「すぐれたヨセフスは、理解出来るか否かにかかわらず、一分間待つでしょう」とサラは言い、私のところまで来ました。護衛が体を動かしましたが、エッサイが一瞥すると元に戻りました。ヨセフスは身じろぎもせず、言葉も発しませんでした。サラは跪《ひざまず》き、その顔が私の顔と同じ高さになりました。「話しなさい、ルツ。マサダの事をすべて話しなさい。マサダから自分を解き放ちなさい。マサダはあなたの中で不穏な精神、呪文のように生きている。話す時期が来たのよ、ルツ。私を信じなさい。私に話すのよ、私に告げるのよ、ヨセフスにではなく。くたばればいいのよ、ヨセフスなんかどうということはない。私に話しなさい！」

サラは椅子を引きましたが、大きな音だけがして私に一層近寄りました。再び護衛兵が動きましたが、サラは何もしないことを護衛兵に誓い、護衛兵は黙認し、再び静かになりました。

私はサラの手をきつく握りましたが、まずヨセフスが、不思議な神秘的な表情を浮かべ、まるで祈るような声で、口を切りました。エッサイを見ると、エッサイは私の視線を待っており、まるで「まだ一休みしなさい」と言っているかのように、小さく頷きました。とても奇妙な感じでしたが、一休みは天の配剤でした。

「この若い女性に平安を与えたまえ、主よ」とヨセフスは声に抑揚をつけて言いました。「あなたが私に平安を与えたもうた如くに。なぜなら、あなたの下さった平安の中で、私の言動のすべてがあなたの望むものであったことを認めるからです。あなたが導いたとおりに私は歩みました。私が語ったのはあなたの言葉であり、私が行なったのはあなたの行為です。偉大なるヴェスパシアヌスは世界の君主であるべきだというあなたの選択を、私は宣告しました。事態は記されたとおり、予見されたとおりになりました。あなたの望みに従うことは、主よ、人に平安を与えます。かくして私は平安の中に歩みます」

「ヨセフスがもたらすものは地獄同然よ」とサラが私の耳にささやきました。

「しかしここ、私の生まれた国において」とヨセフスは祈りました。「私は破局を防ぎ、破壊を避けることを分かち合う者がおらず、一人で歩み、四方を敵意と憎悪で囲まれました。主よ、私が数万の軍隊を作り、自分の兵器庫の兵器で武装させ、ローマ軍の方法で訓練したことは忘れ去られます」

「エッサイは正しい」とサラは呟きました。「ヨセフスは信じきっている」

「……そして、多くは私が大きな城壁で要塞化した場所です」

「すべてを八カ月で」とサラは歯ぎしりしました。

「しかし今、邪悪な人々が彼らの書いた書物の中で、私に対する中傷と侮辱の山を築く。書いたり読んだり出来ない人々は、理解しないまま問題を何も知らずにおしゃべりする。おお、主よ、ヨタパタであなたが服従することよりも死ぬように人々を導いたのと同じような場所、マサダで起きたことを私に語るために、この女性に平安をお与え下さい」

　サラは人殺しをしかねない目つきで、食いしばった歯の間から、息をゆっくり吐きました。「私に、ルツ」とサラは私の頭に頭を寄せ、「私に話して」と言いました。「このいかさま野郎が、ヨタパタで自分が殺した四十人についての心の安らぎを得るためにマサダを使おうとしているることを聞いたばかりでしょう。ヨセフスなんか問題じゃない、愛しいルツ、私に話して！」

「おお、主よ、あなたが私をお使いになったように」とヨセフスが同じ声、同じ焦点の定まらぬ目付きで続けました。「あなたの愛と許しの抱擁の仕方を人々に示されんことを。さあ、私たちに私と同じもう一人の声をお聞かせ下さい……」

「どうか、静かにして！」私自身の声が鋭い叫びとなって響き、私を驚かせました。「静かにして！　エレアザルは決してあなたのようではなかった。止めて。神様にそのように呼びかけるを止めて！　神様には聞こえない。ときどき、神様は聞かない、顔を逸らします」。いまやヨセフスの目の焦点は定まり、瞬き一つせず、私の顔を見つめました。「壁は燃えていた。壁は燃えていた。壁は木製で、炎は赤い空に黄色く映えていた。木は燃え、土は崩れ落ち、木は再び燃えた」

「土が崩れ落ちた？」

「静かにして、ヨセフ」とサラがぴしゃりと言いました。「私に言いなさい、ルツさん」

「……空は紫色に変わり、それから暗くなり、炎が塔に点りました。それから私たちの男たち数人が、行きつ戻りつし、叫びました。『集会だ、集会だ、エレアザルは全員集会へ出ろと言っている。西の宮殿の中で集会だ。例外なしに男は全員だ。未婚の女性も全員だ。妻や子供たちは出ない。集会だ。三十分以内に開く』。サラ、冗談にして、あなたは言いました。『男たち全員、未婚の女性全員、多分エレアザルは私たちを結婚させようとしている』って。思い出さない、サラ?」

「そのとおり、ルツ、それから何が起こったの?」

「青天井の、こちらを見通せるローマの野営地の密偵には見えない、中庭に集まりました。私たちは個々に全員が松明を灯して参加しました。中庭は明るく、私たちはお互いの顔を見ることが出来ました。妻たちのうちの一人か二人が来ていましたが、誰もおしゃべりはしませんでした。下に設営されている野営地からの物音を聞くことが出来ました。まもなく仕事を終え、私たち全員を一掃しようとしている昂《たかぶ》った気配の物音が感じられました。言葉は聞こえませんでしたが、分かっていました。そして従兄弟のエレアザルが現れました。エレアザルは背丈が伸び、青ざめたように見えました。エレアザルは古いベンチの上に立ち上がり、私たち全員に地面に腰を下ろすように告げました。エレアザルは最後のざわついた状態が鎮まるのを待ち、エレアザルが話し始める前に私語が途絶えました。エレアザルが話し始めると、狂った妖精のように山の周囲を吹いていた風が止み、私たちと同じように、待機し、耳を傾けているかのようでした。風に乗って伝わって来る、野営地からの騒音でさえも、衰えました。風が止み、炎もその唸り声を止め、耳に燃える音が聞こえました。それからエレアザルが話し始めました。全員が、エレアザルの話す言葉が聞き取れず、顔を見、同情と勇気を感じ取れないときに、だれかに言葉を告げるのは何の役に立つの？　何の役に、何の役に……」

「役に立つのよ、理由がある」とサラが私の手を温かく強く握り、言いました。

サラの声は私を落ち着かせ、私は手足に震えを覚え、寒気を感じながら一息入れました。私は顔をエッサイに向けました。エッサイはとても熱心に私を見ていました。背を椅子に預け、もし必要なら私の力になる用意があるように見えました。エッサイがとてもエッサイとは思えないほどでした。そう思うと笑みが湧き、すると、エッサイは普段のエッサイに戻りました。エッサイの目は私の胸に注がれていました。そこには涙で出来た染みがありました。私がうつむくと、もう一滴、涙の染みが出来ました。私の心に父の声が聞こえて来ました。『私たちは泣かない。私とお前は。私たちはそうして生きていく』。私はヨセフスに目をやりました。ヨセフスは白い手を組み合わせ、私の言葉を待って、微動だにせずに座っていました。ヨセフスは二人の書記にちらっと目を向け、それから私に視線を戻しました。

「あなたたちの指導者の言葉を正確に思いだすことは」とヨセフスは言いました。「とても役に立つ。あなたの友人が言うとおり。正確さと真実、それが目的だ。用意が出来たら話を続けなさい」

部屋の中はとても静かでした。テラスに続く開かれたドアから鳥の歌声が聞こえて来ました。甘く切なく、耳に快い歌声でした。平安が満ち、私はやや気分が楽になり、心に当時の光景を思い浮かべました。

　サラが私の手を揺すりました。「ルツ、どうしたの？」

　私は考えをまとめました。「エレアザルは私たちを友人と呼びました。そう呼んだのは私たちに耳を傾けさせるためでした。そして再び、エレアザルは『友人諸君』と呼びかけました。『兄弟、姉妹、私はあなたたちに告げるべきことを告げなければならない。それは言葉にしなければならないし、すぐに大きな驚きではなくなる、論理的ですらあることだ。しかしまた、大きなショックを与えることになる。どう切り出すべきか、忠実な友人諸君、勇敢な友人諸君、どう切り出すべきだろうか？

　昔々、われわれは唯一の神に仕えることを決意した。王にでもなければ、ローマの最高権力者にでもない。唯一の神にだ。われわれは、反乱を試みた最初の者だ。そしてわれわれは抵抗の最後の砦にいる。明朝、ローマ軍はマサダを奪い取るだろう。われわれはローマ軍を悩まして来たが、連中の目的はわれわれを生け捕りにすることだ。具体的に言えば、われわれを奴隷にし、われわれの眼の前で女たちを凌辱し、子供たちを処刑し、不具にすることだ。なぜなら、われわれの哀れなこの小さな国において、百万回も目にして来たとおり、それが連中のやり方だからだ。もしわれわれが連中の捕虜になれば、われわれの死に方は連中の意のままになる。われわれは連中の捕虜になるかもしれない。われわれはどうやって見ても明日の朝、この山で連中の捕虜になることを防ぐことは出来ない。しかし、朝まではわれわれは死に方を自由に選べる。

われわれの妻は、多くのユダヤ人の女性がローマ人の手によってもたらされた受難をまったく知らない。子供たちは奴隷について何も知らない。われわれの妻子にとっては、凌辱されたり奴隷にされたりすることを受け入れるよりはむしろ死ぬことが、本当の慈しみによる思いやりを受け入れることになる。さらに、それ以外の家族を持たないわれわれ男女は長い間激しく戦ってきたが、どうして奴隷にされることを受け入れられるだろう。名誉ある祈祷衣《テフィリン》、栄誉の屍衣をまとうように、われわれ自身の自由を身に着けて自由に死のうではないか』」

白い手を持ち、背後に剣を持った護衛を控えさせ、書記を臨席させる静かな男に対して、誰か言葉で伝えることが出来るでしょうか、夜の空気の感触を、その権威を一度も疑わず、その愛情から自分たちの強さを引き出した男の言うことに耳を傾けながら地面に座っている熱心党の戦士たちの様子の変化を。

エレアザルは静かに待っていました。エレアザルと同じように彼の十人の百人隊長も待っていました。熱心党員たちは互いに表情を交わしました。表情は不信、懸念、恐怖の様子を示しました。まず口を開いたのは、単純で垢《あか》ぬけない話しぶりの公平な大男でした。小さな村出身で鍛冶屋をしていた、サムソンそっくりの男でした。

「エレアザル」と男はゆっくり言いました。「あなたはわれわれが最後の一人まで、最後の一息まで戦うことを疑っているのかね？　われわれは一人で六人を殺す。以前、それを実行して来た」

エレアザルと百人隊長の十人は、他の人が話すのを待って、銅像のように立っていました。

大男は、周りを見回し、彼が理解していないと頭を振る人々や、彼に難色を示す人々の視線に出会いました。男は再びしわがれ声で話しました。

「あなたは私たちが戦わないと言うのですか。戦わずに死ぬと？　われわれ全員が。女子供も含めて。どういうことですか？」

突然、途絶えていたざわめきが起こりました。非常に具体的に肌に触れ、口で味わえる恐怖の認識、墓場の土を掘り返したような臭いが静寂に取って代わりました。

「われわれは死ぬべくして生を享けた」とエレアザルが言いました。その声は冷静で思慮深気でした。「われわれとわれわれがこの世に連れ出した人々。これが事の成り行きだ。ここで、最大の不運と最大の幸運はそっくりになる。富める者と貧しき者、知恵あるものと愚か者、卑怯者と勇者が似通う。それが自然の法則であり、神の摂理だ。しかしわれわれの妻子は、恥と暴虐と隷従への堕落に出会う。これは自然の法則に反する。われわれはこれを受け入れるか阻止するかの岐路に立っている――われわれの手の内にある。われわれは、ここマサダで愛する者と共に、日々、神に、毎度の食事に、あらゆるよきものに感謝を捧げて生きてきたのと同じように、ここで死ぬことが出来る。誉れ高く、自由に、共に、この機会に死ぬことがまた神に感謝を捧げることになる。滅多にない機会だ。神によってわれわれに与えられた名誉だ。それには勇気が必要だ。大きな勇気が。われわれはそれを持っている。われわれは幾度となく自らの勇気を鼓舞して来た。それには決意が必要だ。偉大な決意が。われわれはそれをすることが出来る。愛する友人諸君、この行為は残酷ではなく、むしろ慈悲深い行為だ。その肉体が長引く拷問に十分耐えうる強さのある若者に与える慈悲。その肉体が張り裂ける、それほど若くはない人々に与える慈悲。暴力的に連れて行かれる妻に与える慈悲。子供たちとの間が裂かれて『お父ちゃん』と呼ぶ声が薄れていく、束縛された父親への慈悲」

それからエレアザルはしばらくの間、彼の十人の「百人隊長」と共に沈黙しました。エレアザルの顔に浮かんだ思いやりと強さは配下の十人の顔にも浮かびました。エレアザル同様、十人は偉大な敗北を受け入れました。彼らは恐れを知らぬ戦士、剣の人でした。しかしいまや、彼らは目に悲しみを湛《たた》え、沈黙し、会衆の前に祭司のように立ち尽くしていました。

群衆もまた沈黙していました。あちこちでささやきが聞こえ、また静まりました。ショックのあまり自制心を失った声が湧きそれから息を詰まらせました。事態は手に余りました。受け入れるためには、吸収するためにはこの沈黙が必要でした。エレアザルは賢明でした。再び話し始めました。声明が命令のように厳しく響きました。

「人の生は苦難に満ちている」。群衆は水を打ったように静まり返りました。「これはわれわれの父祖たち、われわれよりはるかに賢い人々の教えである。われわれの魂は自由から生まれ、死ぬことでその自由に戻る。われわれの魂は死を免れることの出来ない肉体に閉じ込められ、これを受け入れ、悲惨と難儀を知る。死ねば魂は縛《いまし》めを解かれ、奴隷になることも、処刑されたり、不具にされたり、凌辱を受けたりすることもあり得ない。休日の群衆の娯楽のために獣に屈辱を与えられ、食いちぎられ、肉片になることもなければ、罰せられたり十字架に付けられたりすることもあり得ない。生きることは死の恐怖、死と隣り合わせている。だがわれわれの命には不死が与えられる。神から借りているわれわれの魂を神に返し、自由を得る。われわれがすべてを目にした後、愛する友人諸君、誰がわれわれの教師たちのまことの教え、人の生が苦難に満ちたものであるということを疑えるであろうか？」

いまや、群衆の沈黙は質が異なり、正確に定義することが不可能になりました。言葉が心に喚起するイメージを思い浮かべることは、ある人々には困難に過ぎ、他の人々には受け入れ難いものでした。しかしすべてを超えて、エレアザルの言葉は心に響きました。大男の鍛冶屋は、先ほど、一人で六人を殺すと言ったとき、真実を語りました。われわれは最後の一人まで戦うことが出来、それがわれわれの戦いの方法でした。しかし、最後の一人の女性まではどうか。女たちが虐殺されたら、子供たちは、赤ん坊たちはどうなるのか。

エレアザルの顔からは血の気が失せ、目は大きく見開かれていました。声の響きには明らかに嗚咽《おえつ》が混じっていました。

「ただ、われわれが敵によって蹂躙《じゅうりん》され、美しい神殿が焼け落ち汚された、愛するエルサレムを目にする前に、全員死んでしまっていたのであればよかったのだが。そうであればこんなことにならなかった。われわれの最後の抵抗は存在しなかった。復讐も存在しなかった。われわれの運命は保証され、明らかになっていた。しかし、運命の選択はわれわれの掌中にある。われわれわれは家族や友人という仲間と一緒に、名誉ある死を選ぼうではないか。名誉ある死を、自由に、選ぼうではないか」

鍛冶屋がまず立ち上がりました。それから一瞬にして全員が立ち上がりました。緊張を解く動き、作業を始めることが必要でした。

「身の回りの物だけを焼き捨てなさい」とエレアザルが言いました。「食べ物の貯えや水、油、ワインは残して置こう。菜園や果樹は残して置こう。われわれが自由な人間として、自由のまま、満ち足りて死んだことを、ローマ人どもに見せてやろう」

全員はまだ立ったままで、皆より頭一つ背の高い鍛冶屋が、皆に向かって言いました。

「どうやって死ぬのか、エレアザル。どういう具合に実行されるのか。それをわれわれに教えてくれ」

「それぞれの父親が自分の子供に自由を与えることになる」とエレアザルは言いました。「それぞれの夫が自分の妻に自由を与える。妻も子供もいない男たちが、それから、夫たちや父親たちに自由を与える。妻も子供もいない男たち、それに独身の女性たちは、私の配下の百人隊長と私が自由を与えることになる。百人隊長と私はくじを引き、順番に自由を与える。最後の一人が自分で自分に自由を与える。神が皆の手をしっかりさせて下さるだろう。行って、準備をしよう」

皆が動き出す前に静止の瞬間がありましたが、すぐに中庭には誰もいなくなりました。まもなく火が燃え始めました。サラと私は、「家族のいない独身女」だったので、他の人々が乾いた小枝と油を浸みこませたボロキレを指定の場所に積み上げました。私たちの最後の集会を行なったこの場所が焼き払われることになっていたからです。私たちは黙って作業しました。それぞれが自分の考えを抱いていましたが、礼儀正しく、静かに作業を進めたのです。こうして時が過ぎて行きました。

それから、エレアザルが私たちのところにやって来て、私とサラと五人の子供たちが生き残ることになっていると告げました。私たちは、大きな貯水槽へと降りて行く岩に刻まれた階段に身を隠し、朝を待つことになっていました。私はエレアザルの言葉をヨセフスが書く歴史のために、私の歴史を書くために思い出したのと同じように、正確に嘘偽りなく思い出し、それをヨセフスに告げました。どうしてわが友エレアザルの最後の言葉と行動を思い出すときに、私が正確さや真実を期せないでおられましょうか。

私が話を止めると、部屋は静まり返りました。外では鳥たちが歌っていました。大きなテーブルが輝き、光っていました。激しい息遣いをしながら仕事に専心していた年長の書記が、ゆっくり体を動かしました。

私は悲しみあるいは痛みから自由になる感覚を失っていました。ただ、全身が麻痺したように感じていました。サラがまだ私の手を握っていることに気がつきました。手足は硬直したままでした。どれくらいの時間が経過したのか分かりませんでした。私はサラの顔を見回しましたが、心配と緊張の表情が湛えられていました。私の胸の涙の染みは広がっていました。私は頭を回しました。エッサイは身じろぎ一つしませんでした。

私はそれからヨセフスに気がつきました。ヨセフスの顔は、テーブルから反射する光で輝いていました。まるでもう文章を書き上げてしまったかのような熱を帯びてはいるが内面をうかがわせる表情をしていました。私の様子に気がつくと、ヨセフスの目つきが変わりました。

「ありがとう」とヨセフスは言いました。「くじを引いて死ぬ順番を決めたことは、特筆に値する出来事だ。特筆に値する」

「……それに聞き覚えがある」とサラが間をおかずに言いました。そしてサラは視線を私の顔に戻しました。サラの声は慈愛に満ちていました。「あなたは話し終えていない、ルツ、もっと話すことがあるでしょう」

頭がずきずき痛み、肩と首の後ろに痛みを感じました。

「ねえ、サラさん」と私はささやきました。「私は感じない……」

「私のために話して、ルツ、大丈夫よ」

「話しがもっとあるのか？」ヨセフスがサラに尋ねました。「おそらくあなたが一つか二つ細部を付け加えることが出来る」

エッサイが口を挟みました。「もし助けられるなら助けなさい、サラ。ルツを。ルツの心には負担が重すぎる」

サラは視線を私の目から逸らすことなく、話しました。「細かいところをすべて話すわ。私は五人の孤児を集め、それからルツのいる西の宮殿の中庭まで戻った。ルツは隠れる場所まで先頭に立って行くようにと私に話した。起こった事のすべてを書き記すことをエレアザルに約束したとルツは言った。それから……」

「自分が見ていないことをどうして私は書くことが出来るの！」

私の声は、甲高《かんだか》いベルの音のように私の頭の中で鳴り響きました。サラの表情を見て、私は自分が大声で叫んだことを知りました。私が話し始めたときとはまったく違っていました。最初はサラに話したのではありません。サラに話したのは二度目のときです。最初はエレアザルに話したのでした。エレアザルの顔は青ざめていました。台地の上、人気のない中庭を取り囲む建物の屋根の上のいたるところから、火の爆《は》ぜる音が聞こえて来ました。大きな音ではなく、シューシューという密かな音でした。

エレアザルは私の手を取りました。滅多にないしぐさでした。「自らを大事にせよ、ルツ」とエレアザルは言いました。「お前は死について知っている。死は昔馴染みだ」エレアザルはサラに言葉を継ごうとしました。そのとき、中庭のアーチの入り口にいる私の先を見やりながら、耐え難い苦痛のためにエレアザルは目を細めていました。私は振り向きました。四人の家族がいました。三十は超えていない両親と二人の小さな少女でした。四人はエレアザルを目にすると、近づいて来ました。私は片側に身を引きました。

ヨエルという名の男が言いました。「南の壁に住んでいる私たちは、野外に、ここに一緒にいたい。みなやって来る」

みなが歌いながらアーチを潜って来ました。九家族でした。みな低い声で熱心党の歌を歌っていました。

主は私たちに何が正しいかを教えたもうた
私たちに戦うことを教えたもうた

誰のためによりよく戦うのか
　誰のために、誰のために
　光の主――正義のために！

みなは前に進み、エレアザルの近くで立ち止まりました。もう一つのグループが歌いながらアーチを潜って来ました。

　主は私たちに律法を与えたもうた
　さらに多くのものを私たちに与えたもうた
戦うことを私たちに教えたもうた
　正義の主のために
　光の主のために
　正義の主のために
　立ち上がり、戦おう

いつも大声で歌う歌でしたが、囁《ささや》くようなリズムの低い歌声がいつまでも続いていました。二番目のグループが立ち止まり、代表者がエレアザルのところまでやって来ましたが、エレアザルは微動だにしませんでした。

「貯蔵庫の居住区に住む私たちは、同胞《とも》と一緒にいることを望みます。屋外に出て。子供を含めて私たちは四十九人です。全員ここにいます。他のグループがやって来ます」

私はアーチまで行き、それを潜り、二つの守衛詰所の間を抜け、宮殿の大きな門を出ました。家族連れや二人連れの人々が私を追い抜いて行きました。私は数ヤード離れた小高い隆起まで歩み、立ち止まりました。

あらゆる方向から私の友人たちが宮殿まで台地を横切って歩いていました。歌声は止んでいました。子供たちのおしゃべりする声が聞こえる以外話し声は聞こえませんでした。歩く人々の立てる音以外の音は聞こえませんでした。音は急ぐことなく、規則的で、リズミカルでした。城壁の中の台地すべてが小さな哀れなほど小さな火で取り巻かれていました。マサダの私たちに燃やす物はごく僅かだったからです。

まもなく山の頂上には静かに巡回をする十人を残して誰もいなくなりました。私はまだ宮殿の外にいることが出来ず、出て行くことを恐れて、中庭まで戻りました。

最初の印象は静寂そのものでした。人々は静かに堅く抱擁し合っていました。夫婦はお互いに抱き合い、子供たちをまるで決して手放さないかのように抱きしめていました。限りなくキスが交わされ、言葉はほとんどありませんでしたが、涙が溢れていました。すでに短剣を手にした多くの筋骨隆々たる戦士たちが、頬を濡らし、見守りながら立っていました。他の人々はグループからグループへと、握手をし、キスを交わし、最後の別れを告げるために歩いていました。人々のこうした動きはやがて止み、同じようにすべての物音が止みました。天そのものがいまやエレアザルの話を聞くために待ち構えているようでした。

エレアザルの顔は思いやりの天使さながらでした。

「始めよう」エレアザルが言いました。

ああ、国に溢れ、敵の心を恐怖で満たした、小さな鋭い刃のナイフで一刺し、一突きする暗殺団《シカリ》が、どれほど愛をこめて子供たちの白い首を撫《な》でたことでしょう、どれだけ優しく妻たちに接したことでしょう。あなたたちはどれだけ注意深く、最後の瞬間まで、老人に接するように刃を隠したことでしょう。

いまや、声が再び私の頭の中で鳴り響いていました。「なぜかくまで多くの血が流されなければならなかったのですか」なぜ神は私たち七人を血の洪水に巻き込まなかったのですか。ああ、主よ、ここで血を止めるための奇跡が必要でした。主よ、このときこそ愛と慈悲の下される瞬間でした。主よ、威厳と美の中に命を終える一瞬でした。同胞たちの間で、同胞たちに助けられ付き添われて。真心に満ちたこの瞬間、愛に満ちた瞬間でした。

血がその瞬間を害《そこな》いました、主よ。なぜあなたは血を止めなかったのですか。血が流れ、湧き出て、勢いを増し、大気そのものが血の匂いを放つまでに迸《ほとばし》り出ました。私たちは血の中で転び、足を滑らせ、血を避けることが出来ませんでした。私たちは歩み去ることが出来ませんでした、主よ。「その事」が遂行されなければならなかったからです。父たちが、うつろな眼差しで義務を果たし、家族の血の海の中に横たわり、慈愛に満ちた腕を家族たちの体に巻き、自分に代わって事をなす人々に自分の首を差し出しました。同胞たちは事を果たすために跪《ひざまず》き、それから事がなるために自分たち自身の顎を上に向けました。ああ、神よ、何という突然の血でしょう。何と敏速に、何とひっきりなしに、何と高貴な色の血が流されたことでしょう。

絶えず百人隊長の十人が、事がうまく行ったか、素早く苦痛なしに終えたかを確認しながら、千人の間を歩いていました。そうして、男たちが跪き、横たわり、再び立ち上がりませんでした。いまや死体で覆われた中庭は、不思議な状態でした。

我が同胞たちはとてもきちんと横たわっていました。

とても静かでした。中庭の壁に据え付けられた鉄製の容器に差した大きな松明の燃える囁きのような音だけが聞こえました。十人だけが絶えず歩き回っていました。エレアザルは頭を垂れ、私の右手に一人で立っていました。十人は松明まで歩いて行き、松明を取り外し、私たちが十人のために積み上げておいた材木のある宮殿の外側に続く、あらかじめ決められた道を進んで行きました。私は十人の歩みを見守っていました。私が振り向いたとき、エレアザルが私の側に立っていました。

「宮殿は燃え尽きる」とエレアザルは言いました。「しかし、中庭を取り囲む建物は燃え残る。それに……」エレアザルは話を止め、屍の広場に向かって優しい仕草を示しました。私たちは二人だけで立ち、エレアザルが私の手を握りました。壁を離れた多くの大きな松明によって、光景はさらに哀れ深いものになりました。そして月の光が赤い血の色を黒に変え、影との見分けが付かなくなり、血から目を休ませてくれました。

エレアザルの握った手は血で粘ついていました。主よ、何度も私は手のひらと指の間にその感触を感じます。

まもなく十人が戻って来ました。それぞれがアーチをくぐり抜けて近づくと、手にした松明を、弧を描くようにして屋根の上に投げつけました。

十人はやって来ると、一列になってエレアザルの前に並びました。エレアザルは前に進み出て一人一人男たちを腕で抱きしめ、それから私のところにやって来ました。

「行くのだ、ルツ。他に見るものは何もない。すべては終わった。私が最後を見届ける」

「あなたはどうやって?」

「私自身の剣に伏せる」

私は思わず顔をそむけました。口が苦いもので一杯になりました。エレアザルの言ったことを受け入れることが出来ませんでした。想像するだけでも耐え難いことでした。

私の腕をエレアザルの手が強く、荒々しく揺さぶりました。「行くんだ、ルツ」

私は吐き気をこらえ、言葉を探そうと必死になりました。「待って、聞いて下さい。剣は切るために出来ていて、突き刺すことには向いていません。切っ先は鋭くとも点ではありません。剣先の角度には幅があり、矢のようには尖っていません。どうしてあなたは確実に死ねるのですか」

エレアザルは私を制止しました。「ルツ、お前は実用的な心の持ち主だ。私は槍を短くしておいた。さあ、行きなさい」エレアザルの声は厳しいものでした。

私はエレアザルを残して、十人が並んでいるそばを一人ひとりの顔を見つめながら、通り過ぎました。私は声を出せませんでした。十人は、煙と血で汚れ、まっすぐに立っていました。私が通り過ぎるとき、一人ひとりが頷きました。私は中庭のアーチをくぐり抜け、それから大きい門を出たとき、後ろを振り向くことが出来ませんでした。宮殿の前を右に曲がり、再び右に曲がり、いまや台地を南に向かって歩いていました。火の輪は小さくなっていましたが、まだ燃え盛っていました。風はありませんでした。私は立ち止まり、後ろを振り向きました。宮殿の無数の場所が燃え始めていました。私たちが薪の束を置いた場所は、そうしたことに精通した男たちの指示した場所でした。薪の束はゆっくり点火され、ローマ軍がやって来るまで一晩中燃え続けることになっていました。少なくとも私の同胞の横たわる場所は燃え続けることになっていましたが、きれいな炎が同胞のいる場所を取り巻いていました。

私の気持ちは沈み、手足は鉛のように重く感じられました。小さな別荘の一つの中庭を仕切る低い壁に私はもたれかかりました。私は祈りを捧げようと、死者のための祈りを口にしようと、力を狩り集めようとしました。世界中でただ一人だと感じていました。月は中空高く差し掛かっていました。衣服は血の匂いがしました。耳の中に一つの歌声が聞こえました。突然、私はおそらく私の心の中だけに聞こえる、あるいは胸の中だけに聞こえる、叫び声を聞きました。私は宮殿に、中庭に、私を呼んだと私が確信したエレアザルのもとに、駆け戻りました。

エレアザルは膝の上に頭を垂れ、まるで胸の鼓動を聞いているかのように、十人のうちの一人の胸に頬を寄せていました。体はエレアザルの体重で折れた槍の穂で支えられていました。

エレアザルの左手は彼の顔の近くにあり、右手はだらりと垂れ、まだ槍の穂に支えられていました。

私が胸をどきどきさせて立ち止まると、槍が私に向かって滑り落ち、エレアザルの体が片側に崩れ、とどめを刺しそこなった槍の穂が光に照らされて金属の光を放っていました。エレアザルの頭と肩は動きませんでした。私は血の中に跪き、エレアザルの顔を目にしました。エレアザルの顔はそこに差し込む月の光と同じように青ざめていました。

エレアザルは生きていました。

両の目は辛そうに開き、言葉を口にしようとしました。しかし、言葉の代わりに顔が苦悶にゆがみ、血が口から流れ落ちました。エレアザルは再び三度、言葉を口にしようとしました。

私は頭を下げ、自分の頬をエレアザルの頬に寄せました。

「私はここにいるわよ」と私は言いました。「私はどこにも行かない」

エレアザルの声がついに疲れた子供の囁《ささや》きのように聞こえました。「槍が血で滑った……、まもなくお終いだ……、手を貸してくれ、手を貸してくれ……、痛みでどうにもならない、手を貸してくれ、暗殺団《シカリ》のナイフを見つけてくれ、他で見たとおりにやってくれ、手を貸してくれ……」

「何も言わないで、エレアザル、何も言わないで。私はあなたと一緒よ。ここにいるわ」

エレアザルの答えはありませんでした。私は彼が意識を失ったと思いました。私はそっとエレアザルの向きを変えようとしました。するとたちまち目を開け、声にならない叫びが漏れ、新しい血が吹き出しました。

私は黒い血だまりに伏すエレアザルの側に横たわり、死んだエレアザルの広い胸に私の頭をまた載せました。まだ温もりが残っていました。

私は自分の腕をそっとエレアザルの肩越しに置きました。エレアザルの体が大きく震えました。眼は疲れ切って閉じられ、再び開かれ、私の眼を見つめ、また閉じられました。口は再び叫びを上げようとしましたが、音は出ませんでした。エレアザルは囁きましたが、私には聞きとれず、私は頭を近づけ、エレアザルの口元に私の耳を持って行きました。

「最後の命令だ」とエレアザルは息を吐きました。「私を殺してくれ。痛みが私と神を隔てている。殺してくれ私を。人の生は……悲惨……」

エレアザルの眼は開いたままでした。私が身を引くと、瞬き一つせずに私を引き止めました。再び声にならない苦悶の叫びを上げましたが、私から視線を外しませんでした。時が過ぎました。私がナイフを探してうろうろすると、エレアザルの目は私を追いました。

ヨセフスの声が遠く離れたところから聞こえて来たような気がしました。

「不必要な細部を語ることは避けることが賢明だと私は思う」

「静かにしなさい、バカ野郎！」サラが怒鳴りつけました。

ヨセフスは落ち着いていました。「あなたの友人は気が転倒している」とサラに告げて、ヨセフスは立ち上がりました。「ルツさんにどうぞ私からの感謝を伝えて下さい」

「ルツがあなたのために話したと思っているの？」とサラは私を抱きかかえながら言いまし

た。彼女の腕の中は温かく、安全でした。私は眠りました。

エルサレム
一九七一年七月十四日

ロンドン
一九七二年四月八日

関連略年表

紀元前四年　ヘロデ大王亡くなる。領土は息子のアルケラオス、アンティパス、フィリポに分割相続される
紀元後六年　アルケラオス、失政で領地を追われ、ローマの初代総督コポニウスが着任
一四年　ティベリウス、第二代ローマ皇帝となる
二六年　ポンティオ・ピラト、ユダヤ総督に着任
三〇年　イエス・キリスト、十字架刑に処せられる
三六年　ピラト失脚、ユダヤ総督にマルケロスが着任
三七年　ティベリウス帝が亡くなり、ガイウス・カリグラ、ローマ皇帝となる
　アグリッパ、牢より釈放、フィリポの領地を与えられる
　アンティパス、アグリッパの中傷によって追放される
四一年　カリグラ帝、暗殺され、クラウディウス第四代ローマ皇帝となる
　アグリッパ、ユダヤの王に任ぜられ、帰国。ヘロデ大王の領地を回復
四二年　アグリッパ、エルサレムの城壁建築の中止命令を受ける
四四年　アグリッパ、亡くなり、ユダヤは再びローマ属州に戻る
四六年　ティベリウス・アレクサンドロス、ユダヤ総督に着任

四八年　クマヌス、ユダヤ総督に着任。過越しの祭りに暴動
五二年　アグリッパ二世、ユダヤ属州の一部の領主となる
五四年　フェリクス、ユダヤ総督に着任。ユダヤ過激派、行動を激化
五九年　ネロ、ローマ皇帝になる
　　　　フェストゥス、ユダヤ総督に着任
　　　　使徒パウロ、カイサリアに幽閉中、総督とアグリッパの前で弁明する
六一年　アルビヌス、ユダヤ総督に着任
六四年　フロルス、ユダヤ総督に着任
六六年　五月　カイサリアでユダヤ人とギリシア人の紛争
　　　　フロルス、神殿から金を取り立て、暴動発生
　　　　ユダヤ人、マサダを襲撃し、ローマより奪還
　　　　六月　神殿でローマへの生贄を廃し、事実上、ローマに宣戦布告
　　　　八月　主戦派のメナヘム、マサダの武器をエルサレムに運ぶ
　　　　十月　シリア総督ケスティウス、エルサレムに来るが、敗れて撤退
六七年　一月　エルサレム神殿で大集会　ヨセフス、ガリラヤ方面の司令官となる
　　　　四月　ローマ軍の総司令官ヴェスパシアヌス、ユダヤに来る。五月よりガリラヤに侵攻し、ヨタパタを陥落。ヨセフス捕虜となる
六八年　六月　ネロ帝、暗殺される

六九年　ローマ皇帝のガルバ、オットー、ヴィッテリウスが次々暗殺される
ヴェスパシアヌス、ヨセフスの予言どおりにローマ皇帝になる
七〇年　ティトス、エルサレム攻略の総指揮官になる。春に、エルサレムを包囲
八月二十八日（アブ月九日）　ローマ軍、神殿を破壊
熱心党員ほかユダヤ戦士、マサダに移動して、最後の抵抗をする
九月二十五日（エルル月八日）　エルサレム、完全にローマ軍の手に陥落
七一年　マカエラス要塞、ローマの総督バッススによって陥落
七三年　マサダ要塞、ローマの将軍シルヴァによって陥落

訳者あとがき

一昨年の十二月、ミルトス社の河合一充社長からこの本を翻訳してみる気はありませんかという打診があり、David Kossoff の歴史小説『*The Voices of Masada*』を手渡された。今年の二月に多発性脳梗塞で亡くなった妻が、ちょうどそのころ、ショートステイ中の武蔵野市の老人保健施設で転倒し、右足を骨折、人工骨を入れる手術をしたばかりだった。思いもかけぬ妻の事故に私も大きな精神的ショックを受けていたが、この本の翻訳をすることが気分転換の一助になればと思い、また一度訪れたことのあるイスラエルのマサダ砦には関心があったことと、河合社長の強い思い入れに動かされ、とにかく一読してみることにした。その結果大いに翻訳する意欲をそそられ、本書の刊行となった。

作者のコソフについては全く知識がなかった。そこでコソフのほかの著書である *Bible Stories* や *The Book of Witness* を手に入れるとともに、インターネットの各種ブログを閲覧した。

コソフは一九一九年にロンドンの貧しいロシア系ユダヤ人の洋裁屋の父親の三人の子供の末子として生まれた。家具デザイナーから俳優に転身、すぐに多くのファンを得て人気俳優になった。六九年にはシェイクスピアの『ヴェニスの商人』に悪役として登場する金貸しのユダヤ人シャイロックの役を自ら演じた。六十代のときBBC放送で旧約聖書について話す機会を得て成功を収め、その結果、BBC放送での話がまとめられ*Bible Stories*として刊行された。BBCでは連続して新約聖書の話もすることになり、その話もまとめられ、*The Book of Witness*として刊行された。本書は一九七三年に刊行されている。しかし、この年に、二人の息子のうちの一人、ギタリストとして活動していたポールが重症のコカイン中毒にかかり死亡、以後コソフは麻薬の危険に警鐘を鳴らし、その撲滅を期す活動に精力的に打ち込んだ。そして、二〇〇五年、肝臓がんでこの世を去った。

本書は西暦一世紀のユダヤ戦争の時期のイスラエルを舞台にしているが、ローマ帝国は、パックスロマーナ(PAX ROMANA)、すなわち〃ローマによる平和〃の名のもとに、地中海沿岸一帯からアルプス山脈やドナウ川を越えたガリアやダキア、ドーヴァー海峡を越えたブリタニアにわたる広大な地域を属州として支配し、その覇権の確立にあたっては、エトルリアをはじめカルタゴ、ケルトなど多くの文化を滅亡させた。ユダヤもその対象となった地域である。

本書は、西暦六六年、ローマ帝国のユダヤ総督フロルスがエルサレムのユダヤ教の大神殿から金貨十七タレントを収奪したことに対して怒ったユダヤ人たちの暴動に始まり、ローマ軍の進撃によるヨタパタをはじめとする主要なユダヤ側の戦略拠点の陥落、七〇年のエルサレムの大神殿の炎上に続くエルサレムの陥落を経て七三年のマサダ砦の陥落に終わるローマ帝国に対するユダヤ人たちの約七年に及ぶ抵抗と闘争を、マサダ砦の生き残りの二人の女性の体験を中心に描いた壮大な物語である。

このユダヤのローマに対する抵抗と闘争はフラヴィウス・ヨセフスの『ユダヤ戦記』に詳しく描かれ、マサダ砦の最後の攻防ももちろん記されている。しかし、後世の歴史家や神学者たちの必読書とされる『ユダヤ古代史』、『ユダヤ戦記』、『アピオーンへの反論』を記したフラヴィウス・ヨセフスはユダヤ人の間では非常に評判が悪く、ユダヤ人の部下たちを見捨ててローマ側に寝返った裏切者とされている。だが、山本七平の『禁忌の聖書学』を読むと、ヨセフスという人物はなかなか複雑で、一筋縄では行かない人物であったことが分かる。山本によるとヨセフスは自分を旧約聖書に登場する預言者エレミヤに擬し、ローマ側とユダヤ側との調停者となろうとしたが失敗、ヨタパタの戦闘に敗れ捕虜となったとき、敵のローマ軍の指揮者ヴェスパシアヌスがローマ皇帝になると予言し、それが実現したことによってヴェスパシアヌスとその子ティトスの信頼を得、賜姓《しせい》貴族の待遇を受けたと述べる。さらに、そのころすでに芽生えていた反ユダヤ主義の風潮を代表するアレクサンドリアのエジプト人アピオーンと徹底的に対決し、ユダヤ人およびユダヤ文化の擁護に尽力したと語る。そして最後にヨセフスによって「ヘブル語という特殊な言語世界の作品が、それと全く異質なギリシャ・ローマの世界に入り、その宗教はもとより、思想・文学・芸術に決定的な影響を与えた、というより基本から変えてしまった」と山本は結論する。ヨセフスが今日の西欧文化の原型を作ったと言うのである。
それはともかく、ヨセフスによれば当時のユダヤには三種のユダヤ教徒——サドカイ派、パリサイ派、エッセネ派が存在したが、ヨセフスは社会的に広い層の市民の支持を得ていたパリサイ派に属していた。エッセネ派は社会との交わりを絶ち、ひたすら砂漠で修道生活を送る禁欲的な人々を中心にしたセクトだった。サドカイ派は神殿貴族と上層階級に限られ、民衆から遊離したセクトであると同時に、トーラー、すなわちモーセ五書しか認めない最も保守的な宗団だった。この三派以外にも、民衆の中に根を張るゼロータイ（熱心党）と呼ばれる急進的な集団が存在した。この集団について百瀬文晃著の『キリスト教の原点』は「彼らは律法の遵守に熱心なユダヤ教徒で『ダビデの子』のイデオロギーのもとに団結し、ローマ帝国の支配に反抗した。表だってローマ軍に盾突くことはできなかったので、普段は一般市民の中に紛れて生活し、機会があると、闇夜に乗じ、あるいは人里離れた場所などで、ローマ兵やローマと手を握っているユダヤ人たち（彼らにとっては売国奴）を襲撃した」と記し、「ゼロータイは、たとえ微力ではあっても、悪の支配に屈することなく戦うことが神の憐れみを呼び起こし、神の世界介入を早めてくれるものと信じていた。彼らが強大なローマ帝国の武力にあえて逆らった背景には、このような聖戦思想がある」と述べている。

本書の舞台となったマサダ砦はこの熱心党の人々がローマ軍に対して最後の抵抗を試みた場所であり、主人公であるマサダ砦の集団自決の生き残りの二人の女性は熱心党の重要な活動家であった。

本書はもちろんコソフが想像力をたくましくして描いたフィクションではあるが、こうした当時のユダヤの政治状況を知ることによって、その内容の理解は一層深くなるであろう。

たとえば、ヨセフスとエレアザルという二人の対照的な人物についての評価である。多くのユダヤ人にとって、エレアザルは愛国者であり、ヨセフスは裏切り者であると言われる。しかし、コソフはこうした単純な二分法によって二人の人物をとらえていない。もちろん、その筆致には物語の語り手である女主人公ルツのエレアザルに対するプラトニックな恋愛感情を暗示させるなど、エレアザルに対する親近感が感じられるが、ヨセフスに対しても深い理解を示している。それはエッサイというヨセフスと共にヨタパタの陥落の際に生き残り、行動を共にした人物の言動によく表れている。ヨタパタ陥落に際し、たしかにヨセフスともう一人の人物が生き残ったことは歴史的事実であるが、その人物についてヨセフスは一切語っておらず、本書に登場するエッサイはコソフの想像力の産物であり、架空の人物である。しかし、本書においてエッサイは時にヨセフスの代弁者として、また盟友としてきわめて重要な役割を果たしている。本書のモチーフの一つは、ローマ帝国と妥協することが多くの民衆を救う道になるというヨセフスやエッサイの現実的な思考と、最後までローマと戦うことが神によってユダヤ人に与えられた使命であるというエレアザルに代表される熱心党の聖戦思想の対立である。

イタリアの歴史家クローチェは「すべての歴史は現代史である」と言っているが、ヨセフスと熱心党の対立は、昭和の大戦の終結に際して日本国内の支配層に生じた対立とも似通う。一刻も早く戦争を終わらせるべきであるとする昭和天皇とその重臣を中心としたグループと、サイパン、沖縄が次々に玉砕し、広島、長崎に原爆を落とされてもなお本土決戦を主張した陸軍を中心にしたグループとの対立である。われわれの世代の体験としては一九六〇年代の大学紛争に際して、大学解体を叫び、東大の安田講堂に立てこもった学生たちが思い浮かぶ。ヨセフスとエレアザルの対立はいつの時代にも生じる政治的主題であると言ってもいいだろう。そしてコソフがイギリスで暮らし、イギリス人特有の経験主義哲学のなにがしかの影響を受けたからこそヨセフスやエッサイを単なる裏切り者として描くことなく、その人間像の彫琢に深さを与えたのだろうと考えられる。

コソフはユダヤ系の英国人ではあったが、ユダヤ系という自分の系譜を超えて、人間にとって普遍的な正義とは何か、という問いを問い続けた人間であったと私には思える。そのことを裏付けるエピソードをコソフは *The Book of Witness* の父親への献辞に記しているのでここに引用しよう。

「この本は死んでからすでに長い年月を経た私の父に捧げられる。あるとき、八歳になるかならない子供の私は、誰からも愛された父と一緒にロンドンのイーストエンドの路地を歩いていた。大男の労働者が突然、私たちに『お前たちユダヤ人がイエス様を殺したのだ』と大声で叫んだ。父はその男にあなたはなぜそんなに不幸なのかと問いかけた。すると男は振り上げた拳を下し、叫びを止め、泣き始めた。私と父は男をお茶に誘い、私の叔母の家まで連れて行った。この本は私の父に捧げる。父は誰からも愛された人物だった」

コソフが正義は暴力とではなく愛と共存しなければならないと考えていたことがよく分かるエピソードである。

しかしまた、パレスチナとイスラエルの二国共存を認めず、イスラエルの壊滅を意図するイランのアフマディネジャドをはじめとする狂信的なイスラム原理主義者たちの脅威に、今日のイスラエルは絶えずさらされているという現実が存在する。イスラエルの建国の祖と言われる初代首相のダヴィッド・ベングリオンは、非暴力主義を唱え英国の植民地主義と戦ったインドのマハトマ・ガンジーを心から尊敬し、引退後に暮らしたネゲブ砂漠のなかにあるキブツ、スデーボケルの自宅の寝室の壁にガンジーの肖像画を掲げていたほどである。しかし、彼は一九四八年の独立戦争を総指揮官として戦って以来、五六年のシナイ半島進攻、六七年の六日戦争といった血で血を洗う戦闘を何度も経験している。非暴力主義を願い、その実現を目指したベングリオンが、祖国を守るために先頭に立って戦う姿は、歴史の悲劇以外の何物でもない。しかしベングリオンがナチスのホロコーストを知りすぎるほど知り、二度とその悲劇を繰り返さない決意を抱いていたこともまぎれもない事実である。西暦一世紀のユダヤ戦争で最後の抵抗の砦となったマサダは、まさにそうしたイスラエルの今日の政治的状況にとって象徴的な意味を持っている場所ともいえる。今日、イスラエル軍の新兵の入隊式はマサダで行なわれるが、二千年近くにわたるディアスポラ（民族離散）の悲劇を若者たちの記憶のなかに新たによみがえらせ、ユダヤ民族が二度と亡国の民にはならないことを誓うためである。

コソフがこうした今日のイスラエルの置かれている現実を知り尽くし、なおかつ平和を心から願う作家であることは言うまでもない。歴史における被害者と加害者を単純に分けて考える思考は、今日の中東の現実には全く通用しないと言えるであろう。

なお本書前半部は「みるとす」誌の二〇一一年四月号から一二年六月号に連載されたが、その部分も含め本書を刊行するにあたってはとくにユダヤ教やユダヤ史に関する私の知識の不足を河合一充氏に補っていただいた。「聖書」とユダヤ文化の普及のために献身する河合氏には、原稿を本書にするにあたって、様々な助言をしていただいたことを深く感謝するとともに心から敬意を表したい。地名・人名・ユダヤ教に関する固有名詞の表記はミルトス社の基準に従ったが、訳文についての最終的な責任が私にあることは言うまでもない。

本書の最初の訳稿の最後の数行を仕上げる寸前、東日本大震災が発生、当時私が住んでいた東京武蔵野市のマンションの四階の部屋も大きく揺れ、小さな書庫は書棚から落ちた本で足の踏み場もなくなったが、私のいた四畳半の書斎の本を積み上げた書棚からは一冊の本も落ちてこなかった。私にとっては何とも不思議な体験だった。

持田鋼一郎

二〇一二年十月十日

● 著者紹介

デヴィッド・コソフ（David Kossoff）

1919年ロンドン生まれ。ユダヤ系英国人。俳優として舞台、映画、ラジオで活躍と同時に、ストーリー・テラーの名手で、BBC放送の聖書物語は人気を博した。作家としても本書以外にも *Bible Stories* や *The Book of Witness* などの作品を残す。2005年逝去。

● 訳者紹介

持田鋼一郎（もちだ　こういちろう）

1942年東京生まれ。早稲田大学政経学部卒業。紀行・伝記作家。歌人。翻訳家。著書に『エステルゴムの春風』（新潮社）、『ユダヤの民と約束の土地』（河出書房新社）他、歌集に『欅の歌』（不識書院）、訳書に『ナバテア文明』（作品社）他多数。

■地図・さし絵は原本著者による

マサダの声

2012年11月23日 初版発行

著　者　デヴィッド・コソフ
訳　者　持田鋼一郎
発行者　河合一充
発行所　株式会社 ミルトス
〒102-0073 東京都千代田区九段北1-10-5
九段桜ビル 2F
TEL 03-3288-2200　FAX 03-3288-2225
振替口座　00140-0-134058
http://myrtos.co.jp　pub@myrtos.co.jp

印刷・製本　シナノ印刷（株）　Printed in Japan　ISBN 978-4-89586-155-7
定価はカバーに表示してあります。

好評ロングセラー

イスラエルに見る聖書の世界 旧約聖書編

横山 匡 撮影
ミルトス 編

イスラエルを二年間現地取材。写真二六〇点とユダヤの伝承を綴り込んだユニークな解説文で聖書の舞台を紹介する写真集。マサダも掲載。四二〇〇円

イスラエル・聖書と歴史ガイド

ミルトス編集部 編

近年に登録された世界遺産もすべて網羅し、旧新約聖書の舞台である聖地イスラエルとシナイ半島の魅力を、余すところなく伝えるガイド。一六八〇円

テロリズムとはこう戦え

B・ネタニヤフ
高城恭子 訳

落合信彦・推薦「今日の世界の指導者の中でテロリズムと現場で戦った経験者はネタニヤフだけであろう。それだけに本書は説得力がある」一四七〇円

イスラエル考古学の魅力

牧野久実 著

古代遺跡の発掘体験、人々との心温まる交流。著者のキラリと光る感性で異文化を紹介するエッセイ集。自ずとイスラエル考古学が身近に。一五七五円

はじめてのヘブライ語

佐藤淳一 著

初心者向きヘブライ語入門書。文字の読み書きから始まり、イラストと楽しいストーリーで、ヘブライ語が身近になる。発音読み仮名付き。二四一五円

※価格はすべて税込です。